大愛情家

戚建邦 著

Content

目次

1

林天華覺得獨坐對面桌的那個男生很有趣。他五官端正，相貌堂堂，如果打扮起來可以玉樹臨風。但是他頭髮看起來就像是去賣場或捷運站花一百元剪的，身上搭配的襯衫、牛仔褲有種大一新生努力耍帥，但卻不得要領的感覺。他看起來至少已經大三，而林天華認為大三男生不該這個樣子。他眉宇之間散發出一股憂鬱氣息，這點倒是做得十分道地，就像是一副為情所困的模樣。他三不五時會偷看林天華這桌一眼。林天華知道，他在等他。

每次林天華去大學演講，至少都會有五、六個女學生在演講結束後跑來找他。這跟他演講的主題有點關係。通常他是在心理系開講，講題差不多就是「愛情、塔羅與榮格的集體潛意識」。當然，不管校方、學生、還是他本人都很清楚，愛情跟塔羅才是演講的賣點，「榮格的集體潛意識」純粹是為了讓演講師出有名而硬加進去的副標題。反正只要對學校評比有幫助，睡著的學生又不至於太多，校方並不在乎他掛什麼頭來賣什麼肉。這點從演講過後來找他的學生都是在討論感情生活或想算塔羅牌，從來沒人提起榮格的原型概念就可以看出來。

一開始，他都是演講完畢後，請有問題的學生留在教室裡繼續談。不過由於想算塔羅牌的女學生太多，往往會擠壓到後面班級上課的時間，所以他後來都直接請學生帶他去學校的咖啡廳或交誼廳坐坐，讓他有充分的時間幫大家解牌。其實有時候他還滿期待落單的女學生邀請他去宿舍坐坐，不過這種事情從來沒有發生過就是了。

一般說來，會對他的演講感興趣的多半都是女生，男生幾乎都是被綁課進去聽的。所謂綁課就是當學校怕演講沒人去聽，場面淒涼難看的時候，要求相關主題課程的老師把全班學生帶過來聽的行為。林天華本來以為自己演講的主題不需要綁課，不過後來發現還是綁一綁比較好，因為你永遠不知道有多少學生會去看系辦公布欄的傳單或討論區。總而言之，會全程醒著又不玩手機聽完他演講的男生寥寥可數，而會在演講結束後來找他問問題的男生更是從來沒有過。這就是他之所以會對坐在對面的這個男生這麼感興趣的原因。

希望他不是想來討論卡爾・榮格的。

「老師，我們有個同學想法很奇怪，想說你是不是能幫她開導一下？」最後一個女學生解完牌之後說道。

「怎麼個怪法？」林天華的心思已經飄向對面男生了，沒想到面前的女生又來這一句。

「她看太多言情小說，整個愛情觀都脫離現實了。」女學生說。「她跟女生相處沒有問題，但是只要跟男生有關，真是怎麼說都說不聽。」

林天華點頭道：「男生隨便一個動作就讓她覺得人家有企圖？」

「嗯！」幾個女生一起點頭。之前那個問：「老師怎麼知道？」

「有遇過幾個類似的案例。」林天華伸手數手指。「言情小說、韓劇、偶像劇、還有迪士尼公主系列，這幾種東西看多了都有可能出問題。」

剛剛的女生張口欲言，想了一想又沒說出口。她跟旁邊的同學對看幾眼，接著聳一聳肩，說道：「不過我同學不光是過度敏感。她更大的問題在於她想像中的男生追女生一定要講夢幻式的台詞，什麼『已經滿了』然後又『漫出來了』的那種。這什麼年代了，誰會講哪種話來追女生呀？」

「原來是瓊瑤迷。」林天華一彈手指，笑容滿面。「這種人超有趣的。沒問題，改天帶她來我們那裡喝個咖啡。來之前知會我一聲就是了。」

林天華發給同桌女學生一人一張名片，順便給了她們幾張他公司開的塔羅牌課程簡介，打發她們離開。接著他獨自坐了一會兒，喝喝飲料，將塔羅牌收入布套，摺好黑絨布。全部收拾乾淨後，那個男生還是坐在原位，沒有過來攀談。林天華拿出手機，檢視簡訊。助理小貞傳來今日的行程，下午四點半公司開會。阿強傳訊說客戶想搞英雄救美。他回訊拒絕：「我們不做英雄救美已經很久了。」

他開啟臉書，翻閱朋友的近況，發現一則轉貼新聞：「恨男友出軌，美女工程師情殺西門町。」他皺起眉頭，複製新聞連結，收入筆記本內，打算晚點再來追蹤。他沒有辦法接受為了愛情殺人的事情。他認為愛應該是正面的、溫暖的，是維護世界甚至宇宙和平的終極武器，沒有人應該以愛之名殺人。

放下手機後，林天華轉向對桌男生，伸手朝他彈了彈手指，說道：「同學，你剛剛有去聽我演講嗎？」

男生愣了一愣，有點難為情地點頭說：「有。林老師……你……講得很精采。」

林天華搖手：「不用這樣叫我，我又不是學校老師。」

男生說：「那個……來演講的講師，我們都叫老師。」

林天華反過手掌，扭動食指跟中指請他過來。他遲疑片刻，終於端起飲料，拿起課本，走過去坐下。

「你好，我叫林天華，是諮商心理師兼塔羅專家。」他說著伸出右手。

男生微一遲疑，伸手跟他握一握，說：「我叫黃敏瑞，是英文系大四的學生。」

林天華揚眉：「你是英文系的？」心裡竊笑：「畢竟還是有外系的學生慕名而來。」

「是，老師。」黃敏瑞說。「其實我那天看到海報，有上網Google老師的名字。維基百科說你是愛情大師，專門教人怎麼把妹……」

「那是世人對我的誤解。」林天華揚手打斷他。「維基百科上是說我經常幫助不擅長追求異性的朋友建立自信，改變形象，進而追求到他們理想中的對象。」

「就像威爾・史密斯那部電影？」

「你說《全民情聖》？」

「《Hitch》。我不確定台灣片名。」他做個心知肚明的表情。「你知道，我的片源都是大陸來的。所以我現在都只記英文片名。偶而會記得大陸片名……」

林天華搖搖手：「我知道你很宅。這看得出來。適時表現出你很宅也不是什麼壞事。宅男萬歲！但是儘管宿舍裡大家都在做，盜版電影依然不是什麼光彩的事。」他在男孩張口反駁前搶先阻止他。「我不是指責你，只是要建議你不要在女生面前以一種好像自己很厲害的語氣提這種事情。你不知道會不會遇到正氣凜然的女孩子。講這種話未必會給你加分。」

男孩一副很不以為然的模樣。「可是我們班有些女生就會跟我要新片呀。」

「她們是不是還喜歡找你修電腦呢？」林天華問。「常收好人卡？」

男孩語塞片刻，喃喃道：「我也沒有很常幫人修電腦啦。」

「沒關係，這種事情因人而異。說不定你喜歡的女孩不在意你看盜版影片。你還可以趁機接近人家。」

男孩乾笑兩聲，問道：「林老師，維基百科說你開了一間愛情顧問公司？」

林天華兩手一攤：「那是幾年前的事了。因為愛情顧問公司這幾個字會引發聯想，導致警方常常跑來我們這裡掃黃，還讓不少上門的客戶以為我們是婚友社。所以我們早就改名了。」

「改成？」

林天華從皮夾裡拿出一張名片遞給男孩。他接過名片，唸道：「天華補習班班主任？」

「對，我們有開塔羅牌課程。」林天華笑著又從皮夾裡拿出另外一張名片。「不過那是拿錯了，應該給你這張才對。」

「天華人生顧問公司總經理？」

「人生顧問。」林天華輕彈手指：「雖然服務項目有點曖昧不明，但至少不會被人誤會為色情行業。」

「所以老師……你們就是……幫人把妹？」

「喔，我想我該講清楚一點。」林天華解釋道。「我們不是像王晶電影裡面那樣用盡各種招數幫人把妹。我們只是提供建議，告訴你們該怎麼做比較容易追到你們想追的女孩子。」這話其實不盡不實，因為他們有提供上述服務，不過那是要收費的，而他不打算跟學生收費。

「那老師，你們……做這個要收錢嗎？」

林天華微笑：「學生免費。」

「這麼好？」

「那我可以……」

「這是我個人的初衷，」他說。「幫助學生。」

「每一個愛情故事都是從邂逅開始。」林天華喝口咖啡，清清喉嚨，對男孩說出一貫的開場白：「先聊聊你是怎麼遇上這個女孩的。」

「也……沒有什麼特別，」男孩回想道，彷彿那是很多年前的事情。「就是大一新生訓練那天，她第一天就遲到，拿著早餐跑進教室，直接坐到我旁邊。我第一眼就……」

「好兔不吃窩邊草，應該有很多人跟你說過？」

「有啊，但是喜歡上了，我有什麼辦法？」男孩無奈道。「這些年我也不是沒有追過其他女孩，她也很鼓勵我去追其他女孩，就是……」
林天華忍不住問道：「你跟她很熟嗎？」
「最好的朋友。」他語氣有點驕傲。「我們無話不談。」
「嗯……」林天華點點頭。「這三年半裡，她有交過男朋友嗎？」
「有。」黃敏瑞語帶恨意。「現在那個男的去當兵了。」
「那她有跟你聊過性生活嗎？」
黃敏瑞大驚：「女生怎麼可能跟男生聊那個？」
「你又說無話不談？」
他搖頭：「可是這種事……」
林天華斜嘴一笑：「所以你沒有過性經驗？」
「你怎麼……」黃敏瑞即時住嘴，改口道：「這跟那個有什麼關係？」
林天華兩手一攤：「你如果有過性經驗，而你們又真是無話不談的好朋友，你自然會跟她談，她也自然會跟你談。」
「但是……」黃敏瑞皺眉。「這樣不會很曖昧嗎？」
「異性朋友間的交往最有趣的就是這種曖曖昧昧的感覺了。」林天華說。「再說，你這三年半裡一定有跟她表達好感，不然她也不用鼓勵你去追別的女孩，是不是？」
男孩默默點頭。「我跟她告白過，她也一直知道我沒有放棄追求她。但是她總是說我是個好人，只是感覺不對，不適合她……」

林天華幾乎可以在心裡跟他一起把這些陳腔濫調接下去說：「……我沒有哪一點比不上她男朋友，只是剛好感覺對了，就在一起了。她說她沒有我想像中那麼美好，說我人這麼好，一定可以找到比她更棒的女生，到時候大家可以當好朋友，一起出去吃飯吧啦吧啦吧啦……」

如果女生的愛情世界裡有什麼共通語言的話，「感覺不對」肯定是其中之一。「感覺不對」是林天華心中的地雷。每當聽到有女生這樣拒絕男生的時候，他心裡就會燃起一把無名火。他向天底下所有被這個理由拒絕過的男生致哀。他很清楚聽到這個理由之後，心裡那種好像知道心儀的女孩為什麼拒絕我了，偏偏就是不知道她為什麼拒絕我的感覺。用「感覺不對」來拒絕男孩子，基本上就等於是說：「我懶得去思索我為什麼不喜歡你，所以就是『感覺不對』。」這句話不是恰當的理由，只是敷衍的藉口。如果女孩要拒絕的男生在她心裡有一點點的份量，至少也該給他個實際一點的理由。

當然，或許這是女生在拒絕男生時所能想到最不傷人的理由。但是既然肯定要傷，不如傷到重點，告訴他什麼地方該改，幫助他日後更有機會追求到別的女生，這樣不是挺好嗎？男生啦，挺得住的。什麼都不告訴人家，只說感覺不對，難怪人家到了大四還是一副宅男模樣，不了解為什麼自己長這麼帥、認識的女生又個個誇他人好，卻偏偏沒人願意跟他在一起！

林天華閒著沒事，就這麼在學校咖啡廳跟男孩耗了一個小時，聽他述說這些年來苦苦單戀、苦苦追求的故事。青澀男孩的故事其實都大同小異，總之就是永無止境的付出，就算得不到回報也沒有關係。受寵女孩的態度也是萬年不變，就是明白拒絕男生追求，卻又無法狠心斷絕關係，不當朋友。久而久之，女孩開始對永遠都在身邊的男孩有了依賴，開始應要求讓他做一些男朋友應盡的義務，卻不讓他越界享受男朋友應有的福利。朋友都說他傻，講話直一點的人會說女孩在利用他，就連女孩自己也會叫他不要這麼常跟她在一起。但男孩老是死心眼，始終甘之如飴，相信總有一天女孩會是他的。

但是總有一天也是有期限的。快要畢業了。男孩開始擔心一旦畢業，兩人生活少了交集，女孩不再這麼依賴他後，他的機會只會越來越渺茫。他急了，一心只想做點什麼，偏偏又怕自己會在心急的情況下做出愚蠢的舉動，破壞兩人的關係。剛好，他看到心理系開了這個愛情與塔羅牌的講座，於是就狗急跳牆般地跑來聽講。

林天華默默地聽著，享受這種學生時代的浪漫情懷，簡直樂在其中。等男孩講到告一段落之後，林天華給了他一些基本建議。包含改進穿著打扮、降低宅男指數、培養與把妹相關的技能，最後他提議學塔羅牌。

「老師，我不得不覺得你是打著免費的旗號來幫塔羅牌補習班招生的耶。」黃敏瑞說。

「你沒聽說免費的最貴嗎？」林天華說。「學塔羅牌不但樂趣多，而且很適合用來把妹搭訕。學會之後，一生受用。可謂感情方面最划算的投資。」

黃敏瑞搖頭：「我短視近利，不需要一生受用的技能。我只要追到我的女孩就好了。」

「我說真的，不補習也買本書研究研究，學點皮毛。」林天華勸道。「你說你們已經熟到生活裡沒有什麼新鮮事了。學個塔羅牌，增加一點新話題，這樣不也挺好的嗎？」

黃敏瑞有點心動：「可是不能學點星座就好嗎？」

「所有女生都懂星座，星座是身為女生的基本知識，就跟打娘胎裡帶出來的一樣。」林天華說。「學星座一點都不特別。要嘛就學塔羅，不然就學算命。塔羅入門容易，精通難。但是你只要學會一點皮毛，一開口有點樣子，那也不必在乎準或不準，總之可以騙騙女孩子就……」

「Hey，Boy。」

黃敏瑞身後突然傳來一個女孩的聲音。林天華抬起頭來，心頭一震。這個女孩儀態翩翩、秀髮飄逸，瓜子臉、大眼睛、小巧的鼻子、微薄的雙唇。身高約莫一六七公分，身穿貼身的白襯衫、圓點小藍裙、一雙腿穠纖合度，展現出成熟女人的線條。林天華愣愣看著她，儘管明知這樣有點失態，還是不願意偏開目光。女孩不經意地抬起頭來，突然發現林天華盯著自己看，眉宇間流露出訝異神色。她張口欲言，不過沒有出聲。

黃敏瑞聽到女孩的聲音，登時眉開眼笑，抬頭望向她，說道：「Hey，Girl。」

眼看兩人模樣親密，林天華幾乎以為女孩要彎下腰去親吻他了。不過當然，女孩沒有這麼做。她站直身子，朝林天華遲疑地笑了笑，然後才對男孩說：「下課找不到你，原來躲到這裡面來。」

男孩在女孩面前神態自若，一點也沒有想像中那種扭捏神態。他說：「對呀，我不是說要去聽演講嗎？」他指著林天華道：「這位就是剛剛演講的林老師。」他轉向他：「林老師，這我同學，叫她Girl就可以了。」
「林老師好。」
「妳好。」
林天華偷瞄男孩一眼。他微微點頭，表示眼前這位就是他的女孩。
「啊，對齁，你是教塔羅牌的老師！」女孩看著林天華手邊的絨布袋外露出的牌角，恍然大悟道。
男孩故作不悅：「妳現在才想起來我是去聽什麼演講唷？」
「對呀，不行嗎？」女孩理直氣壯。「演講不是中午就結束了？你還跟老師在這裡聊什麼？想學塔羅牌唷？」
林天華怕這個問題會讓男孩尷尬，於是清清喉嚨，對她說道：「我在跟Boy解釋塔羅牌的好處。其實塔羅牌裡面富含象徵意義，非常適合英文系的學生學習。Girl，妳有研究過塔羅嗎？」
女孩在兩人之間的椅子坐下。「沒有耶。從來沒想過要研究。塔羅牌準嗎？」
「還不錯呀。主要得看解牌者的學識夠不夠豐富，因為牌裡的象徵意義太多了，可以從許多不同的角度解釋。」林天華解開繫繩，取出塔羅牌，順手洗兩下，拿到男孩面前：「抽一張。」
男孩邊抽邊問：「一張就能算？」
「是可以，不過我不是要算，只是稍微用來講解一下。」林天華翻開他抽的牌：愚人。他笑了笑：「這張愚人牌，是編號為0的大牌，基本上是一切的開端。」他把牌遞給他們，男孩伸手接過，跟女孩湊在一起看。

「開心的愚人，穿著花花綠綠的衣服，什麼都不在乎地向前走。你們覺得他左手裡的白玫瑰象徵什麼？右手挑行李的棍子又代表什麼？腳邊的狗是在提醒他些什麼？遠山呢？太陽呢？前方的懸崖呢？」

「看到懸崖還不停步，真是個愚人。」黃敏瑞說。「所以這張牌代表初生之犢不怕虎的年輕人？」

林天華豎起大拇指：「對！解得好，有前途！」他喝口咖啡，讓他們繼續看一會兒，然後說道：「天真、衝動，但愚人也不是一昧的愚蠢。他挑的行李可以代表他人生至此已經累積的經驗。他不是完全天真的，只是還沒有被人生經驗所限制住。基本上，就像你們這些快要畢業的大學生，自認已經準備好了，可以認真面對眼前的一切……好吧，日後會不會變得世故呢？我想我們都聽過很多例子。」

女孩放開牌，漫不在乎地說：「聽起來很有趣，不過我向來不喜歡太多隱喻的東西。你們慢慢聊吧。」她轉向男孩。「改天你學會了，再來幫我算。」

「Hey，Girl。」林天華趁她還沒起身前說道。「妳畢業以後打算做什麼？」

女孩毫不猶豫地笑道：「我想進飯店做事，或是展覽、會議顧問公司之類的工作。」

「妳喜歡認識各式各樣的人？」

「當然，每天要接觸新鮮的事情，生活才能多采多姿。」

林天華笑著點點頭，說道：「錄用妳的公司肯定很幸運。」

「謝謝老師。」她站起身來，推好椅子，跟男孩說。「你繼續聊。我自己回家了。」

男孩一副想要站起來跟她走了的模樣。林天華朝他使個眼色，他無奈點頭：「我晚點打給妳。」

兩人一起轉頭欣賞女孩迷人的背影。說「欣賞」是因為她確實會讓人興起欣賞的感覺。林天華不確定她是天生麗質，還是後天練就的身段。但他知道她勾起了他心中一股好奇。等她走出咖啡店後，男孩轉過頭來，驕傲地說：「你說說看，她值不值得追三年半？」

林天華伸手自他手中取回愚人牌，在他臉前晃了晃，問他：「你畢業以後要做什麼？」

男孩聳肩：「當兵呀。」

「當完兵呢？」

「就找工作呀。」

「找什麼工作？」

男孩想了一想：「到時候看看囉。」

林天華忍不住搖頭嘆氣：「你呀……你想太少了。你們即將面臨生活型態的重大改變，有在計畫未來的男生對女生來講比較有吸引力，尤其是她這種本身已經想好的女生。你如果一直是這種原地踏步的學生心態，不能跟上她的腳步，就算讓你追到她了，我也不覺得能夠維持多久。」

男孩臉色一沉：「你也跟他們一樣，認為我該放棄她？」

「不可以放棄！」林天華斬釘截鐵地說。「你已經把最純情的歲月都花在她的身上，就算最後只能跟她在一起一天，你也要好好的跟她在一起一天，讓那一天成為你一生不忘的回憶，知道嗎？」

黃敏瑞嘴唇微顫，張口無言，彷彿找到了人生知己。

基於某種難以言喻的理由，林天華決定要幫他。不是口頭指點那種幫忙，而是以實際的行動來幫助他。「想要追到她，你必須有徹底改變的覺悟。」林天華指指愚人面前的懸崖。「懸崖就代表未知的改變，懂嗎？我只能盡量幫你，追不追得到，還是要看你自己。」

「謝謝！謝謝老師！」黃敏瑞忙道。

「別急著謝。你身上有多少錢？」

黃敏瑞一愣：「呃，老師，不是說不收錢嗎？」

「改頭換面總要點本錢。」林天華說。「難道買衣服還要我出錢嗎？」

「說得是、說得是……」黃敏瑞想了想。「這個月大概還有三千塊可以用。」

「三千塊是最基本的，你這個月別再亂花錢了。」林天華喝光咖啡，收拾東西，站起身來。

「走吧。人生苦短，說開始就開始。」

2

離開咖啡店後，兩人走過幾群在玩大老二的學生，路過很多人在跳街舞的廣場，晃過一個在排練舞台劇的角落，最後終於離開大樓，來到室外的操場。林天華叫黃敏瑞放下背包，脫下外衣，下場跑八百。

「為什麼要跑八百呀？」黃敏瑞不太情願地問道。

「體力差學人家追什麼女孩子？」林天華喝道。「跑！」

男孩八百公尺跑了將近四分鐘。跑完之後面紅耳赤，手腳酸軟，幾乎喘不過氣般癱倒在地。林天華把他拖起來，硬拉著他走了半圈，這才讓他坐下去休息。林天華去便利商店幫他買了瓶礦泉水，任他癱瘓十來分鐘，臉上才終於恢復了點血色。

「我在演藝圈的朋友說，現在不流行花美男了，所以他們公司找新人的時候都是去學校籃球場找。運動型的陽光男孩才是這個時代的主流。」林天華一邊納涼一邊說。「以後你每天都要抽空下來跑操場。以你的體力，就先從八百跑起。目標在一個月內增加到三千公尺。手機借我看看。」男孩交出手機。林天華幫他下載了一個免費的跑步程式。「這個ＡＰＰ會計算跑步距離。

每天跑完上傳到臉書。我要檢查。」

「這麼嚴格？」

林天華要男孩帶他晃去學校體育館，找到重量訓練室。他們學校設備還不錯，雖然器材不算太新，不過應有盡有。林天華研究了一下開放時間，說道：「以後你每天抽空來這裡練上半個小時。先練手臂肌肉和核心肌群，目標是把你的二頭肌跟腹肌給練出來。你人瘦，短期內要看出效果不會太難。至於怎麼練，看是要上網查還是去跟體育老師請教都可以。」眼看黃敏瑞還是一副不太甘願的樣子，林天華又說：「惜福，小子。在學校才有免費的可以用，畢業後想練這些都是要收費的。要請教練更是貴。有學校的資源就該善加利用。」

「是，老師。」黃敏瑞有氣無力地說。「可是靠肌肉去吸引女生，會不會太俗氣了點？我是覺得喔……我們要讓女生喜歡的不該是我們最真實的自己嗎？我明明就不是肌肉猛男型的人……」

「畏苦怕難，藉口一堆。」林天華教訓道。「她要是會喜歡真實的你，早就已經喜歡上了，還輪得到我在這邊跟你說教嗎？你們相處這麼久了，早就已經習慣彼此。你自己想想看，如果生活沒有出現變化，她有任何可能突然愛上你嗎？練身體不光可以改變你的外型，對你的心理也有幫助。跑步需要恆心、毅力，每天達到目標可以帶來滿足感，幫助你建立自信。至於看到身上的肌肉越來越大，只要是男人就會覺得很爽。養成運動的習慣，日常生活中自然會表現出一股全新的朝氣。相信我，這樣的朝氣很吸引女孩子。Girl會察覺你容光煥發，她會知道你不一樣。你可別跟她說你練身體是為了追她。你要說你是要改變自己的生活，因應未來的變化。每天跑步的時候，腦袋不要放空。我要你利用時間好好想想，接下來人生要怎麼走。下一次有人跟你談起未來的時候，你要像 Girl 一樣能夠發自內心地立刻回答，千萬不要說什麼看看啦，到時候再說之類的屁話。」

男孩啞口無言，過了好一陣子才唯唯諾諾地問道：「我……真的那麼糟糕？」

「人生是要認真的，不管是戀愛還是生活都一樣。」林天華語重心長。「或許你過去的生活裡一直沒有動力讓你認真。但是如果你連這些對你自己有好處的事情都不願意費心去做，我不知道你怎麼好意思說你願意為了這個女孩付出一切。」

林天華跟黃敏瑞回宿舍，翻開他的衣櫃，檢視他的衣服。沒錯，完全沒有時尚概念。他拿起隔壁桌上的一本ＧＱ雜誌，說道：「沒事跟你室友借來看看，穿帥一點沒壞處的。」他看看手錶，時間還夠。「坐我的車，我們去治裝。」

經費有限，林天華決定去UNIQLO。車上閒著沒事，黃敏瑞問道：「老師，你剛剛說幫助學生是你的初衷，那是怎麼回事？」

「問得好！」林天華說。「我在當學生的時候立定志向，發下宏願，一定要幫助所有需要幫助的學生修習戀愛學分。我是說，電影裡常常看到有人專門在幫不會把妹的人把妹，為什麼現實生活裡不能有這種專業呢？大部分人都不是第一次談戀愛就上手。我們都曾度過青澀笨拙的階段，只是有些人這個階段短一點，有些人長一點而已。」

「是呀，像我就很長。」黃敏瑞有點苦澀地說。

「誰叫你要越級打怪？」林天華道。「你一開始就挑難度這麼高的，偏偏還這麼死心眼。其實你這幾年也不能算沒有修到戀愛學分。我敢說你已經被Girl練出不少本事了。這時候要你去追其他女孩，未必不能成功。當然，人生是不該隨便讓步的，追求愛情更是寧缺勿濫。」

「對。」黃敏瑞用力點頭，又問：「那老師當年為什麼會立定這種志向呢？」

「你有沒有看過特攻聯盟？」

「哪片？」

「《Kick-Ass》。」

「喔，《海扁王》！」黃敏瑞語氣興奮。「當然看過，超好看的！」

林天華兩眼一翻，搖頭道：「你真是只認得大陸片名。總之，我就像屌爆俠一樣……好吧，跟海扁王一樣，既然覺得應該有人做這樣的事情，那就別等別人，自己去做。大家都說大學有三大必修學分：課業、社團、愛情。課業有人上課，社團有人上課，愛情有人上課嗎？沒有嘛！為什麼明明知道大學生一定會談戀愛，但卻沒有人開班授課呢？我告訴你，別看我現在只是偶爾來學校演講，其實我的終極目標是要在大學裡開愛情課！開在通識課程裡，課名可以用『愛情文學』來掛羊頭。我都想好了。解救曠男怨女，就從學校做起。學期末的時候有交到男女朋友的就過，單身的就當，簡單明瞭，沒得商量。」

黃敏瑞愣愣地看著林天華，片刻後說：「這樣不是很容易作弊嗎？」

林天華揚起眉毛：「你是說找個女生來充當女朋友？」

黃敏瑞點頭。

「這樣說吧。」林天華笑道：「如果是你的話，你一定會找Girl來冒充囉？」

黃敏瑞說：「應該。」

林天華趁停紅綠燈的空檔轉頭看他：「期末考只有一題，就是在我面前接吻一分鐘，證明你們真的是男女朋友。你覺得她會答應嗎？」

黃敏瑞瞪大雙眼，沉思片刻，微帶遲疑地說：「說……說不定會唷。」

「那不就成了？」林天華兩手一攤。「你能找到願意跟你親吻一分鐘的女孩，我自然沒道理不讓你過關。至於親完那一分鐘後，你還能不能再親到她？那就是你自己的問題了。」

黃敏瑞沉默好一陣子，最後長嘆說道：「幹……老師，真可惜你沒開這堂課。」

「可不是嗎？」

他們抵達UNIQLO，進去挑了兩套衣褲。正如林天華所料，黃敏瑞打扮起來果然是帥哥。林天華很想去隔壁給他買雙鞋，然後到附近去剪個頭髮，但是礙於經費有限，決定下次再說。

「最近在Girl面前就先這兩套替換著穿。下個月拿到生活費後，我們再來打扮打扮。」

林天華晃到隔壁的誠品，買了一本《塔羅入門寶典》。「這是我私人贊助的，回去好好研究。」

「謝謝老師。」黃敏瑞收下書，問道：「為什麼要另外買，不能直接用你們補習班的教材？」

「補習班教材不是用來自修的。沒有老師講解不容易看懂。」林天華看看錶，問道：「你晚上要幹嘛？」

「回宿舍打電動。」

「不准。跟我回公司一趟，我拿一副舊牌給你。」

「我不能買新的嗎？」

「行，一副五百塊起跳。」

「這麼貴？不是像撲克牌一樣幾十塊唷？」

「並不是。」

兩人再度上車，開往市中心巷道之中。黃敏瑞以為他會帶他去某間豪華商業辦公大樓，結果他們卻來到偏僻巷道裡一間看來十分雅致的咖啡廳。

「大愛情家。」黃敏瑞看著招牌唸道。「這店名好霸氣。你跟人約在這裡？」

「嗯，這就是我們公司。」林天華領頭走了進去。「或說是我們公司的門面。你不覺得咖啡廳是個開會、談生意、談戀愛的絕佳場所嗎？再說，要幫客戶設局的話，在自己的場子裡也比較方便。」

「設局？」

「就把妹的招術呀。」林天華若無其事地說。「邂逅巧遇、英雄救美之類的。不過我們沒幹英雄救美已經很久了。」

「可是老師，」黃敏瑞神色迷惘。「你不是說你們不做這種事嗎？」

林天華嘆道：「事到如今，也該是把真相告訴你的時候了。」

「喔，是啊？」黃敏瑞看著他。「你瞞得我好苦哇。」

店裡空蕩蕩地，只有一桌客人，一男一女。這對男女連帶吧台後方的女店員在林天華走入店內時朝他揮手招呼。林天華跟黃敏瑞走到吧台，女店員笑著說道：「華哥，怎麼從學校帶個小男生回來？校園美女呢？」

「美女都很吃得開。只有宅男需要我。」林天華靠上吧台，湊到女店員面前問道：「小貞，有人找我嗎？」

小貞外型甜美，似乎比黃敏瑞還要年輕，多半是請來看店的工讀生。她頭髮不很長，綁了個清爽的馬尾，黑汗衫、牛仔褲，外加一條藍圍裙，給人一種活力十足的感覺。黃敏瑞眼睛一亮，趁小貞跟林天華講話時多看她幾眼。

小貞說：「就阿強跟小彤。他們的Case都要跟你商量，所以才把你拉回來開會。」她轉頭看向黃敏瑞，微微一笑：「你好。」

黃敏瑞不知如何，竟然有點緊張。他嘴角不太自然地上揚道：「妳好。」

林天華簡單介紹：「這是小貞。這是Boy。」

「Boy？」小貞問。

「呃，我叫黃敏瑞。」

林天華說：「給我來一杯『愛在戰火蔓延時』。」他對黃敏瑞比比小貞身後的Menu。「看看你想喝什麼。」

「老師，你們店裡的飲料名怎麼都這麼奇怪？」黃敏瑞望著Menu說：「『愛情的滋味』、『戀愛三部曲』、『愛到天荒地老』、『愛你不是兩三天』……」

「對呀，特色。你可以點個隨便你心裡想到第一個跟戀愛有關的句子。」

黃敏瑞不假思索：「愛情的盡頭？」

小貞點頭：「一杯愛情的盡頭。」

「可是……」黃敏瑞疑惑：「Menu上沒有呀？」

「喔，小貞超會隨性創作的。」林天華說。「再說，你有辦法分辨出『愛情的盡頭』跟『天若有情天亦老』的差別嗎？」

「這麼說似乎有點哲理。」黃敏瑞語氣有點無奈。

林天華帶黃敏瑞走到有坐人的那桌去，簡單幫大家介紹。阿強看起來三十出頭，穿西裝、打領帶，一副精明幹練的業務員模樣。小彤應該不到三十歲，相貌跟身材都比小貞突出，穿著簡單時尚，微顯暴露，給人一種美艷又脫俗的感覺。

「強哥、彤姊。」黃敏瑞規規矩矩地叫道。大家嘻嘻哈哈地讓他坐下。

林天華簡介：「大四生，超癡情，同一個女孩子從新生訓練開始追了三年半。要是我們不幫忙，可能畢業了都追不到。」

阿強問：「那女孩有沒有理他？」

「超要好的。」林天華說。「如果光看他們兩個的相處模式跟肢體語言，你一定會覺得他們是炮友。」

「老師！」黃敏瑞窘道。

「啊，我最喜歡純情的男生了。」小彤摸摸黃敏瑞的頭髮說。「總是讓人回想起純真年代。」

阿強虧：「那是多久以前的事了？」

小彤瞪他一眼：「二〇〇五年，怎麼樣？」

「沒怎樣。」阿強豎起大拇指。「我佩服妳的記性。」

小貞端了兩杯咖啡過來。光從外表看，黃敏瑞覺得兩杯都差不多。其實原先桌上阿強跟小彤的那兩杯也沒有多大不同。他嚐了一口「愛情的盡頭」，很燙、很苦、沒放糖。對於一個只喝7-11咖啡的學生宅而言，他對這杯咖啡的印象就只有這樣。眼看小貞也拉把椅子坐下，黃敏瑞知道他們就要開會了。他端起咖啡，起身想要讓到別桌。林天華揮手要他坐回來。

「沒關係，Boy。坐著一起聽，我們開會很有趣的。」林天華說。「接觸一下外面的世界，對你考慮未來或許也有幫助。」

黃敏瑞坐回原位。

「說吧，什麼問題？」

阿強說：「客戶堅持要搞英雄救美。」
「不幹。」林天華一口回絕。
「可是他威脅我。」
「威脅什麼？告我們違約嗎？合約裡有註明由我們決定合適的方法，不是客戶決定。」
「不是。」阿強搖頭。「他威脅要找小弟來砸店。」
林天華喝口咖啡，想了一想，問道：「什麼來頭？」
「我也不確定他什麼來頭。」阿強把面前的筆電翻面，讓大家看見客戶資料。資料上的照片不是大頭照，是客戶來跟他們接觸時直接用手機拍下來的。黃敏瑞定睛一看，只見這個客戶名叫郭金明，小平頭，滿臉橫肉，目光兇狠，雖然照相的時候有笑，不過笑容頗僵硬，似乎不是一個常笑的人。他身穿藍色無袖汗衫，脖子上掛著一條不算太粗的金項鍊，兩手手臂上都有刺青，沒看錯的話是左青龍、右白虎。照片沒有照到他胸部以下的部分，不過在黃敏瑞腦中彷彿看見了他雙手各持一把西瓜刀的模樣。
「哇，帥哥到了！」林天華讚嘆道。
「他自稱是三重雙刀明，」阿強繼續道。「倒是沒有提起他的幫派、頭銜或他有多少小弟之類的事情。出來混的人沒事不會把這些東西PO上網，所以我只能查到他臉書的交友狀況，工作經歷之類的就不好找了。你要請你警方的朋友查查看他有沒有案底嗎？」
黃敏瑞忍不住問：「老師，你們連這種人都收呀？」

「這什麼話？」林天華訓道：「你要談戀愛，人家流氓就不要談戀愛嗎？以貌取人，很要不得。」

黃敏瑞神色羞愧：「是是是。」

「再說，拿人錢財，與人消災，這是出來跑的基本原則。」林天華轉向阿強：「他的對象是什麼人？」

「這個就是最麻煩的部分了。」阿強說著把筆電轉回去，切換到對象資料後又翻回來。這個女生長相並不美豔，不過平凡的五官中隱現英姿，頭髮不長，綁成馬尾，給人一種清爽的感覺。整體而言，算是陽光運動型的女孩。黃敏瑞覺得她有點眼熟。

「蔡真弦，二十四歲，跆拳道國手。去年贏得亞洲盃跆拳道錦標賽，下屆奧運將代表台灣出賽。」阿強說。「嚴格說起來，我同意雙刀明的想法。英雄救美最有可能贏得這個女孩的芳心，至少比其他方法機會大一點。只不過……」

「只不過你打不過她。」小彤取笑道。

阿強搖頭。「我只是沒有必勝的把握。」他轉向林天華說：「只有華哥出手，才能十拿九穩。」

黃敏瑞瞪大雙眼：「老師這麼厲害？」

「沒什麼，調戲良家婦女是我的專長。」林天華若無其事地說。他開兩個視窗，把兩個人的照片放在一起看。「雖然說不可以貌取人，但是這兩個人……我怎麼看……」他搖搖頭。「照一般方法似乎行不通。」

「難呀。」阿強繼續報告。「我們已經跟目標接觸過了。對方明白表示沒有興趣。我們花了兩萬多塊治裝，換掉所有流氓服飾，就連頭髮都染回正常顏色，但是他一開口立刻露出滿嘴檳榔牙，言談之中髒話脫口而出的機率太高，實在跟目標理想中的伴侶形象相差太多。想要完成任務，一定要採用特殊手段。」

黃敏瑞聽得不太習慣：「目標？任務？」

「他間諜片看太多。」小彤說。「我們不是都這樣說話的。」

林天華對阿強道：「你把資料傳一份到我手機裡，我晚上研究一下再跟你說。」他轉向小彤，不過好像突然想到什麼，又回過頭來：「客戶能不能打？做戲也得做得像一點。」

「沒真的跟他打過，不過他看起來很猛。」阿強說。

林天華朝小彤點頭：「妳這邊怎麼樣？」

「今天早上接的新客戶。」小彤拿她的平板面對大家。客戶長相還算斯文，看來三十多歲年紀，穿牛仔褲、襯衫、沒領帶，有點宅。「他叫柳義全，是軟體工程師。談吐幽默，有打線上遊戲，不過不會很宅，穿著品味也還可以，銀行裡有點積蓄。以我們的客戶來講，條件算滿好的了。」她最後一句話是對著黃敏瑞講，講完還順便在螢幕上比了比。黃敏瑞看她比的地方，上面寫著「A-」，顯然是評分等級。

黃敏瑞很想再把三重雙刀明的資料拿過來，看看他是什麼等級。

阿強說：「以他這種條件，妳應該可以搞定絕大部分的目標。」

小彤點頭：「我肯定我搞得定他想追的女人，但是我不確定該不該幫他。」她滑動平板螢幕，跳到對方的資料。林天華皺起眉頭、小貞深吸口氣、阿強瞪大雙眼，只有黃敏瑞看不出來他們為什麼會有這種反應。

照片上的女人約莫三十出頭，模樣清純、一雙大眼閃亮動人，彷彿隨時泛著淚光，堪稱黃敏瑞這輩子見過最楚楚可憐的女人。淡青色的上衣，乳白色的長裙，完全一副傳統鄰家女大學生的裝扮，就差沒有推著腳踏車出門。黃敏瑞目光下移，看向評分位置，發現那裡印著「A+」。

黃敏瑞舉手：「請問A+是最頂級的嗎？」

小彤搖頭：「不，還有S級。」

黃敏瑞指著平板：「那裡面有沒有S級的，借我看一下，好嗎？」

「啊……」阿強輕聲嘆息。「在我心中，如霜就是S級。」

「如霜？」黃敏瑞眨眨眼。「如霜姑娘的如霜嗎？」

「你還沒聽到她姓什麼呢。」林天華看著螢幕說。「這個女人姓冷，叫作冷如霜，三十二歲，台大畢業，雙修日文跟國貿，是日商公司的總經理特助。打從半年前，我們第一次調查她開始，這已經第三個想要追她的客戶了。」

黃敏瑞有點理所當然地點了點頭。「以她這樣的條件，不好追也是應該的。」

「不是這個問題。」林天華解釋道。「問題是前兩個人我們都幫他們追到了，現在又出來第三個想要追她。這還只是半年內的事情。」他問小彤：「她現在單身嗎？兩個月前那個成衣商……呃，楊詰，沒有跟她在一起了嗎？」
小彤聳肩：「柳先生說她自稱現在是單身。」
「嗯，」林天華噘起嘴唇。「這倒有趣。」
黃敏瑞不太明白。「這樣是什麼意思？」
「可能她遇人不淑，我們介紹給她的都不是好東西。」林天華說。
阿強接著道：「也可能她天煞孤星，每次戀情都維持不了三個月。」
小彤搖頭：「如果是那樣都還好。怕就怕這個女人有問題，跟男人在一起別有目的，所以才會換男人跟換衣服一樣。」
黃敏瑞看看小彤，又看看阿強，最後轉向林天華道：「大人的世界這麼複雜？」
「感情的世界就是這麼複雜。」林天華微微一笑。「暗戀而不可得，總以為算是錐心刺骨的痛。等你第一次失戀，才會真正體會到愛情可以傷你多深。而在那之後，哇啦！」林天華舉起雙手，彷彿灑花一樣。「你就會開始經歷很多狗屁倒灶的事情。」
「狗屁倒灶？」黃敏瑞難以置信。他始終認為愛情是美麗的。
「啊……」小彤又伸手去摸黃敏瑞的頭髮。「你要不要追我？我好懷念初戀的滋味。」
黃敏瑞傻笑，不知該如何應對。
「得先弄清楚是哪一種狀況。」林天華拿起平板，點選冷如霜的照片，螢幕上又跳出十幾張其他照片。他一張一張翻閱，一直翻到一張在河濱公園照的特寫照。「希望她不是詐騙集團。我討厭愛情騙子。特別是女愛情騙子。」

「請問，」黃敏瑞問：「為什麼特別討厭女愛情騙子？」

「因為我被騙過。」

「喔。」

林天華把平板還給小彤，說：「先跟客戶拖延時間，就說我們需要多做一些調查工作。我去跟之前兩個客戶打聽一下，確認一下分手的原因。如果有必要的話，讓阿強先去泡她。探清楚她的底細。」

阿強喜形於色：「好哇、好哇！」

黃敏瑞張口結舌，看著林天華。林天華拿出手機，找出前任客戶楊詰的號碼，撥出電話。片刻過後，電話接通。林天華把手機開到擴音，放在桌上。

「請問是楊詰先生嗎？」

一個男子的聲音說道：「不是。這支電話的主人叫楊詰嗎？你跟他是什麼關係？」

「呃？」林天華跟眾人對看一眼，說道：「這是楊詰的號碼，沒錯，請問你是什麼人？」

「我是警察，這支電話的主人正在跳樓。」

「啊？」

「請問林先生，你跟這位楊先生是什麼關係？」

「他是我客戶。你怎麼知道我姓林？」

「來電顯示。」警察說。「而且楊先生不肯跟警方談，堅持要找林天華先生談。你是林天華先生本人嗎？」

「是。」

「你跟他有財務糾紛嗎？還是桃色糾紛？」

「沒有，我們沒有糾紛。」

「那你打來幹……」警察說到一半，改口道：「不管了，可以先請你過來一趟嗎？楊先生情緒不太穩定，他只願意跟你談。」

「沒問題，我立刻來。」

警方報出地址，天華人生顧問公司所有員工面面相覷，不知該說些什麼。片刻過後，林天華掛下電話，說聲：「散會。」隨即收起手機，站起身來，拉著黃敏瑞往店外走。

黃敏瑞急道：「我也要去呀？」

林天華邊走邊說：「你要不要我送你回宿舍？」

「要？」

「要就給我跟著。」

3

跳樓的地方離大愛情家不遠，他們十分鐘後就開到附近，倒是找停車位又花了十分鐘。那是棟十二層高的辦公大樓，楊喆坐在天台女兒牆邊緣，兩腿懸空在外，光從底下看著就覺得驚險無比。林天華跟黃敏瑞繞過消防隊，跟守在樓下的警員通報姓名，然後就搭電梯上頂樓。

電梯門開啟，一名警官等在門外。「林先生，我是中正第一分局的陳組長。」跟林天華握手，又朝黃敏瑞點頭之後，他跟其他兩名員警帶著他們推開樓梯間門，往天台走去。「楊先生的情緒很不穩定。他剛剛一直叫我們去找你，卻不肯告訴我們他是誰，也不肯說你的聯絡方式。最後是他手機掉下去摔爛，我們取出SIM卡，插入別的手機之後，你才剛好打來。」

「他有沒有說為什麼要跳樓？」林天華問。

「沒有。」陳組長搖頭。「我們已經聯絡到楊太太。但是她人在台中娘家，最快也要七點才能趕到，所以……」

「楊太太？」林天華吃了一驚。「你是說楊喆的媽媽？」

「不是，他老婆。」

林天華皺起眉頭，深吸口氣：「我想可能是為了第三者的事情。」

陳組長一攤手：「你可以給我第三者的聯絡方式嗎？」

林天華搖頭：「我這邊沒有。你可以查查他的通訊錄裡有沒有一個叫作冷如霜的女人。」

「冷如霜？」陳組長深怕聽錯。

「冷到結霜了的冷如霜。」林天華說著就要推開天台大門。陳組長拉住他的手臂，憂形於色：「林先生，我處理過不少跳樓事件。我可以憑經驗告訴你……楊先生是真的打算要跳。我不知道你們兩個什麼交情，也不知道你有沒有能力勸他回頭。總之，如果你覺得自己沒有辦法承擔……有人在你面前跳下去的……心理壓力的話，你可以不要出去。沒有人會責怪你的。」

林天華毫不考慮：「如果我有機會阻止他跳，但卻沒有嘗試的話，我永遠不會原諒自己。」

陳組長放開手，點頭道：「盡量不要刺激他。想辦法安撫他。他沒有先提的話，你不要提起第三者的事情。我知道你有諮商心理師的執照。但是在診所裡跟病人交談和在現場面對跳樓者談判是兩回事。」

林天華點頭。

「我們儘快聯絡冷小姐。請你拖延時間。」

「盡力而為。」林天華推開鐵門，走上天台。

天台很大，從樓梯間到跳樓處還有七、八公尺。林天華路過三名員警，來到楊詰身後三公尺處，揚聲道：「楊先生，我來了。」

楊詰轉過頭來，向林天華點頭招呼，說道：「林老師，麻煩你跑這一趟，真是不好意思。請過來坐吧。」

林天華揮手讓黃敏瑞跟員警待在一起，自己走到天台女兒牆邊，跟楊詰相距不到半公尺。楊詰微微一笑，向外側頭。林天華爬上矮牆，跟他一起坐在大樓邊緣。

黃敏瑞目瞪口呆，跟所有員警面面相覷。

「原來你結過婚了？」林天華坐穩後，劈頭就問。

楊詰一聳肩：「我第一天去你那邊填資料的時候就想提醒你，應該要在表格上加個『已婚／未婚』欄了。」

林天華點頭：「其實我有考慮過。但是你會勾『已婚』嗎？」

「可能不會。」

兩人相視一笑，笑聲都有點苦澀。過了一會兒，林天華見他笑中帶淚，於是問道：「找我來有事嗎？」

「我只是想謝謝你。」楊詰說。「雖然只有短短兩個月，但要不是你幫忙，我就不能享受到這段人生最美好的時光。」

「不必客氣。」林天華從隨身側揹包裡拿出一包菸，一人分一根，點菸。林天華本身沒有菸癮，一包菸一整個月都未必抽得完，不過他還是隨身帶菸。這菸算是實用道具，專門用來安慰傷心人。事實上，他的揹包裡常備兩包菸，一包安慰男性用的淡菸；一包安慰女性用的涼菸。他等楊喆抽了一口，眼神開始飄向遠方時，這才問道：「既然是人生最美好的時光，為什麼會想要跳樓呢？」

「因為美好的時光結束了。」楊喆邊嘆氣邊噴菸。「就像是五彩繽紛的人生突然間失去了色彩，而我不願意回到從前黑白的生活裡去。」

林天華問：「你們怎麼分手了？」

楊喆沒有回答，自顧自地問他：「什麼樣的女人可以讓男人如痴如狂？」

林天華故作沉思，但其實他心中早有答案：「做愛時會讓你覺得像是世界之王的女人。」

楊喆吸一大口菸，側頭看了看他，緩緩點頭笑道：「對。林老師耶，你這描述太生動了。」他乾笑幾聲，低頭看著手中微紅的菸頭，又說：「你知道我跟我老婆做愛的時候讓我覺得像是什麼嗎？」

林天華不敢回答，只好搖頭。

「就像是……」楊喆說到一半停頓片刻，改口道：「總之不是世界之王。」

林天華不知道該說些什麼。他想問楊喆跟冷如霜為什麼要分手、他老婆知不知道這件事情、為什麼嚴重到要自殺。他想要說跟第三者分手不是什麼天塌下來的大事、生活缺乏色彩大不了就離婚、囚禁於牢籠中也該想辦法逃獄。當然他也知道人生各方面相互牽動，往往不能說擺脫就擺脫，除非走上這條一了百了的道路。儘管他有很多話想說，一時之間卻不知道哪一件才最重要。最後，他決定開門見山。

「不要跳樓，好不好？」

楊喆抽一口菸，一邊搖頭一邊吐煙。

「你知道，剛剛不是警察打來找我，是我剛好打電話找你。」林天華改變話題。「因為又有人來找我們幫忙追求冷小姐了。」

楊喆緩緩轉頭看他，眼中浮現一絲悲傷。「如果有人能娶到她，」他說，「他會成為全天下最幸福的男人。」

「至少告訴我，你們為什麼分手。」林天華語氣誠懇，試圖用這個話題讓楊喆分心。

「不想說。」楊喆淡淡地道。

「楊喆……」

「你有沒有帶塔羅牌？」楊喆突然問。

林天華暗喜，連忙去揹包裡掏牌。如果楊喆想算牌的話，他不但可以拖延時間，同時也能靠解牌的過程引導他看見事物的光明面。他解開絨布袋，取出塔羅牌，順手洗牌，問道：「你想問什麼問題？」

楊喆微笑：「我敢說我一抽就能抽到死神。」他也不等林天華回話，伸手抽出張牌，翻過正面，果然是死神牌。楊喆神色得意，說道：「好牌，送我吧。」說完將死神牌放入自己的上衣口袋裡，手指一翻，用食指跟大拇指夾起菸屁股，將煙吸到剩下不足半公分，這才神情滿足地吐出一堆白霧。

「電影裡每次有人抽到死神牌，都搞得好像很緊張，一定要弄到死裡逃生，再說什麼死神牌也象徵重生。那些編劇好像以為觀眾都看不膩這種老梗一樣。」他向前彈出菸屁股，頭也不回地說了聲：「今日讓你知道，死神就是死神。」說完兩掌在矮牆頂一撐，整個人急墜而下。

林天華連忙丟掉手中整副塔羅牌，一手緊抓牆緣，另一手抓往楊詰的腰帶。他雙腳抵著外牆牆面，毫無支撐之地，才一抓到腰帶就被楊詰的體重帶了下去。那女兒牆只有一塊磚頭寬，單掌難以施力，只能減緩下墜的勢道，絕不可能撐得了多久。正當林天華以為自己要撐不住的時候，黃敏瑞和陳組長已經衝上前來，一人抓他手臂，一人探出矮牆，拉他肩膀。

楊詰解開腰帶，墜落十二樓。就聽啪嗒一聲，現場血肉橫飛。

警方展開善後工作。林、黃二人一時不能離開，在撿回缺了一張死神的塔羅牌後，兩人就一直跟在陳組長身邊耗著。一個多小時後，現場處理完畢，他們就跟陳組長回派出所去製作筆錄。可以離開警局時已經接近八點。兩人身心俱疲，有氣無力地走到警局門口，剛好遇上員警領著一名兩眼通紅的婦人走入警局。那婦人一看到林天華，立刻破口大罵。

「你！就是你！狗屁愛情大師！要不是你給他介紹小三，我們家阿詰才不會死！你是殺人犯！你罪該萬死！」要不是她身旁的員警立刻拉住，她早就已經撲到林天華身上。

林天華問心有愧，低頭不語。倒是陪他們出來的陳組長看不下去，上前解釋道：「楊太太，小三不是林先生介紹給楊先生，是楊先生自己來找林先生，要他幫忙追小三的。」

「放屁！我們家阿詰這麼老實，怎麼可能會……」她看陳組長一邊擋在中間，一邊把林天華推出警局大門，心裡一怒，對著林天華的側臉就吐口水。「啐！我告訴你！你完蛋了！我要去跟蘋果爆料！是你害死我老公！我一定要告倒你那家愛情仲介！你不要以為我查不到你住在哪裡，我告訴你，大家相堵會到！」

陳組長讓員警把楊太太拖入局裡，自己把林天華跟黃敏瑞推到局外。他自口袋拿出面紙，給林天華擦口水，接著又拿了張名片給他。「林先生，我看楊太太可能不會善罷甘休。失去了至親的人，總是會想要怪罪他人，希望你不要太放在心上。她如果去騷擾你的話，你可以打給我。」

林天華謝過陳組長，跟黃敏瑞一同離開。他提議先吃個飯再送黃敏瑞回宿舍，不過黃敏瑞說沒胃口。事實上，他傍晚已經在天台上吐過一輪了。

開回學校的路上，兩人一言不發，各想各的心事。直到快到學校，林天華才開口說道：「對不起，讓你看到這種畫面。我真的沒想到楊詰會跳下去。他是我見過最堅強的人。你知道，他綽號『鋼鐵男子』，是個曾經克服過死亡的人。」

黃敏瑞眨眨眼，問道：「什麼呀？」

「事情是這樣的。楊詰當兵時曾經擔任過營部連的軍械士。有一回裝檢，營部不知道從哪裡生出五十枚手榴彈的多餘料件，叫他帶出去處理掉。一般多餘料件都是開車到山上找個沒人的地方丟掉就好，如果是子彈的話，帶去靶場打掉，但是手榴彈可不能找塊空地把它炸光。如果你只是挖個坑把它埋了，哪天炸掉可不得了。他那天跟個同梯跑到山裡，找個沒人的地方，把手榴彈一顆一顆擺出來，拆掉信管，另行引爆，然後把炸藥集中倒到河裡。結果他同梯不小心點燃一顆手榴彈，察覺太晚，來不及丟遠，情急之下就丟到楊喆面前。楊喆當時被炸得血肉模糊，肋骨盡碎，內臟都被插得亂七八糟，送到醫院時已經回天乏術。醫生在他心跳停止之後繼續搶救了五分鐘，這才終於宣告死亡。」

「想不到就在醫生宣告死亡的同時，楊喆突然伸手抓住醫生，把在場所有人都嚇了一跳，有一個護士還當場嚇昏。他伸手到嘴邊，一邊咳血一邊自行拔出插管，就這麼又嚇昏了一名護士。他喘了幾口氣，對醫生說：『我還等著當完兵，展開大好人生。請你不要讓我死在這裡。』就這樣，醫生再度展開急救，經歷大大小小七場手術，終於在他體內打滿鋼釘、鋼板，助他死裡逃生。之後，他就得到了『鋼鐵男子』的綽號，成為一個克服過死亡的人。」

黃敏瑞花了幾秒鐘消化這個故事。「呃……酷？」

「這樣一個求生意志超強的男人……」林天華邊開車邊沉吟道。「為什麼會想要自殺呢？」

黃敏瑞想到楊喆的慘狀，忍不住又一陣噁心。噁心完後，他說：「或許他後來的大好人生消磨了他的求生意志。」

「也可能純粹是因為女人。」林天華轉入他們學校的巷口，把車停在離校門口三百公尺外的空位。「冷如霜……這個女人到底對他做了什麼？」

黃敏瑞謝過林天華，下車要回宿舍。林天華跟著下車，說他想要看看他們學校夜間部的女生跟日間部素質上的差異。兩人一起往學校走去。當時正值下課，校門大道上有不少學生往校外走去。兩人漫步行走，欣賞青春火辣的夜間部女學生，倒也悠然愜意。

「對了，Boy，你有沒有學過功夫？」林天華突然問。

「啊？」黃敏瑞有點反應不過來。「功夫？」

林天華點頭：「是呀。剛剛楊太太那麼激動，搞不好真的去找報社爆料。那樣的話，我的照片免不了又會上一下新聞。這恐怕會影響到我們英雄救美的計畫。」

「所以呢？」

「到時候可能要請你幫忙調戲跆拳道國手。」

「什麼？」黃敏瑞愣愣搖頭。「那什麼……我沒有學過功夫。」

「不要緊，我教你。」林天華若無其事地說。「我們補習班除了教塔羅牌外，還有開些散打課程。不過散打要從扎根做起，短期內不適合實戰。我教你一些詠春。」

「詠詠詠……詠春？」黃敏瑞覺得自己好像聽錯了。

「對，詠春著重反應和技巧，不靠力量取勝，適合用以實戰。」他說著擺了個日字衝拳的架勢，黃敏瑞覺得他在模仿甄子丹。「我要你跟阿強一起受訓。我們先上網找一些蔡真弦比賽的影片，研究她習慣的打法，然後練習對應的招式。臨陣磨槍，練上兩、三個禮拜，你們兩個就可以去調戲她了。」

黃敏瑞不太相信：「行不行啊？」

「我是說能調戲她，不是說一定能打贏她。只要你們做好準備，招招克敵機先，總能把她弄到手忙腳亂。萬一你們被打趴了，我再出馬接著調戲。」

黃敏瑞邊走邊瞪著他看，就這麼看了好一會兒。

「幹嘛？」

「老師，」黃敏瑞的語氣已經不像下午那樣恭敬。「我在想說這樣跟著你混到底值不值得？」

「你想不想追Girl嘛？」

「這真的跟追Girl有關嗎？」

「反正你大四有夠閒，一個禮拜頂多三天課吧？」

「你怎麼知道？」

「當我沒念過呀？」林天華伸手搭著他的肩，一副稱兄道弟的模樣。「習武強身，總是好事。更何況是免費的耶！你知道外面學詠春要多少錢嗎？還有啊，加上每天跑步跟重量訓練，你很快就會變成猛男了。」

「是是是。」黃敏瑞覺得自己好像上了賊船。不過真說起來，他也沒有特別排斥。畢竟他一個禮拜只上三天課，剩下的時間除了去找Girl以外，通通花在宿舍裡打電動跟看盜版影片及A片上。他沒有要準備研究所，也沒有在研究畢業後的出路，系上的畢業公演也沒他的份。說到底，他閒得發慌。「老師啊，」他突然想到。「你除了詠春之外，還會別的拳法嗎？」

「這個問題問得好！」林天華語氣得意。「其實我還學過八極拳，不過功夫不到家，只能算是玩票性質。八極拳太霸道了，出手很重，我們只是做戲，萬一傷到人就不好了。況且，這麼短的時間要你練八極拳去打跆拳道……」他說到一半突然住口，瞪大雙眼，倒抽一口涼氣，彷彿在人群中看見什麼驚奇之事。

黃敏瑞說了聲：「老師？」

林天華舉手指向對面人群，問他：「你有看到嗎？」

黃敏瑞朝他手指方向一看，恍然大悟，笑道：「那是心理系之花，全校最美的女孩，我覺得啦。我從一年級就注意到她了，常常在交誼廳碰到。我們從來沒有說過話，不過路過會打招呼。我告訴你，她笑起來才漂亮呢！」

「你有眼光，這女孩真美，光以外貌講的話可以排到S級。」林天華盡量維持開朗的語氣，不過說得有點心不在焉。其實他要黃敏瑞看的不是心理系之花，而是坐在匆忙行走的人群後方一張長凳上的楊詰。傍晚楊詰死狀淒慘，血肉模糊，體內不少鋼釘、鋼板都跑到外面。此刻的楊詰身上的衣服血跡斑斑，但至少臉上、手上乾乾淨淨，也沒有骨折和外傷。他對林天華點了點頭，然後逕自欣賞過往美女。

「怎麼樣，老師？你想追她嗎？」黃敏瑞問。「不如拿她示範，露一手給我瞧瞧？」

林天華瞪他一眼：「什麼叫露一手給你瞧瞧？我是幫人談戀愛，不是教人玩弄感情。愛情是很嚴肅的事情，它能給人的心理帶來很大的衝擊，是改變人生的體驗。要追人家，就要準備付出，要以真心相對。我最討厭把愛情當做兒戲，動不動就叫人露一手來瞧瞧的傢伙。」

黃敏瑞慚愧，連忙說道：「不是，老師。我……是開玩笑的。」

林天華朝他手臂捶了一拳。很痛。「我知道你是開玩笑。以後不要開這種玩笑。明天有沒有課？」

「沒有。」

「早上起來就去跑步，然後重量訓練。十點半到大愛情家找我。我請你吃早餐。」

黃敏瑞想要抗議，不過最後沒抗。他說：「好，老師。明天見。」

黃敏瑞回宿舍後，林天華順著逐漸稀疏的人潮，走回剛剛看見楊詰的長凳。楊詰還在那裡。他在楊詰旁邊坐下，跟他一起看了一會兒大學女生。看到一個段落，路上暫時沒人行走時，楊詰抬起頭來，望向天空。林天華則轉過頭去，看著楊詰。

過了一會兒，楊詰開口道：「我說得沒錯吧？死神就是死神。」他自上衣口袋中取出血淋淋的死神牌，慢慢放在林天華手上。「除非你認為這樣算是重生。」說完身體逐漸透明，最後消失不見。

那張牌卻沒有隨之消失。

林天華愣愣地看著手中的死神牌。楊詰跳樓至今約莫三小時，照理說牌上的血早該乾了。但楊詰取出死神牌時，那牌還濕答答地在滴血，不過牌放上林天華手掌時，卻沒有任何潮溼的感覺。楊詰消失的瞬間，牌上的鮮血通通變成凝結的血塊。不管那血是怎麼回事，總之林天華手上都攞了一張染有死人之血的死神牌。

林天華打開揹包，翻出算牌用的黑桌布，把死神牌仔細包好，收入揹包。然後他站起身來，離開學校。

4

第二天早上，黃敏瑞起個大早，出門晨跑。這次還是累個半死，不過他死撐活撐，撐到一千公尺，也算小有成就。來到重量訓練室，沒有看到老師，他就自己找幾個看得順眼的器材練練。他從來沒有做過重量訓練，每樣器材都沒做多久，才混十幾分鐘就渾身酸痛。不過累歸累，他心裡確實有一種莫名其妙的滿足感。他自拍一張汗水淋漓的照片，傳給Girl看，訊息寫道：「運動真正好！」

Girl回傳訊息：「不錯喔，肌肉變大要借我摸。」

這句或許應該大概沒有什麼意思的回話給了黃敏瑞無限想像空間。除了胯下有點反應之外，他還覺得精神大振。回宿舍換套衣服，他騎車前往大愛情家。這家咖啡廳似乎是主打早餐生意，昨天下午的時候沒有客人，但是今天早上去倒是坐滿八成，而且清一色全是女人。他早到了一點，林天華還沒來，於是他去櫃檯跟小貞打個招呼，然後逕自找個位子坐下。

正要拿手機出來玩時，小貞來到他面前，放下一份菜單，笑道：「Boy，要吃點什麼？」

黃敏瑞運動一早上，肚子早就餓了，加上四周到處都是三明治、鬆餅之類的早餐香氣，更是讓他肚子咕嚕咕嚕叫。但是他這個月的閒錢都已經買衣服去了，只剩下基本三餐的費用，而菜單上每一個早餐套餐的價錢都得花掉他一整天的飯錢。雖然林天華昨天說要請他吃早餐，但是現在他人不在，又不知道有沒有跟小貞交代，萬一點餐要先付錢怎麼辦？他想問問小貞，但是「林老師有沒有交代說要請我吃早餐？」這種話又有點說不出口。於是他笑著說：「喔，我還不餓，等林老師來了再說。」

話沒說完，他肚子就咕嚕一聲，有如雷鳴。

小貞噗哧輕笑，瞄瞄他的肚子，說道：「來份『萍水相逢餐』吧。主廚推薦。」眼看黃敏瑞笑得尷尬，她又補了一句：「我就是主廚。」

黃敏瑞硬著頭皮說：「好，那一定要嚐嚐了。」

「咖啡就冰雪奇緣囉？」

「套餐咖啡還可以選？」

「其實就是冰咖啡。」

「妳調的一定好喝。」黃敏瑞笑道，隨即覺得自己講這種話會不會太輕浮了點。

小貞嫣然一笑，沒有接話，收起Menu回櫃檯去。

黃敏瑞用手機上臉書，看看他剛剛用跑步ＡＰＰ上傳的跑步成果，結果反應熱烈，回文如潮。大部分同學都在誇獎他，虧他的人比想像中少很多。黃敏瑞覺得有點奇怪，不過心情好就沒想太多。他挑幾個比較有趣的訊息回文，就這麼一篇廢文搞了十來分鐘。Girl沒有回文。她很少在臉書這類公開場合跟他交流，一般都是私訊往來。有時候黃敏瑞覺得Girl似乎不想讓同學覺得他們兩個太熟，但這其實完全沒有道理可言，因為全系的人都知道他們兩個關係親密。

小貞端了萍水相逢餐和冰雪奇緣過來。所謂萍水相逢餐基本上就是「蘋」果和「水」煮蛋跟其他各式美式早餐常見的食材「相逢」了的組合，至少在黃敏瑞眼中看來是這個樣子。不過他懷疑小貞有特別加料，因為這盤早午餐看起來異常豐盛。黃敏瑞飢腸轆轆，立刻開始狼吞虎嚥，一傢伙幹掉半盤食物之後，這才覺得有點飽足感。他看看手機，十點四十，林天華遲到了。

小貞讓另外一名店員顧吧台，自己端了一杯開水過來，在黃敏瑞對面坐下。「你跟華哥約十點半嗎？」黃敏瑞說是。她輕笑：「華哥跟客戶約都很準時，是女客戶的話還會早到，但是跟自己人約，起碼會遲到半小時。」

黃敏瑞兩眼一翻，放下刀叉，語氣不悅：「免費客戶就不是客戶唷？那我下次十一點來就好了？」

小貞聳肩：「你早來，我可以陪你。」

黃敏瑞心裡莫名其妙地浮現一絲暖意，或許是小貞討喜的外型和親切的態度讓他自然而然地享受她的陪伴。他笑著問道：「妳不用工作嗎？」

小貞搖頭：「店裡暫時不忙，交給工讀生就可以了。其實我的正式職稱是辦公室助理，泡咖啡和做早餐都只是我的興趣。」

黃敏瑞驚訝：「有這種事？可是妳的咖啡和早餐都很棒耶！」

小貞坦然接受他的讚美。「我知道呀，所以我常常霸佔吧台和廚房。但是我不想顧店的時候，隨時可以休息。」

黃敏瑞打量小貞，心下估計她究竟滿二十歲了沒有，看不出來。「妳好有自信。」

小貞佯怒：「你是說我自大嗎？」

黃敏瑞臉色誠懇：「不是，誇妳自信。」

小貞凝視著他，確定他沒有弦外之音後，說道：「其實我有過度自信的問題，還在努力調整自己。」

黃敏瑞揚眉：「至少在咖啡和早餐方面，妳自信得有道理。」

兩人閒聊了一會兒，沒什麼特別的主題，就是最近的電影、偶像的八卦之類年輕男女湊在一起會聊的話題。黃敏瑞以為她會問他關於Girl的事情，但她完全沒提。他知道自己是林天華帶來的免費客戶，或許身分有點特殊，畢竟還是客戶，但他覺得小貞似乎並不把他當作客戶。他忍不住問道：「小貞，林老師他常常會免費幫人嗎？」

小貞搖頭：「也不算很常。不過華哥自己接的Case都是免費服務的。我們的收費服務都是交給阿強和小彤處理。」

黃敏瑞好奇：「那他是怎麼挑選免費客戶的？因為我覺得……」他想了想，「我好像沒什麼特別就被他挑到了。」

小貞笑得很甜：「華哥會挑你，一定是有原因的啦。或許你讓他回想起他的自由年代。又或許他被你的真心感動了。不過也可能他只是看你順眼。你想知道的話，可以自己問他。」她湊到黃敏瑞面前，神情認真地說：「不過我跟你說唷，華哥自己處理的Case都很認真，不會像一般客戶那樣調查目標，投其所好，然後在正確的時候，用正確的方式，做正確的事情，出動幾次就結案了那樣。華哥一定會從根本做起，把你整個人由內而外徹底改變，慢慢從B級提升到A級、甚至S級。基本上，你比較不會覺得他在幫你把妹，比較像是他在把你打造成全新的你。」

「喔……」黃敏瑞慢慢點頭，問道：「妳覺得我才B級呀？」

小貞直言不諱：「不然呢？你除了臉蛋長得還可以以外，要身材沒身材，要肌肉沒肌肉，又沒有真的帥到像花美男；個性目前還看不出來，但是自信心似乎不足；大四這麼閒，而你卻沒有利用閒暇時間幹正經事，整天跟小屁孩一樣把妹打電動。另外，雖然對你不太公平，但我們評等還滿看重經濟能力的，你一個沒有收入的窮學生，難道能光靠臉蛋晉升A級嗎？

黃敏瑞聽得頭越來越低。他很想說他對自己有信心，畢業之後絕對能夠找到好工作。但是這股自信究竟打哪兒來的，連他自己也不知道。再說，如果沒辦法成功弄到替代役的話，畢業後一去當兵，他跟Girl在經濟上的差距瞬間拉大，生活的交集也就越來越少。這也是讓他不安的一大主因。他越想越心虛，一聲嘆息道：「看來我條件真的滿差的。」

小貞安慰他：「條件差不要緊，只要你有決心，一定可以改進。只是需要時間。」

黃敏瑞搖頭：「妳條件那麼好，當然說得輕鬆囉。」

「嘿！」小貞不悅。「你以為我沒努力改進嗎？我剛來的時候也只是B級耶。」

黃敏瑞不信：「妳這張臉根本就是人生勝利組的臉。再怎麼樣也是空降A級，哪可能算B？」

「個性不好，就是B囉。」

黃敏瑞揚眉：「妳這樣個性還不好？」

「齁齁齁……」小貞冷笑。「只有跟我不熟的人才說得出這種話。」

林天華突然冒出來。「嘿？幹嘛？趁我不在把妹呀？」黃敏瑞還沒來得及否認，林天華又說：「小貞不能把喔。我們說好要先改掉她的壞毛病，才能再談戀愛。」

黃敏瑞好奇：「什麼毛病這麼壞？」

林天華一屁股坐下，指著他鼻子問：「所以你就是想把她，是吧？」小貞也笑嘻嘻地看著他。

「沒有。我們只是在聊天。」

小貞突然一嘟嘴，不悅道：「不把就不把，好稀罕嗎？」說完突然起身，拿著水杯走回吧台。

黃敏瑞愣在當場，不知道她是不是在開玩笑。

林天華在他面前彈手指，誘他回神。「別放在心上，小貞就是這樣。」

「她這算怎樣？」黃敏瑞問。

「公主病，很難改的。」林天華解釋。「男生只要一不合她意，她就要發脾氣；說她不漂亮，她要發脾氣；不管她喜不喜歡人家，只要人家透露出不要追她的意思，她也要發脾氣。在女生面前，她就喜歡炫耀一些自己有而其他人沒有的東西，特別是男朋友對她怎麼樣怎麼樣，或是被她怎麼樣怎麼樣。總之呢，她朋友都很討厭她；喜歡過她的男生不是被她氣走，就是被她甩了。她……」

小貞突然出現，在林天華面前重重放下一杯冰雪奇緣，接著轉頭瞪他，冷冷問道：「說我壞話？」

林天華語氣誇張：「小的怎麼敢？」

小貞哼了一聲，大步離去。

林天華喝口咖啡，等她走遠，這才湊到桌子中央，以手遮嘴，小聲說道：「八個月前，她在大愛情家為了一件小事甩了她男朋友，然後又在姊妹淘安慰她的時候大發脾氣，把所有姊妹都氣跑了。她一個人在店裡哭，我跟小彤過去勸她。她說她也知道自己有問題，也真的很想改，但就是不知道從何改起。我看她還有救……」

黃敏瑞插嘴：「你怎麼看得出來還有救？」

「因為一般公主病的人根本不會認為是自己的問題，甚至不會發現自己被朋友討厭，千錯萬錯都是別人的錯。她懂得反省，自然還有救。總之，我看她還有救，就提議讓她在我們這裡半工半讀，先從培養責任感和與客人相處的態度做起，慢慢化解她的公主病。」

「所以她是你們客戶呀？」

「有給薪的客戶。」

「比免費客戶還高級？」

「可不是嗎？」

阿強坐下來。「聊什麼？」

「小貞。」

「喔，原來你想把她呀？」阿強恍然大悟，立刻轉向黃敏瑞。「不行喔，現在把她，有得你受的。」

「沒有！我沒有，好不好？」

吃完早餐之後，黃敏瑞跟著林天華和阿強前往大愛情家後面的排演室。這房間基本上是間舞蹈教室，三面牆上有落地鏡，近乎三分之二的地板上鋪有軟墊，顯然平常是用來上散打課的。林天華把電腦接上投影機，開始播放蔡貞弦的比賽影片。奧運國手果然不是浪得虛名，就看她側踢、旋踢、下壓，每一下攻擊都強而有力，而她獲得奧運資格的那場比賽更是在關鍵時刻使出一招五百四十度後旋踢，踢得對手騰空翻了好幾圈才重重落地。黃敏瑞和阿強目瞪口呆、冷汗直流，不約而同地看向林天華。

阿強說：「這腳挨下去，不死也半條命吧？」

黃敏瑞說：「老師，還是你上好了。我只是要調戲良家婦女，不想玩命啦！」

林天華搖頭：「男人不壞，女人不愛。敢玩命調戲良家婦女的男人最討女人歡心。放心，有我指導，死不了的。」他闔上電腦，關掉投影機，指導兩人馬步姿勢，要他們紮好不准動。接著他脫鞋上軟墊，親自打了一套詠春入門十二式。黃敏瑞沒學過功夫，看不出門道，只覺得他一招一式都很到位，應該是練得非常道地。等到十二式打完，黃敏瑞已經手腳痠軟，不支倒地。

「練拳不練功，到老一場空。」林天華讓他們休息三十秒，然後繼續紮馬。「我雖然說要教你們一些速成法門，不過基本紮馬還是要練。想人家蔡小姐一腳的力道有多沉重，你要是下盤不夠穩當，對方一腳就把你踢趴了，根本不用去想什麼化解招式。」

他從揹包裡拿出一個有杯蓋的老人茶杯，慢條斯理地到熱水器那邊泡了杯香片，拉張椅子，在抖得厲害的兩人面前坐下，擺足一副電影裡面師父教徒弟的派頭。「休息。」他說。兩人如獲大赦。

「這兩個禮拜的特訓，我們就以剛剛那入門十二式為主。雖然是詠春基本功，不過這十二式散手練到高深處，在武林之中也夠你闖出一番名號了……」說到一半，手機響起簡訊聲。他放下茶杯，拿起手機看看，回個訊息，收回手機，說道：「好吧，今天上課就上到這裡。」他對阿強說：「待會兒有兩個他們學校心理系的女生會過來，就是我昨天跟你提過的那個。你帶Boy去練練膽子。」

阿強問：「你說『言情小說』啊？」

「對，」林天華點頭。「瓊瑤風。你有準備台詞吧？跟Boy順一下。」

黃敏瑞迷惘：「什麼言情小說瓊瑤風？這又是哪一齣呀？」

「邂逅。」阿強說。「今天帶你練習把妹招數基本款：『邂逅』。」

大愛情家門外巷道，黃敏瑞神色尷尬地看著眼前的劇本，小聲唸道：「啊，我死了，我死了！哪裡來這似水、如月、又像花的女孩，把我的七魂六魄都勾走了一半。我擔心，我擔心日後再也見不到她，我的心該怎麼辦呢？」

阿強大搖其頭：「你就不能放點感情嗎？」

黃敏瑞指著劇本：「你聽過人講這種話沒有？」

「怎麼沒有？」阿強說：「不是放馬景濤的片段給你看了嗎？」

黃敏瑞問：「你見過人那樣講話的沒有？」

「喂，馬景濤可不是演瓊瑤才這樣講話的喔。他連演張無忌都是這個樣子。」阿強拍拍他。「好了，別抱怨了。我們幹這行的，什麼任務都會接到，什麼人都會遇到。投其所好是吸引目標注意的首要原則。資料寫得明白，這個女孩只對說瓊瑤式對白的男生有反應，你就說吧。」

黃敏瑞抗議：「這明明是獨白，只有演電視的人才會把心裡的獨白講出來。現實裡這樣講話的人根本是瘋子吧？」

「所謂『見人說人話，見鬼說鬼話』。」訊息聲起，阿強看看手機螢幕上傳來的照片。背景是距離大愛情家百來公尺外的巷口，照片上有兩個女大學生，其中一個穿著夢幻長裙的有用紅線圈起來。他把照片拿給黃敏瑞看，說道：「認清楚了，圈起來的就是目標。一分鐘內抵達。」他催促黃敏瑞上腳踏車。「騎腳踏車去跟她們擦肩而過，過去之後立刻停車、回頭、說獨白。你要是停得越遠，就得說越大聲，總之要讓目標聽到你說話，知道嗎？」

「不是，我這……」

「沒時間了，開始騎！」

黃敏瑞硬著頭皮，跨過座墊，踩下踏板。腳踏車才一上路，巷尾已經轉過照片上的兩名女子。其中一個相貌熟悉，是昨天在咖啡廳裡找林天華解牌的心理系女生之一。另外一個夢幻長裙，代號『言情小說』的目標，是個相貌中等的女生。黃敏瑞在學校交誼廳打滾三年半，照說只要是有點姿色的女生都該有點印象，不過他真的沒見過這個女孩。他一邊騎車，一邊看著，不知不覺就已經跟對方擦身而過。想起自己身懷任務，他猛然煞車，發出腳踏車特有的尖銳煞車聲。他單腳著地，轉過頭去，正要開口說話，卻見到位於五、六公尺外的兩個女生神色好奇地回頭打量他。

「啊！我死了，我……我死了。」

兩個女孩瞪大眼睛看著他，似乎很想知道他在死些什麼。

黃敏瑞覺得自己一輩子沒有這麼尷尬過，只想找個打開的水溝蓋跌進去。然而眼看那兩個女生沒有要離開的意思，黃敏瑞深怕她們會主動過來詢問什麼，於是把心一橫，深吸口氣，腦袋微側，幽幽說道：「哪裡來這似水、如月、又像花的女孩，把我的七魂六魄都勾走了一半。我擔心，我擔心日後再也見不到她，我的心……該怎麼辦呢？」說完長嘆一聲，默默搖頭，就當剛剛那些話都是自己在心裡想的，旁人通通聽不見般。他含情脈脈地看著對方。

兩個女孩臉色大紅，轉身就走。沒幾步來到大愛情家，連忙轉入門內。離開黃敏瑞視線範圍後，她們終於哈哈大笑。

黃敏瑞繼續獨白：「悄悄地她走了，正如她悄悄地來。希望這女孩從此走出我的生活，別在學校碰見。不然我擔心，我真的擔心，畢業前這半年，我該怎麼做人呢。」

對面的阿強走到大愛情家門口，朝黃敏瑞比了個大拇指，似乎是在讚他有種。接著他無聲大笑，進入大愛情家。

黃敏瑞在原地站了一會兒，儘管四下無人，依然渾身尷尬。最後，他嘆了口氣，牽著腳踏車往巷尾走去，依照計畫要把車停在巷尾轉角處。轉過轉角後，他發現林天華靠著牆壁看手機。手機裡傳來黃敏瑞的聲音：「……我擔心，我擔心日後再也見不到她，我的心……該怎麼辦呢？」

「這段經典，」林天華看到他來，笑道：「我待會傳給你。」

「不需要。」黃敏瑞邊架起腳踏車邊說。「我不想觸景傷情。聽到那段話，就好像把我枯萎的心連根拔起，永遠無法享受雨水的滋潤。唉，還是忘了我這個可憐人吧。」

林天華一直笑：「你也太入戲了！」

「現在入戲有什麼用？剛剛矬成那個樣子，肯定沒搞頭了。」

「本來就不會有搞頭啊！」林天華手機對準他，順手拍了張照。「你那樣大聲自言自語，還說那種台詞，是人都會以為你阿達阿達的，好不好？」

「你說得有道理，有道理。」黃敏瑞說著用力拍擊腳踏車座墊，發出啪嗒一聲，隨即提高音量：「那就是說你們要我囉？」

「真的不是耍你，是帶領你跨出第一步。」林天華說著走來拍拍他的肩膀。「不光是我們這行——如果我們這算一行的話——社會上各行各業都一樣，你必須要鼓起勇氣說出第一句話，不管那話再怎麼讓你尷尬也一樣。再說，不這麼試一下，怎麼知道『言情小說』的問題有多嚴重？如果你剛剛那段獨白真能讓她有反應的話，那她大概就無可救藥了。」

「無可救藥？」

「也沒那麼嚴重啦。」林天華解釋。「那表示她可能患有精神疾病，難以分辨現實與妄想之間的界線。又或許她過度沉迷在自己與言情小說的世界裡，跟現實生活大幅脫節。如果到那種程度的話，我會建議她去看精神科醫生，輔以藥物治療。」

黃敏瑞奇怪：「你不就是諮商心理師嗎？」

「心理師跟精神科醫生是不一樣的。」林天華搖頭。「心理師會跟病人交談，聆聽病人的病因，追究問題的起源，以言語諮商的方式幫助病患。我們是不開藥的。精神科醫生相反，他們只開藥，很少跟病人聊天。」

「為什麼？」

「因為健保不按鐘點給付。」林天華聳肩。「醫生跟你聊兩個小時然後開藥，跟他直接開藥給你，拿的錢都一樣。你說，他幹嘛要跟你聊？再說，精神科醫生也沒有接受過心理師的專業訓練。聽病人講半天，除了讓病人抒發情緒，好過一點外，未必能夠提供實際療效。總之，要吃藥才能解決的問題，去醫院掛精神科就對了。」

「喔。」黃敏瑞大概了解了。「那『言情小說』這種不太嚴重的，你們怎麼處理？」

「就讓阿強去跟她談。」

「強哥也是諮商心理師？」黃敏瑞難以置信。

「不是。他只是超愛看各種小說、電影還有各國影集。每當我們遇上這種『過度吸收奇特愛情觀念而無法自拔』的客戶時，通常就會派阿強出場。你別看他吊兒郎當的模樣，其實他也是個奇才，只要遇上有興趣的東西就會深入研究，而且研究過的東西通通記在腦子裡。舉凡看瓊瑤、偶像劇、言情小說、還有迪士尼公主系列上癮的女人，阿強都有辦法用她們的語言去跟她們溝通。」林天華嘴角上揚，看著黃敏瑞：「你剛剛的煞車獨白是過分了點。阿強會在閒話家常中參雜一些瓊瑤用語，讓『言情小說』認為他是同好，進而開始交流心得。等到多見面幾次之後，他就會漸漸想辦法讓『言情小說』的興趣轉移到其他東西上面。比方說武俠小說。」

「多見幾次面？這樣不是花很多時間在免費客戶身上嗎？」黃敏瑞問。「小貞說只有你才接免費的，強哥和彤姊都是負責收費客戶。」

林天華一攤手：「遇上了，就幫忙。幫助他人是我們的初衷，記得嗎？不管是幫人家談戀愛，還是幫人家應付心理問題。總之，能幫的，幹嘛不幫？」

黃敏瑞不由自主露出崇拜的表情。

林天華任由他崇拜片刻，然後笑著說：「好了，言情小說就交給阿強去開導。我們去找『追夢人』。」

「誰？」黃敏瑞瞪大雙眼。

「就是半年前第一個來找我們幫忙追冷如霜的男人。」林天華拿出顯示客戶資料的平板電腦，塞到黃敏瑞手上。「『追夢人』。」

5

劉阿華，代號「追夢人」，三十二歲，川菜餐廳型男主廚。儘管他的職業確實跟夢想結合，但是「追夢人」這個綽號卻跟追求夢想無關。他追求的是夢，不是夢想。此人從小就有夢遊的習慣，經常打開冰箱上廁所，或打開廁所找東西吃。十六歲那年，他追著夢中一名女子的身影，走出家門，坐電梯上頂樓，出天台，在跳出女兒牆墜樓前被他爸爸給拉了回來。據他回憶，當時夢中的女子走出天台，回頭對他招手，而他一心只想隨她而去。那之後，他爸每天晚上都把他反鎖在房間裡，不去理會深夜自他房中發出的怪聲。反正只要不亂跑，他愛跟夢裡的女人在房間裡幹什麼都無所謂。

二十三歲某天夜裡，他在屋內大叫：「放我出去！我要去抓他！我要阻止他！不然他就會跟我的真命天女在一起啦！」接著他跳窗而出，摔斷了腿，終究還是沒有抓到夢中情敵。他爸在窗外加裝鐵窗，令他無法再度破窗。之後每隔約莫半年，他就會夢到追殺情敵的情節，而且每次的情敵都不一樣。他沒有一次追到情敵。他很無助，痛恨自己在夢中如此無能，於是他白天發憤圖強，彌補深夜的缺憾，終於成為前途大好的當紅主廚。

三十二歲時，他在現實生活中遇上了夢中的女人。

開始追求冷如霜後，他就越來越少夢遊了。當然，他認定冷如霜就是他這輩子等待的女人，就連他父母也如此認為。而當他們兩人終於在一起後，追夢人果真停止追夢。當時所有人都對這個完美結局感到滿意，甚至興高采烈地在大愛情家舉辦了一場慶祝宴會，大家都玩得很瘋。

「那時候我還考慮要把『追夢人』的案例寫成論文發表。只因為接連有事忙著，最後就不了了之。」林天華皺起眉頭，神情懊悔。「楊詰來找我們追冷如霜的時候，我真的應該去追蹤『追夢人』的情況，但不知道為什麼，我沒有這麼做。或許是懶惰，或許是不想自找麻煩……當時如果我有來關心他一下，或許他還不致於淪落到這裡。」

他轉動方向盤，駛入松山療養院。

「他又開始追夢了嗎？」黃敏瑞問。

「不，他不再需要追夢了。」林天華說。「如今他完全活在夢裡。」

兩人來到精神科病房，跟護理站打過招呼，直接前往追夢人的病房。

走著走著，黃敏瑞問：「我看電影裡演的精神病院不是都守備森嚴嗎？這樣就讓我們直接進去呀？」

林天華說：「你看哪一部？《飛躍杜鵑窩》？」

「什麼年代的片子呀？我是說《沉默的羔羊》之類的。」

「那是專門關精神病罪犯的地方啦。」林天華笑道：「追夢人活在他給自己創造的完美世界裡，每天自得其樂，不惹任何麻煩，基本上是他們這裡的模範病患。」他們停在病房門口，黃敏瑞正要推門，林天華卻揮手阻止他。「先提醒你一下，在追夢人的世界裡，冷如霜是他老婆，是他的真命天女。兩人如膠似漆，恩愛甜蜜。你進去要順著他的意思，別亂說話，也別亂做反應，知道嗎？」黃敏瑞點點頭，深吸口氣，推開房門。

這是一間單人病房。有廁所、病床、衣櫥、桌椅、電視等正常病房設備。環境還算乾淨，採光也十分良好，不過可見的空間裡沒有擺放多少私人物品，看起來不像常有訪客的模樣。一個三十出頭的男人坐在窗旁的書桌前，轉過椅子看著他們。他目光炯炯、神采奕奕，看起來一點也不像黃敏瑞想像中的精神病患。追夢人看到林天華，立刻露出誠摯的笑容，站起身來，熱情說道：「哎呀！華哥！稀客、稀客！你這麼忙，怎麼有空來看小弟呢？我跟如霜都經常聊到你呢！」他轉頭看向床頭旁的躺椅，溫柔地說：「是不是呀，如霜？」

黃敏瑞隨著他的目光看向空蕩蕩的躺椅，暗抽一口涼氣，登時覺得整個背脊都毛了起來。卻聽林天華開懷大笑，說道：「華弟！就算再忙，一想到你的回鍋肉跟辣子雞，我這口水就直流呀！」他說著也轉向躺椅，彷彿換個對象說道：「我真羨慕如霜姑娘這麼有口福呢！」

黃敏瑞斜眼看著林天華，一邊佩服他這麼能夠進入狀況，一邊也等著他跟追夢人在說完這些客套話後理應發出的笑聲。結果他們笑是笑了，不過是停頓了三到五秒之後才笑，彷彿中間有個黃敏瑞看不見的人說了一句他聽不見的話一樣。他感到頭皮發麻，冷汗直流，並默默地往右邊踏出一步，背靠牆壁，試圖尋求一點安全感。

追夢人一捲袖子，迎上前來。「華哥都這麼說了，小弟今天當然得要做幾道拿手小菜了！」他來到林天華身前，熱情擁抱片刻，然後推開廁所門，說道：「先坐，讓如霜陪陪你們。我做菜很快！」說完進入廁所，關門做菜。

林天華回過頭來，一看黃敏瑞渾身僵硬，低聲說：「放輕鬆點，當自己家。只要你別坐到如霜身上就行了。」

黃敏瑞兩膝痠軟，當場摔倒。林天華眼明手快，立刻又把他扶了起來。黃敏瑞聲音微微顫抖，幾近哀求：「老師，你不要嚇我啦！什麼如霜啊？這房間裡哪有什麼如霜啊？」

林天華把他扶到一張椅子上坐下，拍他肩膀說：「不要怕。沒事的。冷如霜又沒死、又沒爛，你還怕她是鬼嗎？一切都是追夢人自己幻想出來的。」

「既然是追夢人幻想出來的，為什麼你好像看得見她在哪裡一樣？」

「剛剛人家不是看著躺椅說話嗎？」

「那她現在在哪裡？」

「在你旁邊。」

黃敏瑞嚇得摔下椅子。

追夢人在廁所裡問：「華哥，沒事吧？」

林天華揚聲道：「沒事。我朋友絆倒椅子。」隨即低聲道：「看不見就不用怕。盡量自然點就是了。」他說完轉向黃敏瑞右側，點頭微笑，彷彿在向某人致歉般。黃敏瑞吞嚥口水，說多不自然就多不自然。

事實上，在林天華眼中，這是一間十分舒適的客廳，有沙發、懶人椅、五十吋液晶電視、環繞音響、華麗的窗簾、角落的吧台加酒櫃、牆上掛著一張追夢人跟冷如霜的大結婚照，當然，還有冷如霜本人站在黃敏瑞身旁，面帶微笑，一言不發地對著他。房間靠窗的角落有一塊約莫一公尺見方的空間色彩黯淡，呈現出原始病房的景象。剛剛進來的時候這裡還好好的，但是追夢人走到廚房（廁所）後，那個角落的「夢境」就淡出了。顯然追夢人的夢境涵蓋範圍是以他為中心的方圓五公尺左右。夢境不會因為他離開房間，看不見這裡的情形而消失。冷如霜也是。

追夢人推開廁所，端出回鍋肉、辣子雞、白油豆腐、夫妻肺片等拿手好菜，看來在追夢人的世界裡，時間是可以跳躍前進的。林天華、追夢人、冷如霜走到餐桌旁坐下，準備大快朵頤一番。黃敏瑞看著書桌上擺的漱口杯、臉盆、水瓢、還有一個像盤子般的塑膠圓盤（稍後認出是垃圾桶蓋），不知道該如何演這一齣。林天華見他為難，隨口解釋道：「我朋友不敢吃辣，旁邊坐著行了。」追夢人哈哈大笑，說道：「那他真是沒口福啦！」

林天華邊吃邊問：「華弟，你跟如霜什麼時候結婚的，怎麼沒有知會我一聲？」

追夢人滿嘴食物，口齒不清地說：「說什麼？華哥你開玩笑？你不是擔任咱們婚禮的介紹人嗎？還上台說了好一會兒話，感性得大家都哭了呢。『我有一個夢！就是要在大學開愛情課！』你怎麼不記得了？」

林天華笑道：「哎呀，對對對！你看我這記性。」

「華哥貴人多忘事。」

林天華轉頭跟黃敏瑞對看一眼，兩人都是一般心思：「這樣也能過關？」顯然追夢人會自動無視訪客不合乎他幻想的言詞，藉以維持幻想世界的完整性。林天華轉回頭去，隨即一愣。只見追夢人正低著頭吃菜，沒注意到林天華跟黃敏瑞的反應，但是冷如霜卻在斜眼看著黃敏瑞。林天華皺眉片刻，冷如霜轉頭看他。林天華神態自若，微微一笑。冷如霜也跟著笑。

追夢人抬頭。「華哥，今天來找我，有什麼事嗎？」

林天華說：「是有點事，不過吃完飯再聊。」

追夢人往桌上一指：「不是吃完了嗎？」

林天華低頭一看，桌上果然杯盤狼藉，雖然十秒前每樣菜起碼還有半盤。追夢人如此跳躍時間，是不是下意識地想要他們儘快離開？林天華放下碗筷，清清喉嚨，說道：「其實是這樣子的，華弟，因為你之前的夢遊習慣、夢境主題還有跟現實交織的複雜情況，在我們心理界算是滿少見的，所以我想要針對你的案例撰寫一篇論文。這件事情我之前有跟你提過，不知道你還記不記得？」

「記得！」追夢人拍桌子道。「這麼多年了，你都沒提，我還以為你忘了呢！」

林天華眨眨眼：「很多年了嗎？」

「三年半啦！」

「是喔？」林天華轉向冷如霜：「打算什麼時候生孩子呀？」

冷如霜露出潔白整齊的牙齒，跟追夢人異口同聲地說：「快了，快了。」

這是林天華進入這間病房後第一次真的感到毛骨悚然。黃敏瑞已經毛到退到門邊，隨時準備奪門而出了。林天華深吸口氣，繼續對冷如霜說（在黃敏瑞眼中是張空板凳）：「如霜，我們聊的話題可能會涉及華弟一些過往隱私，我也會站在心理師的立場去剖析他小時候的心態。這中間可能會有些……不適合讓當事人親近之人聽到的事情。我想如果妳不介意的話……」

追夢人說：「霜兒，妳也好幾個月沒出門了，不如就出去逛逛吧？」

冷如霜瞪著追夢人，緩緩站起身來，接著看向林天華，面露詭異的笑容，彷彿是在說：「你以為出去我就聽不到了嗎？」她拿起沙發（病床）旁的包包，走到廁所門口，說聲：「那我就不打擾你們聊天了。」隨即打開廁所門（門真的開了，不過似乎是被風吹開的，至少黃敏瑞是這麼感覺）。林天華聽見一陣車輛喧囂聲，彷彿廁所門內就是大馬路一樣。冷如霜出門，關門，喧囂聲戛然而止。看來在追夢人的世界裡，那扇廁所門就是通往所有外界的門戶。林天華忍不住看了一眼病房門所在的位置，只見黃敏瑞站在一面空蕩蕩的牆前，完全沒有門的跡象。對追夢人而言，那裡不是出口。

林天華回頭問追夢人：「如霜已經幾個月沒出門了嗎？」

追夢人滿臉幸福：「是呀，我們如膠似漆、蜜裡調油，誰也捨不得離開對方。」

「那真是太幸福了。」

「可不是嗎？」追夢人輕嘆一聲，說道：「華哥，你就快點問吧。跟如霜分開太久，我就渾身不自在。等你走了，我立刻要叫她回來呢。」

「你想要她回來，她就會回來嗎？」

「我打手機叫她回來呀。」

「是是是。我今天真是怪怪的。」林天華看看廁所門，然後回頭開問：「是這樣，華弟，你以前說過，自從你開始夢到如霜姑娘之後，你就經常會夢到追殺情敵的情節。」

「對呀，我記得很清楚，一共有十四個。」

林天華點點頭：「你記得這十四個人的長相嗎？」

追夢人想也不想地答道：「有六個特別深刻，其他印象比較模糊。」

「為什麼那六個比較深刻？」

「因為如霜給我看過他們的照片呀。」

林天華瞪大雙眼：「嗯？照片？」

追夢人點頭：「那些都是她以前男朋友。」一看林天華表情驚訝，他有點不高興地說：「我不是早就跟你說過了嗎？如霜是我的真命天女。我們的相遇不是巧合。打從我夢到她的那天開始，我的夢境就一直在反映她的人生。那些情敵都是真實存在的男人。我可不是唬爛你的。我跟她一個一個對照我夢裡的情敵，她也一個一個跟我講述當年交往的情況。其中六個對她特別好，所以她留下了他們的照片。」

「如霜是什麼時候給你看那些照片的？」

「剛交往一個月。」追夢人說。「我記得很清楚，因為那天我們為了慶祝交往一個月而瘋狂做愛，一整天都沒離開臥房呢。」

林天華跟黃敏瑞對看一眼。剛交往一個月就表示那是真正的冷如霜，當然，前提是追夢人沒有搞錯。

「你有那些照片嗎？」林天華問。

追夢人向後靠上椅背，神色懷疑：「你要幹嘛？」

「寫論文呀。」林天華答得理所當然。「多找幾個出現在你夢中的證人加以佐證，可以大幅提昇論文的可信度。」

追夢人凝視他片刻，似乎在考慮什麼，接著他探頭看看廁所門，肯定冷如霜還沒回來。他走到電視櫃旁，推開超大顆的前置音箱（衣櫃），蹲下身去，在音箱後方摸索，拿出一本筆記本來。他回到座位上，翻開筆記本，其中幾頁記載了幾個男人的基本資料、註記、還有照片。

「你可千萬不要告訴如霜說我有這本筆記唷。」追夢人神祕兮兮地說。「這都是我後來偷記下來，還有自己上網去查來的資料，照片則是趁如霜不在的時候偷拿出來翻拍的。我是說，這幾個傢伙好到在如霜腦海中留下這麼深刻的印象，我總得看看他們是什麼樣的男人，你說是不是？」

「是是是。」林天華說著拿出手機，朝追夢人揚眉詢問：「我可以嗎？」

「拍吧。」

林天華把所有男人的資料通通拍照存檔，隨即上傳給小貞，傳訊要她進行調查。弄完之後，追夢人放回筆記，推回音箱，把客廳整理得好像沒有動過一樣。

林天華想要知道他們當初分手的理由，不過對追夢人來說，他們根本沒有分手。林天華怕問太直接會打亂他的幻想，於是決定旁敲側擊。「華弟，你們在一起這麼久，有沒有吵架過？」

「剛開始的時候偶而會有口角，不過你知道的，我既然認定她是真命天女，自然處處讓著她……」他突然側頭思考，似乎想到某件令他困惑的事情。「我記得大概交往兩個月的時候，我們大吵了一架，之後這三年多就再也沒有吵過架了。你說，這麼好的女人，上哪兒去找？」

交往兩個月時一場大吵，八成就是他們分手的關鍵。林天華問：「你記得最後一次吵架是在吵什麼嗎？」

追夢人臉上再度露出困惑的表情。他摸摸後腦，語氣遲疑：「老實說，我記不太清楚了耶。好像也是……跟她以前男朋友有關的事情。」他自嘲式地笑了笑，攤手道：「大概是我醋勁兒犯了吧。這也不能怪我，你想想看，我這輩子沒交過女朋友，就只等她這唯一的女人。但她在遇到我之前卻是換男朋友跟換衣服一樣……我再怎麼愛她，也是有點不是滋味的嘛。」

林天華露出諒解式的笑容，嘴裡說：「我懂，我懂。」心裡想著：「華弟在夢裡受到這些男人折磨將近十年，冷如霜又不避談過往情史。從他製作的那幾份前男友資料來看，他的醋勁兒著實不小。看來冷如霜八成就是受不了他吃醋才跟他分手的。」他覺得問得差不多了，就想告辭。不過想到華弟好好的餐廳大廚，為了一個女人淪落到療養院來，終究還是覺得難過。他關懷道：

「華弟，你現在過得好嗎？」

追夢人笑：「人生最快樂的時光。」

林天華點點頭：「如果有需要我幫忙……或是想找個人聊聊，記得打電話給我。」

「沒問題！」

林天華起身正要離去，突然想起一事。他拿出手機，看著追夢人，考慮幾秒之後，這才翻出楊詰的照片，拿到追夢人面前。「華弟，你有見過這個人嗎？」

追夢人本來笑顏真誠，一看到楊詰的照片立刻瞪大雙眼，倒抽涼氣，彷彿驚訝到不能再驚訝。他目光上移，瞪向林天華，表情由驚訝轉為憤怒，吼道：「你跟他是什麼關係？是不是他找你來的？我告訴你，我絕對不會讓任何人傷害如霜！」說完動手去推林天華。

林天華只想知道冷如霜後來交的男朋友會不會出現在追夢人的夢裡，沒料到他竟然會有這麼大的反應。他一邊後退，一邊雙手高舉，解釋道：「華弟，你不要誤會。我不是他找來的……」

「你放屁！這傢伙昨天半夜跑來，說要找如霜。結果一進門就動手動腳，竟然想要抓走如霜！」追夢人氣得面紅耳赤、青筋隱現，一副恨不得要撲到林天華身上的模樣。

林天華問：「你說他要帶走如霜？」

追夢人口沫橫飛：「我操！」一拳捶向林天華臉頰。林天華側頭避開，正要開口勸他，突然感到身後風聲大作，廁所門呀呀開啟。林天華心裡害怕，當即扣住追夢人手腕，一勾一帶，將他推倒在沙發上。他迅速轉身，只見冷如霜已經站在廁所門前，目光凌厲地瞪著他。

林天華開口解釋：「如霜，這是誤會……」儘管他認定這個冷如霜是追夢人幻想中的虛構人物，照理不會對現實造成傷害，但是打從進入這間病房以來，冷如霜就不斷給他一種恐怖的感覺，彷彿主導這個幻想的人不是追夢人，而是她。雖然明知這個想法絕不理性，他還是不敢掉以輕心。畢竟，他看得見別人的幻想這個事實本來就有夠不真實了。有時候他很懷疑自己看見的這些東西究竟是出於別人的幻想，還是他自己的幻想。

「如霜！」追夢人叫道。「他跟昨晚那傢伙是一夥兒的！別讓他跑了！」

在冷如霜朝他撲來的同時，林天華聽見門口傳來黃敏瑞顫抖的聲音：「老師呀！現在究竟是什麼情況啊？」

林天華叫道：「出去！立刻出去！」接著他側身閃避，冷如霜反爪疾抓。林天華只覺勁風撲面，不敢怠慢，立刻出手擋格。當他的手跟冷如霜的手接觸的瞬間，他感覺到對方實實在在的存在。他心裡一涼，冷如霜則嘴角上揚，笑容詭異。林天華雙臂轉圓，試圖架開冷如霜，卻發現冷如霜不動如山，雙手文風不動。林天華心下吃驚，正待變招，冷如霜已經踏步上前，肩膀狠狠撞上他的胸口。林天華大叫一聲，咳出血來，身體向後摔去，正好摔在黃敏瑞身上。

「幹！我不是叫你出去嗎？」林天華眼盯冷如霜，口罵黃敏瑞。

「我想等你一起走啊！」

「快走！」

黃敏瑞轉身開門，冷如霜疾撲而來。林天華見她運掌成爪，十指指甲上都閃爍著妖異的幽光，當下不敢硬接，順勢拉起斜揹在身上的揹包擋在身前。冷如霜十指淒厲，盡數插入揹包之中。林天華感到手裡揹包彷彿結成了冰塊般，噴出一陣陰邪寒氣，不單震得他向後摔出，連冷如霜也是大叫一聲，飛身而起，直接撞上病房另一端的窗戶上。

林天華摔出病房，再度癱在黃敏瑞身上。儘管全身冷得發抖，他還是奮力起身，撲回病房門口，抓起門把，迅速關上房門。在房門完全關閉之前，一瞬間，他看見冷如霜抬起頭來，冷冷瞪向自己。

黃敏瑞爬起身來，驚魂未定，問道：「老師，怎麼回事？」

林天華看了看他，又看看護理站的方向。這間病房位於走廊深處，鬧成這樣了也沒人來管，大概這裡的病房常常有人這麼鬧。他拉著黃敏瑞退開七步，背貼在走廊斜對面的牆壁，將追夢人病房的房門保持在視野之中，這才拿起揹包查看。揹包完好如初，完全沒有被女人十指插穿的跡象。他拉開拉鍊，檢視其中的物品，最後拿出觸手冰涼的塔羅布。他攤開絨布，取出裡面那張沾有死人血的塔羅牌。

黃敏瑞看著他空蕩蕩的手掌，問道：「老師，在看什麼？」

「寶物。」

「什麼寶物？」

林天華神祕兮兮地微笑：「沾了死人血的塔羅牌。」說完把牌包回絨布，放回揹包。

「什什什……什麼？」

「走吧，追夢人提供了很多線索，我們有得查了。」

黃敏瑞快步跟上，問道：「老師，你到底看到了什麼？你剛剛好像是被人扁出來的？」

林天華聳肩：「不好意思，我太入戲了。聽到追夢人叫冷如霜打我，我忍不住就被扁出來了。」

「可是你吐血了耶！」黃敏瑞說著遞出面紙給他。

林天華擦擦嘴角的血，說道：「牙血而已。」

「老師，你到底為什麼要帶我來這麼可怕的地方？」

「其實我是想讓你知道，過度迷戀一個女人，後果是很嚴重的。」

「你這個案例也太極端了吧？」

「可不是嗎？我也不知道我在想什麼。」

「差點把我給嚇死。」

「是我不對，明天請你吃早餐。」

兩人越走越快，一溜煙似地離開松山療養院。

6

接下來的日子，只要黃敏瑞沒課，早上就會在例行鍛鍊之後準時跑去大愛情家吃早餐、練武功，遇到事情的話就跟在旁邊湊熱鬧。晚上回宿舍後，他會按照三年多來的慣例，跟Girl通上半小時到一小時的電話。如同林天華所說，Girl對他近期內的改變抱持肯定的態度。她很鼓勵他鍛鍊身體，也對他在大愛情家的所見所聞深感興趣，甚至買了同一本塔羅寶典，陪他討論塔羅牌牌義。有一天，他突然發現自己已經有十天沒有見到Girl了，這可是打從他們兩人相熟以來就從未發生過的事情。他這才驚覺自己正在經歷多大的改變。

「天啊，我們已經十天沒見面了！」黃敏瑞驚道。

「對呀，那你想不想我？」Girl嬌聲道。

「超想的！」黃敏瑞立刻說。「我明天去找妳，好不好？」

「不好。」

「為什麼？」

「你找你的小貞公主就好了，哼，」Girl假裝吃醋。「幹嘛還來找我？」

黃敏瑞大慌：「沒有啦！我沒有喜歡小貞啦！」

「你喜歡誰，關我什麼事？」

儘管Girl就是一副在開玩笑的語調，黃敏瑞還是手足無措，急著想解釋。但是他又不能解釋得太直，不能說「我的心裡只有妳！」這種話，因為Girl不喜歡他赤裸裸地表達情感。Girl常常會有些前後矛盾的言行，讓黃敏瑞不知道該如何是好。他知道，這是女生的特權，有時候她們就是喜歡讓男生陷入怎麼做都錯的處境，只為了看看他們會怎麼做。有時候，他不禁懷疑男生是不是都有自虐傾向。

「唉，」他嘆。「妳知道我喜歡誰，當然也知道關不關妳的事。」

Girl在電話那頭沉默了一會兒，接著突然笑道：「我覺得小貞不錯呀……」

黃敏瑞不等她說完，插嘴道：「我心有所屬。」

Girl的笑聲僵住，又過一會兒，輕輕地說：「Boy，多給自己一點選擇，不好嗎？」

黃敏瑞心裡突然一陣激動，忍不住大聲說：「那妳為什麼不多給自己一點選擇呢？」話一說完，他立刻後悔。他們並不是沒有討論過這個話題，也不是不敢再度討論。他只是希望能夠面對面談，而不是在電話裡講。

電話那頭寂靜無聲。黃敏瑞屏息以待。屏息著、屏息著，他開始覺得Girl安靜得太久了一點，那種感覺就像是……在哭。黃敏瑞戰戰兢兢，遲疑問道：「Girl……」

「你怎麼知道我沒有？」Girl也突然大聲說話。她語帶哭音。「你怎麼知道我不把你當做選擇？你怎麼知道我看不到你的時候，不會想你？不會期待你的電話？你以為只有你為情所困嗎？你以為我一點都不煎熬嗎？我有男朋友耶！你為什麼要對我這麼好？我跟你說過多少次了，我們差別太大，硬要在一起，最後絕對會分手。你為什麼……」

「那又怎樣？」黃敏瑞問。「就算會分手又怎麼樣？我們對得起自己，對得起青春；我們轟轟烈烈愛過！我們可以無怨無悔！」

「怎麼會無怨無悔？失去你就是怨，就是悔！」Girl彷彿是在吶喊。「你不知道你對我來說有多重要？我一輩子都不想失去你！一輩子！」

黃敏瑞不知道心裡是感動，還是想罵她蠢。一時之間，他無言以對。

Girl問：「如果我們在一起，註定會面對分手的結局。你真的願意用短暫的歡愉，換取一輩子的遺憾嗎？」

黃敏瑞問：「不要分手，不行嗎？」

Girl緩緩說道：「你還是一樣，活在夢裡。」

黃敏瑞突然感到一陣莫名的好笑。「相信我，活在夢裡的人不是這個樣子的。」

Girl深吸口氣，平靜心情，說：「我今天不想跟你說話了。你明天再打給我吧。」

「Girl……」

Girl掛斷電話。

第二天黃敏瑞一大早心情就不爽。他破天荒地跑了三千公尺，然後又在健身房混了一個小時，弄到全身汗水淋漓、疲憊不堪，這才覺得好過一點。來到大愛情家附近時，已經快要十一點了。他停好機車，匆忙而行，不想比林天華晚到。

結果他在轉進巷子前的大街上看到林天華的背影，林天華低頭站在原地，不知道在想些什麼。他童心忽起，想要偷偷溜到林天華身後嚇他，結果走得越近就覺得越不對勁。林天華身體僵硬，肌肉緊繃，彷彿十分緊張。黃敏瑞皺起眉頭，繞到他側面，只見他額頭冷汗直流，鼻頭上一滴斗大的汗珠直墜地面。儘管難以想像，但是黃敏瑞覺得他在害怕。

黃敏瑞開口招呼：「林……」

林天華語氣緊張，小聲說道：「別說話。別亂看。低頭。」

黃敏瑞當即低頭，小聲問：「別亂看什麼？」

「右前方那個穿短裙的女人。別看！」

黃敏瑞正要抬頭看，被他一叫又縮了回來。他心想兩個大男人在街上這樣低頭冒汗，難道就不會引人注目？

他偷瞄林天華，竟發現他嚇到手掌都在微微發抖。黃敏瑞驚訝莫名，一心只想看看能把老師嚇成這副德性的女人長成什麼樣子。他轉動眼珠，透過眼角望向右側，隱約看見一雙穿著紅色短裙的美腿路過他身邊。確定對方已經走過去後，他輕輕轉頭去看。女人的背影身材姣好，打扮青春，看起來就是一般的東區辣妹。這個角度看不到長相，他顯然也不方便追上去瞧個仔細，於是他回過頭來。

林天華深深地吸了一大口氣，伸出不再顫抖的右手，自揹包裡拿出手帕擦拭額頭上的汗水。他長吁一聲，勉強擠出笑容，說道：「呼，幸好沒被發現。」

黃敏瑞心想：「你那個樣子確定沒被發現嗎？只是人家不想理你吧？」嘴裡問：「什麼人呀？」

「壞人。」林天華說。「你先過去吃早餐。我辦點事，半小時後才到。」

來到大愛情家，難得只有兩桌客人。小貞直接端了他每天都點的早餐到他的餐桌旁坐下。「你每天都吃一樣的，吃不膩呀？」

黃敏瑞搖了搖頭，開始吃早餐。他本來想說：「是妳做的，怎麼會膩？」但由於看到小貞就想起昨晚跟Girl的對話，導致他完全喪失開玩笑的心情。他吃了幾口，看小貞一直坐在旁邊看他吃，便朝她點點頭說：「謝謝妳每天幫我做早餐。很好吃。」

小貞側頭看他，神色懷疑：「你今天怪怪的唷。」

「妳今天才怪怪的咧，」黃敏瑞說。「幹嘛一直看我吃飯，不講話？」

小貞笑嘻嘻：「事情是這個樣子的，Boy。我聽說你是宅男，是吧？」

「普通宅。」

「那你有沒有在玩ＦＯＦ？」

「有啊，妳也玩喔？」

「你帶我練功，好不好？我現在四十級。」

「可以呀。」黃敏瑞聳肩。「反正我已經封頂了。可是找人帶練很無聊唷，不如自己跟等級差不多的人一起組隊，玩起來比較有趣。」

「不要。我要趕快練滿等級。」小貞嘛起嘴唇，似乎在生氣。

「幹嘛急著升級？」

「氣死我了，我告訴你！」小貞怒道。「就昨天晚上，我才剛傳送出來，電腦都還沒有讀完資料，就被埋伏在傳送點的混蛋給打死了。我記下那個傢伙的名字了。我一定會報仇的！」

黃敏瑞笑：「我了解妳的心情，我也曾經被人這樣搞過。」接著他勸：「但是網路遊戲畢竟只是遊戲，妳犯不著跟那些網友一般見識。搞不好妳氣了半天，人家只是個還沒長毛的小屁孩而已，何必呢？」

「你當我網路新手？這種事情我會不懂嗎？」小貞聽起來還是很氣。「問題是你也知道我現在的情況。我答應華哥，一年之內都要乖乖聽話，不能交男朋友，不能招惹是非。網路遊戲就是我現在唯一的社交生活。華哥甚至不准我跟人家視訊耶！你設身處地為我想想看，這口氣我能嚥下去嗎？」

「這……」黃敏瑞語氣遲疑。儘管他也花很多時間在打電動上，不過他認為把生活重心放在遊戲裡是很不健康的事情。「我是覺得應該咬咬牙給它嚥下去啦。不過既然妳這麼生氣，偶爾報仇也很有益身心。」他考慮片刻，又說：「這樣好不好？今天晚上，我們一起去把他找出來幹掉，給妳出口氣，然後就別管他了，怎麼說？」

「不行，我一定親手宰了他。」小貞神情堅定。「這是我個人的堅持。」

「喔，既然妳堅持了，」黃敏瑞聳肩：「我最近比較累，一天頂多玩一個小時。今天晚上十點，我們在精靈城見。」

小貞展顏歡笑：「謝謝啦！以後早餐多幫你加根香腸！」

交換遊戲角色名稱後，黃敏瑞問道：「呃，小貞，我問妳喔。老師……妳會不會覺得他有時候……怪怪的？」

小貞張大雙眼，饒富興味地看著他：「怎麼個怪法？」

黃敏瑞覺得有點尷尬，有點愚蠢，不過還是把早上看到的事情說了。「我不知道耶，他有可能認識那個女的，但我覺得看起來不像。他那個樣子看起來就好像……呃……」

「見鬼了一樣？」小貞問。

黃敏瑞立刻點頭。

小貞伸出食指，朝上勾了勾，神祕兮兮地說：「我告訴你個祕密唷。其實華哥……看得到一些東西。」

「妳是說……」黃敏瑞揚起眉毛，「陰陽眼？」

「嗯！」小貞點頭。「他能見鬼！」

「可是……」黃敏瑞覺得不太對。「可是我覺得他看見的不像是鬼耶。」他想著療養院裡的冷如霜。冷如霜又沒死，所以不可能是鬼，對吧？他突然覺得自己的思緒踏足了前所未有的荒謬境界。

小貞臉色一沉：「你的意思是說我騙你囉？」

「沒有！沒有！我沒有那個意思！」黃敏瑞連忙解釋。「我只是說他除了鬼之外，似乎還看得見其他東西？」

「嗯？」小貞皺起眉頭，看來十分可愛。「好吧，我承認，我也不清楚是怎麼回事。我只是在這裡工作的。你難道不覺得華哥無所不能，就算可以看見鬼怪也沒什麼稀奇的嗎？」她側頭沉思，似乎在回想某件怪事。「我跟你說，上個月有天晚上快打烊的時候，我看見華哥一個人坐在角落的桌旁自言自語。本來我沒有放在心上，但是後來回想起來，我越來越覺得他好像在跟別人講話。」

黃敏瑞覺得頭皮發麻，不過還沒有那天在療養院裡那麼麻。「妳沒問他？」

「問了呀，但是他不承認。」小貞臉頰鼓起，有點生氣。「他說我想太多，沒那回事，他只是在練習隔天的演講。可是我告訴你，他講這些話時的賊樣，一副就是『妳沒看錯，但我就是不想告訴妳』的樣子，超想打他的！」

黃敏瑞可以了解。那天離開追夢人病房之後，林天華就是給他這種感覺。

「你如果很想知道華哥的事情，可以去問阿強和小彤。他們兩個都跟華哥好幾年了。」小貞說。「我只是個過客。華哥不想多說的事情，我也不會多問。」

黃敏瑞吃完早餐，看看時間，十一點半了，林天華跟阿強都沒來。他走去吧台問小貞：「強哥呢？」

小貞往室外院子裡的座位一指。「就在外面呀，你沒看到喔？」

黃敏瑞往院子一看：「這麼早就約了『言情小說』？」

「對呀，他們兩個自組讀書會。一個禮拜見面兩次，討論小說內容，然後每次結束後都一人指定一本書回去讀。」

「嗯，這方法挺聰明的。」黃敏瑞看著言情小說，發現她笑得很開懷。「只是這麼常碰面，強哥不怕言情小說喜歡上他嗎？」

「好感是一定有的。」小貞專業剖析。「誰沒事會花這麼多時間跟個沒好感的男生出去混呢？就看阿強怎麼拿捏了。有時候，你必須相信阿強。」

「他值得信任嗎？」

小貞微笑聳肩，不置可否。

黃敏瑞端了杯水，走出店門，在庭院座位區找個座位坐下，偷聽阿強跟言情小說交談。就聽阿強說：「上次不是說過了嗎？馬景濤也有演過張無忌呀。」言情小說：「可是我本來就不是很喜歡看馬景濤的瓊瑤呀。我比較喜歡劉德凱的。」阿強：「劉德凱？妳貴庚呀？」言情小說：「幹嘛？不能看老片子唷？劉德凱超帥的。我覺得比劉德華還帥。」阿強：「好嘛，那就算是喜歡劉德凱，他也演過張無忌呀。」「有這種事？」「可不是嗎？主題曲我還會唱呢。『誰把干戈化為玉帛？只有我也只有我……』」

阿強苦勸言情小說閱讀金庸小說，但是言情小說認為金庸的改編電影都是從頭到尾打打殺殺，一點內涵都沒有。阿強再三保證不是這麼回事，強調金庸的男女主角愛情令人津津樂道，感動之處絕對不比瓊瑤小說差。言情小說打死也不相信，阿強說是真是假，看一套就知道了。言情小說回得也很中肯：「一套？金庸隨便一套就上百萬字，你以為我那麼有時間呀？」

又依據言情小說對金庸的了解，東方不敗是女人。

兩人就這麼扯了半個小時，簡直像是金庸跟瓊瑤的攻防戰，根本沒在討論他們上次閱讀的小說內容。最後，阿強決定暫時撤退。他怕逼得急了，言情小說會解散讀書會。兩人相約這次回去要看瓊瑤處女作《窗外》，除了小說外，還要連一九七三年因為師生戀議題不得在台灣播放的林青霞版電影一併討論。言情小說不知道這電影該上哪裡去找。阿強說沒問題，他會把連結傳給她。看得出來言情小說很開心，因為跟阿強在一起不但可以討論小說，還可以看很多老電影。

言情小說離開後，黃敏瑞跟阿強一起去排演室紮馬。林天華不在，他們紮得就有點馬虎，沒紮多久就聊起來了。黃敏瑞把早上林天華低頭躲女人的事情說了一遍，故事還沒說完，阿強已經插嘴。

「想不到你這麼快就遇到了。」阿強點頭說。「也難怪，華哥也說最近有越來越常遇到他們的趨勢。」

「他們？」

阿強停止紮馬，站起身來，看了他一會兒，然後走到旁邊倒水喝。等黃敏瑞也跟過來喝完水後，阿強才開口道：「這件事情呢，不管你信不信，反正我是信了。華哥可以感應到一些正常人感應不到的東西。」

「髒東西？」

阿強搖頭。「跟我們一般所謂的髒東西不一樣。七年前，華哥剛開始當愛情家的時候，發生過一件慘劇。那時候我們都還沒有跟他，他又一直沒有提過當年究竟出了什麼事情，所以我們也只能旁敲側擊，自行拼湊真相。以下是我所相信的事實：當年他有個交往許久的女友，我們姑且稱她為小甜甜。小甜甜分享了華哥的理想，想要幫助在愛情海中沉浮的可憐人追求愛情。他們兩個攜手合作，成全了不少佳偶。可是有一天，小甜甜……遇害了。殺死她的兇手自稱情殺魔，而殺她的動機是為了阻止她繼續幫人墜入愛河。因為她跟華哥幫人太多，已經擾亂了愛情界的平衡狀態……」

「您等等、您等等喂！」黃敏瑞滿臉不信。「什麼愛情界的平衡狀態呀？」

阿強兩眼一翻，解釋道：「世界上的愛情就像是一座天平，有人戀愛，也有人失戀。戀愛跟失戀這兩股勢力一般來講是處於平衡狀態。一旦戀愛的人太多，失戀的人太少，愛情天平就會失衡。你知道在某些宗教的宇宙觀裡，世界具有二元性，比方說有黑就有白，有善就有惡，有男就有女，而萬物的二元性必須處於微妙的平衡狀態，不然的話宇宙就會失衡，自然界的定律也會分崩離析，最後導致萬物滅絕。總之，情殺魔宣稱為了防止世界末日，所以必須殺了小甜甜。後來情殺魔被捕入獄，判了二十年徒刑，但是服刑第三年就在獄中被人幹到忍耐不住，咬舌自盡了。」

黃敏瑞目瞪口呆，難以判斷該不該相信阿強的話。

「但是對華哥而言，事情並沒有完。」阿強繼續說。「他相信情殺魔是冥冥中的一股邪惡勢力，不會因為肉身死亡而消失。他會更換宿主，持續附身，繼續尋找下一個受害者。他甚至認為情殺魔不只一個，而是遊走世間的一派惡魔。被他們附身的人，很容易會犯下情殺的罪行。比方說兩個禮拜前發生了件西門町情殺案，你有印象嗎？華哥在案發前三天恰巧遇上殺人的那個女人，也感應到了她身上所散發出來的邪氣。當時我跟他在一起。我刻意記下對方的長相，想要驗證一下華哥究竟是不是在唬爛人。沒想到才過三天就在報紙上看到她的照片。」

「強哥，你是唬爛的吧？」黃敏瑞緩緩問道。「這簡直是都會奇幻小說的劇情嘛。」

「你活得那麼現實幹什麼？」阿強反問他。「如果不懂得在生活中平添一點浪漫的元素，你要怎麼當個稱職的愛情家呢？」

「什麼愛情家？」

阿強微笑。「我已經說過了，這個版本的故事完全出於我的想像，我也不會強調它是事實。不管你相不相信，總之我是信了。」他走回軟墊上，繼續紮馬。黃敏瑞跟他一起回到原位。「事實就是，沒有人知道七年前出過什麼事情，也沒有人知道是不是真的有情殺魔附體。我只知道，華哥可以感應到有情殺傾向的人，關於西門町情殺案的事情，我不是瞎掰的。當華哥說某個人不能碰，絕對不要介紹給客戶的時候，我們都會聽他的話。」

「喔。」黃敏瑞思索片刻，又問：「那……老師有跟你提起那天去療養院見追夢人的事情嗎？」

「有啊。他從追夢人的筆記裡拍了六個冷如霜前男友的資料。這幾天他都一直忙著調查那幾個人。」

「他沒有跟你們提起當天在病房裡的情況？」

「沒有。」阿強轉頭看他。「當天有怪事嗎？」

「有啊。好怪啊。」

「嗯。」阿強點頭。「華哥遇上怪事，通常不會主動跟別人提。特別是當他看到了什麼別人看不到的東西時。」

「為什麼？」黃敏瑞問。

「大概是不想被人當成瘋子吧。」

兩人打了幾回頗不標準的詠春入門十二式，阿強就說有事要走了。黃敏瑞問他什麼事，他說要幫一個客戶分手。

「啊？」黃敏瑞訝異。「我們連分手都管？」

「當然要管呀，分手是很危險的。」阿強神情嚴肅。「尤其當你女朋友有躁鬱症，經常搞什麼哭鬧上吊；或是男朋友有暴力傾向，沒事就來個拳打腳踢的時候。要跟這樣的男女朋友分手，你就會需要我們的專業服務。」

「是哦。」黃敏瑞點頭。「那待會兒的客戶是？」

「是個男人。他女朋友有躁鬱症，經常對他拳打腳踢。他怕主動提分手會鬧出人命，所以來找我們幫忙。」

「這個是不是男人啊？」

阿強指責道：「這個世界千奇百怪，什麼人都有，什麼事都有。你沒遇上過，不該隨便看輕人家。」他坐到軟墊邊，開始穿鞋。「由於華哥能夠感應情殺魔，所以我們特別看重分手案件。這名客戶的對象，我們已經請華哥法眼見證過了，沒有情殺傾向。所以我待會兒主要的任務是要防止她自殺。」

阿強離開後，黃敏瑞又回到前面的餐廳裡找小貞，跟她詢問小彤此刻的下落。

「她在內湖運動中心的健身房。」小貞說。

「方便去找她嗎？」黃敏瑞問。

「應該方便。她只是在那邊盯著『色情狂』，照說是很閒。」

「色情狂？」

「嘿嘿……」小貞笑容淫蕩。「別被色情狂盯上了，小心你童貞不保。」

黃敏瑞皺眉：「你們都好色喔。」

「是，你不色。繼續當處男吧。」

基於男人的自尊，黃敏瑞認為這是個急需解釋的話題：「我沒說我不色呀！」

小貞不再理他，逕自回廚房去。由於早上林天華害怕的模樣在黃敏瑞腦中揮之不去，他很想弄清楚那究竟是怎麼回事。於是他離開大愛情家，騎車前往內湖運動中心。路上，他回想著這幾天所發生的事情，越來越覺得自己捲入了一個前所未見的新天地。他體會到全新層面的恐懼、疑惑、喜悅與滿足。他不知道這是不是一種成長的階段，不過他很明確地感覺自己在蛻變。

他想到Girl，想到昨晚的爭吵，但是他並不十分擔心。三年多來，他們已經為了同樣的話題爭吵過好幾次了。他知道，到今天晚上，Girl就會像沒事一樣地再度跟他通電話。他們最長的一次冷戰維持了半個暑假。那次是為了Girl交男朋友的事情。當時黃敏瑞好想狠下心來，把Girl推到內心深處某個不重要的角落，用她原先的位子去接納新的女孩。這個想法在暑假無法見面的時候還撐得住，但是當學校開學，在課堂上再度見到她後，黃敏瑞立刻按捺不住內心的折磨。而Girl也就像往常一樣，當那半個暑假的冷戰沒發生過，當場找回了她的「好朋友」。

其實，黃敏瑞很希望有一天Girl會為了其他的事情跟他吵架。為了他遲到；為了他亂花錢；為了他偷看別的女生；為了他懶得去載她之類的。他認為那些是女生會對男朋友生氣的事情。如果她為了這些事情發脾氣了，那就表示她對他的感情出現微妙的變化。但是她沒有。她從來不會為了告白以外的事情跟他吵架。黃敏瑞很無奈。

來到內湖運動中心，查明白樓層簡介，買票，來到五樓體適能館。週間午後時段，健身房裡人不算多，多半是有點年紀的男人，少有穿著火辣的女人，黃敏瑞隨便東張西望幾下就找到了小彤。她坐在一台腳踏車機上悠閒地騎著，看起來不像是很賣力在運動的模樣。黃敏瑞走到她面前，打聲招呼，然後坐上她旁邊的腳踏車機，開始踩。

「彤姊，小貞說你在這裡盯著一個色情狂？」黃敏瑞問。「這種事情對女生來說會不會……那個……」他話說到一半，想起自己系上的女生肯定會認為這是歧視女性的說法，於是越說越小聲，不過畢竟還是把話說完了。「危險了點？」

「危險？一點也不。」小彤輕笑。「你會這麼想是因為你不知道色情狂是什麼人。」她說著指向對面坐姿肩膀推舉機上的一個女人。那女人相貌美艷異常，渾身香汗淋漓，穿著小可愛、緊身褲，彷彿從有氧運動教學錄影帶裡走出來的女子健身教練一樣，豐滿的胸部隨著雙手開闔晃動起伏，小巧的乳頭明顯激凸，中空的小腹隱現六塊肌肉的線條，簡直說有多性感就有多性感。黃敏瑞一看之下，立刻產生生理反應，幸好他身體前傾，雙腳不停踏著踏板，才不致於讓小彤一眼看穿。他一直以為男人興奮會流鼻血是日本漫畫裡誇張的表現方式，這是他有生之年第一次認為這種反應是有可能在現實生活中真實上演的。

「她……她？」黃敏瑞察覺自己說得太大聲了，連忙壓低音量，問道：「她是色情狂？妳在開玩笑？」

「你以為是怎樣？變態風衣溜鳥男嗎？」小彤問。「她綽號色情狂不是因為她會做一些低級猥褻的事情，而是因為她嗜性成狂，也就是性上癮，隨時都會想做愛，但是做完愛之後又會產生強烈的罪惡感。那情況有點像是你們男生青少年時期剛開始自慰的心態，不過更加強烈。」

「性……上癮？」黃敏瑞忍不住吞口口水。「那……怎麼辦？」

「這要慢慢來。」小彤說。「就從轉移她的興趣，盡量避開觸發性慾的媒介開始。我們已經在她家網路架設防火牆，阻止她上色情、交友、約炮網站，同時側錄她的聊天視窗，嚴格監控關鍵字。另外我們也隨時盯著她的手機ＧＰＳ，只要她出現在夜店之類危險性高的地點，我們就會立刻出動阻止她。你現在應該已經知道華哥很喜歡用運動來當做一切的入門療法。對於性上癮患者來講，把慾望發洩在運動上，也是很合理的作法。本來我們是要她去樓上游泳的。你知道，就當洗冷水澡。但是就算穿著華哥特別訂製的超不性感泳裝，她出現在游泳池依然會吸引各式猛男的目光，根本已經到了防不勝防的地步。有一次我們抓到她跟人家在蒸汽浴裡就做起來，還好沒讓運動中心的人看到。後來我們請她來健身房做運動，每天看誰有空就來這裡盯著她。如果有男人想要跟她搭訕，或她試圖跟男人搭訕，我們就立刻出面制止。」

「這樣有用嗎？」黃敏瑞問。「我們說制止就制止得了嗎？」

「事在人為。」小彤說。「總之，我們會有人在這裡等她運動完畢，然後負責送她回家。送她回家是說到她家樓下，可不是說要跟她上樓。」

「有人跟她上過樓嗎？」

小彤兩眼一翻：「阿強第一天就跟她上去了。」

「呃……」黃敏瑞目瞪口呆，半天說不出話來。「那什麼……所謂監守自盜就是這個意思？」

「可不是嗎？」

兩人看著色情狂做了一會兒運動，一直到她放下機器的握柄，喘氣休息為止。喘氣時的胸口起伏，跟剛剛做運動時的雙乳晃動相比又別有一番風味。黃敏瑞看得不由得痴了。

「老實說吧，」小彤突然說。「這麼性感的女人，連我有時候都想跟她上樓了。」

黃敏瑞轉頭看她，口水卡在喉嚨裡嚥不下去，也說不出話來。他看到小彤臉頰泛紅、汗珠微滲、氣息急促，彷彿真的有點興奮的模樣，只看得他鼻血差點噴了出來。「彤……彤姊，妳……」

小彤微笑搖頭：「以前讀女校的時候有玩過。不過畢業後就再也沒有碰過女人。我肯定自己不是同性戀，應該也不是雙性戀。不過有時候，當你看見性感的事物時，多看幾眼也不算過分吧？」

「是是是……」

色情狂突然抬頭，朝他們的方向笑了笑，接著起身走來。她站在小彤的腳踏車機前，上身前傾，靠在機器上，以前凸後翹的姿勢突顯動人的身材，說道：「小彤，這是你們新同事嗎？」

小彤聳肩：「華哥找來的。叫Boy。還是學生。」

「是嗎？看起來很成熟。」色情狂轉頭看他，嫣然一笑，笑得黃敏瑞魂都飛了。「Boy？小彤跟你介紹過我了嗎？」

「呃……」黃敏瑞欲言又止。介紹是介紹過了，但是沒介紹她名字，只說是色情狂。

「跟你說過我有性癮症了嗎？」

「這……」

「改天你也會來盯著我嗎？」

「我……」

「你會送我回家嗎？」

「我……我不……我……」

色情狂跨過去一步，伸出白皙修長的玉手，輕輕放在黃敏瑞的右手手背上。黃敏瑞如遭電擊。小彤乾咳一聲。色情狂放開手，神色誠懇地點了點頭，對黃敏瑞說：「我等你。」說完轉身走向靠窗的跑步機，開始跑步。

「怎麼樣？你想輪班嗎？」小彤似笑非笑地看著他。

黃敏瑞想了想，回答道：「彤姊，你看我剛剛那個樣子，要是來輪這個班，肯定會遭色情狂毒手的。」

小彤聳肩：「不好嗎？能跟那樣的美女做愛，是多少男人夢寐以求的事情？」

黃敏瑞理直氣壯：「先要有愛，才能有性吧？」

小彤笑問：「你愛波多野結衣嗎？」

「這根本是兩回事啦！」

「好啦，不瞎扯了。你既然不是為了色情狂而來，找我幹什麼？」

黃敏瑞把早上還有療養院的事情都說了一遍，提出他的問題。小彤點了點頭，說：「你是要問華哥七年前發生了什麼事？」黃敏瑞說是。小彤正色道：「全公司大概就屬我跟華哥聊得最多了，但是就連我也沒聽他說過當年的事情。我跟阿強一樣，從他的言談之中拼湊出一套屬於我自己的真相。日後你跟他熟了，也可以自己拼一套出來。想要聽聽我的版本嗎？」

黃敏瑞點頭：「我來就是為了這個。」

「好。」小彤開始講故事。黃敏瑞認為小彤應該不會像阿強那樣亂掰，不過就算會，他也已經做好心理準備。結果小彤一開口就用到他的心理準備了。「當年華哥有個交往多年的女朋友，我們姑且稱她為小甜甜。小甜甜年輕貌美、智勇雙全，跟華哥郎才女貌、羨煞旁人，在當年的愛情界裡，有著情仙俠侶之稱。」

「俠侶？」

「他們縱橫江湖，助人談情說愛，拯救情海男女，造就美好姻緣，這也算是另類的行俠仗義，自然可稱俠侶。」小彤繼續說故事：「但是有一天，他們在深山中撮合一對男女時，突然間風雨交加、雷電大作、天空破裂，落下一頭火龍來……」

「不好意思！」黃敏瑞忍不住舉手。「請問是東方龍還是西方龍呢？」

「是西方龍，Dragon，不是Dinosaur。東方龍很遜的，都讓猴子打著玩。只有西方龍才會幹奪取寶藏、強搶民女的事情。火龍落地，天搖地動，一張口就噴火燒山，嚇得眾人不敢動彈。牠揮爪抓起小甜甜，對華哥說道：『此顏只應天上有，人生難得幾回見。你見了她這麼多年，早就該知足了。如果強求緣份，繼續跟她在一起，那可是逆天而行，會折陽壽的。』」

「妳剛剛說他是東方龍還是西方龍？」

小彤不理會他，繼續說：「華哥拼了命撲上去要救小甜甜，火龍只是輕彈手指就把他打飛。他躺在地上，口吐鮮血，肋骨斷了好幾根，一時之間連爬都爬不起來。一看火龍振翅欲飛，他擠出僅存的力氣，吼道：『且慢！』

火龍回頭：『有何話說？』

華哥說：『你要帶她去哪裡？』

火龍答：『自然是回我巢穴。』

華哥問：『巢穴何在？』

火龍笑：『告訴你又如何？難道你還想來搶她回去嗎？』

『就算搶不回來，』華哥大聲道：『也要在嘗試中死去！』

小甜甜在火龍爪中哭道：『華哥！你忘了我吧，不要再來找我了！』

火龍哈哈大笑，說道：『情仙俠侶，果然深情。他們說只要能拆散你們，就能瓦解人間對於愛情的堅定信念。不過如此看來，就算拆散你們兩個的人，也拆散不了你們兩個的心。好！這個女人，我養她十年。十年之內，你若能找上門來，把她救回去，那就算你們緣份未盡。本大王也就不管你什麼折不折陽壽的事情了。』說完振翅高飛，揚長而去。」

「妳的意思是說……」黃敏瑞緩緩問道：「老師是個有個公主要救的王子？」

小彤微笑：「對。我認為每個男人都在找尋他們要救的公主。」

「反過來說，每個女人都在等待王子救援？」

小彤聳肩。

黃敏瑞苦笑：「我開始覺得這些故事不是為了讓我多了解老師一點，而是為了讓我多了解你們一點了。」

小彤笑容擴大，面露嘉許之意。「華哥的眼光向來不錯。你懂得解讀故事，就是解讀愛情的第一要素。要成為愛情家，你必須學會從別人的故事裡讀懂他們，看清楚他們要的是什麼。當人們在你面前如同一本翻開的書時，你就不難幫他們追求到合適的對象。」

「照妳這麼講，是要幫人追求到你們認為適合他們的對象，而不是他們要你們幫忙追求的對象？」

小彤再度聳肩，跳回之前的話題：「總之，火龍離開後，華哥就一直在為解救小甜甜鍛鍊自己。他學過詠春、八極拳、泰拳、跆拳，得過亞洲盃武術擂台冠軍。當肉體的鍛鍊到達極限後，他又開始專研魔法……」

「魔法？」黃敏瑞大驚。

「塔羅牌呀，你沒看他解過牌嗎？他超準的。」

「那就算是魔法呀？」黃敏瑞語氣失望。

「你太小看塔羅牌了。」小彤解釋道。「華哥一般教學跟幫人解牌時使用的都是偉特塔羅牌，但他私底下修習的卻是神祕學色彩濃厚的托特塔羅牌。托特牌是由一九二〇年代號稱世界上最邪惡的男人阿萊斯特・克勞利所設計的，設計當初就融合了不少黑魔法的背景在裡面。華哥想要透過托特牌來接觸魔法，或許他並不是真的打算修習魔法，只是要對這一方面有更深入的了解；也可能他利用塔羅牌進行靈修，強化他的心靈力量。我不敢肯定他是如何運用塔羅牌的，畢竟我的塔羅牌功力沒有他那麼深厚。但是我相信他透過塔羅牌取得了一些不尋常的能力，像是能夠看到一般人看不見的東西之類的。」

「呃……」黃敏瑞舉手。「如果大家都看不到，只有他看得到。那我們怎麼知道他是不是真的看到？特別是當他都不跟我們自稱他看得到的時候？」

「你說得一點也沒錯。」小彤露出神祕的笑容。「我們不知道。」

7

黃敏瑞手機響了。他拿起來一看，是林天華打來的：「Boy，閒著沒事嗎？跟我出去晃晃。」黃敏瑞告別小彤，向色情狂點頭示意，然後離開健身房。下得運動中心一樓，只見林天華已經等在門外。

「老師，你知道我在這裡？」黃敏瑞微微吃驚。

「問一下不就知道了嗎？」林天華打量他片刻，壓低聲音問道：「說實話，你不是來找色情狂的吧？」

「不是！」

林天華把車留在運動中心，往外就走。黃敏瑞見不用開車，連忙跟上去問他要去哪裡。林天華說：「帶你去一家很酷的店。」「什麼店？」「『愛神小蜜蜂』。」「什麼？」「『愛神小蜜蜂』。」「什麼店呀？」

林天華邊走邊解釋：「這家店專賣各式各樣與愛情相關的小道具。從信封、信紙、小禮品等純情道具，到保險套、按摩棒、跳蛋之類的情趣道具，一直到跟蹤、監聽、攝影等抓猴道具，舉凡當今世上跟男女愛情有關的東西，它都有賣。」
「這麼厲害？」黃敏瑞嘆道。「聽起來是家很大的店。」
「在台北開這麼大的店，光店租就賠光了。」林天華搖頭。「它基本上是網路商店，只有倉庫，沒有門市。我也只有臨時需要道具，等不及網購的時候才會跑出來找它。」
「喔，所以你是跟人約了面交？」
「不是。」林天華神祕兮兮地笑道：「答案就在名字裡呀。愛神『小蜜蜂』。小蜜蜂，你懂不懂？」
黃敏瑞搖頭：「不懂，什麼是小蜜蜂？」
「真是沒當過兵的小朋友。」林天華無奈解釋。「我們當兵新訓的時候，每天野外出操，就會有『小蜜蜂』跑到我們出操的地點來賣飲料。一般小規模的就是戴斗笠的大嬸騎輛摩托車就來了。資本雄厚的就開小卡車來，這種除了飲料外，還會賣些菸啦、軍需品什麼的，阿兵哥會想補的貨應有盡有。」
「厲害、厲害！」
兩人說著轉過一個巷口，只見前方不遠處停了一輛白色小貨車。車旁有個四十來歲的男人一邊抽煙，一邊滑手機，聽見有人走近，抬頭看了一看，見到是林天華，登時笑容滿面，出聲招呼：「華哥！」
「蜂哥。」林天華說著走到車後站定，往黃敏瑞一指：「這是我新收的小弟，叫Boy。」

「Boy哥，」小蜜蜂笑嘻嘻地握起黃敏瑞的手。「多多關照、多多關照！」

「呃……蜂大哥。」黃敏瑞不太確定地跟他握手，同時瞄向林天華，心想：「新收的小弟？」

「哎呀！Boy哥英俊挺拔，一表人才，一看就知道是情場高手高手高高手！初次見面，沒什麼好孝敬的，就拿這盒東西當做是見面禮吧。以Boy哥這個年紀、這等活力，應該是過不了幾天就用完啦！」小蜜蜂說著順手自上衣口袋裡抽出一個小紙盒，放在黃敏瑞手心裡。黃敏瑞拿起來一看，原來是Playboy保險套十二加三超值包。

「這……」黃敏瑞神色尷尬，掌心微微顫抖。

「Boy哥，我當然知道這不是什麼貴重的禮物，但這真的是好東西呀，我告訴你！」小蜜蜂熱情地說。「螺紋誘惑、點點顆粒，內外皆有，可不是只爽女生。這包共十二枚，每一枚口味都不一樣。從巧克力、草莓、葡萄，一直到酸菜、麻辣，應有盡有，除了氣味不同外，觸感也各有獨到之處。還有最重要的就是上面的超級無敵特調潤滑液，它這個之滑呀，不管你插哪個洞都能直進直出，毫無窒礙！」

最後那句話讓黃敏瑞當場嗆到。他問：「你說的是人話嗎？」

「Boy哥怎麼這麼說呢？我不但說得一口人話，還是百分百男人的話。」小蜜蜂口沫橫飛。「小弟跟你一見如故，深信我們是同道中人。那種普通初次見面的社交禮物就別提了。來！」他從褲子口袋裡抽出一小包密封袋，裡面裝有幾顆藍色藥丸。「這……」他自己愣了一愣，笑道：

「對不起，拿錯了。以Boy哥的年紀，自然用不到這玩意兒。」他把藍色藥丸收好，又拿出一包白色藥丸。「這一包就是GVBS強效迷姦藥，乃是出外旅遊……」

黃敏瑞瞪大雙眼，大聲道：「我不要！」

小蜜蜂一拍大腿，指著黃敏瑞的鼻子說：「好！Boy哥果然識貨，一眼就看出這是不入流的東西！今日風和日麗，他鄉遇故知，我不得不拿出我壓箱底的好貨出來，給Boy哥品評品評。你看著我的眼睛！」他凝視黃敏瑞，越看越近，最後在相距二十公分左右的距離對他眨了眨眼。

黃敏瑞側頭：「你對我眨眼？」

「錯！」小蜜蜂大聲糾正：「是眨巴眼！」

「不會吧？」

小蜜蜂自屁股口袋裡拿出一包金藥丸：「猜猜這包是什麼？」

「難道是淫賤……？」

「正是！」小蜜蜂一把將藥丸塞到黃敏瑞沒拿保險套的那隻手上。「Boy哥，莫說我愛神小蜜蜂沒有關照過你。這包催情聖藥，我就免費給了你啦！」

黃敏瑞不知這春藥是真是假，只覺得心中有股朝聖式的衝動。「多謝！」他說，隨即本能性地指著小蜜蜂的嘴巴說道：「咦？你喉嚨裡有塊油炸粿。」

小蜜蜂搖晃食指指著他：「Boy哥果然是同道中人，不過我已經十幾年沒中這招啦！哈哈哈！」笑完不再理會黃敏瑞，轉向林天華問道：「華哥急著Call我出來，不知道有什麼關照的呀？」

林天華說：「我要弄些抓猴道具。」

「有！」小蜜蜂歪著嘴笑：「華哥有指定要些什麼嗎？」

林天華搖頭：「科技變動太快，還是你介紹吧。」

「我最喜歡介紹商品了！」小蜜蜂抓起小貨車後門，兩手往外一拉，琳琅滿目的商品登時陳列在兩人面前。「華哥有兩年沒來買過抓猴道具。這兩年果然就像華哥所說，科技變化特大。」他推開一層情趣用品，在後方第二排的陳列櫃裡拿出一個小提箱。「這是我親自搭配的抓猴一號餐。銷路最好的就這一套了。」他把提箱拿到身前，打開箱蓋，對兩人解說道：「六台微型監視器，看你要針孔型、螺絲型、鈕扣型都可以自由搭配，信號特強，不需無線網路連線，只要待在五百公尺範圍內都可以即時收到1080P的彩色高清畫面，絕對不會遺漏任何細節。當然，缺點就是你要連這台充當接受器的筆電一起買。價格是貴了點，但絕對物超所值。」

林天華跟黃敏瑞各拿起一顆監視器起來看。黃敏瑞神色讚嘆，但是林天華似乎不甚滿意。他把監視器放回箱中，問道：「收音呢？」

小蜜蜂聳肩：「收音效果差強人意，人家體積做得這麼小，麥克風就沒辦法弄太敏銳的。但是華哥，抓猴這種事情你也知道，叫起來魂都飛了，隨便什麼爛麥克風都收得了音。」一看林天華眉頭微蹙，他立刻笑道：「當然，小弟我什麼都想到了。既然華哥想要聽清楚一點，抓猴一號餐裡還附兩支高敏感麥克風。只要放在目標房間裡的任何角落，都可以把聲音收得一清二楚。

不過抓猴這種事情，當然是盡量別讓當事人起疑。你如果裝置放太多了，被發現的機會就會提高。」

林天華點點頭：「你有對講機嗎？」

「有哇！」小蜜蜂拉開箱蓋內側的魔鬼沾，自內袋中取出兩盒未開封的對講機。「收訊範圍一樣是五百公尺，聲音超級清楚，我告訴你。而且呀，你如果願意加一百塊的話，我還有Hello Kitty版。」

林天華看著他：「我要Hello Kitty對講機幹什麼？」

「呃……這很難講。」小蜜蜂說著反手從車廂裡拿出一盒Hello Kitty對講機。「上禮拜才有位漂亮小姐加五百塊跟我買過。有人就是無法抗拒Hello Kitty。」

「真是什麼人都有。」

黃敏瑞接過Hello Kitty對講機看了一看，問他：「你有沒有紫色超殺女版的？」

林天華一把搶走Hello Kitty對講機，丟回小蜜蜂手上。順手把手提箱接了過來，仔細研究裡面的道具。黃敏瑞趁他研究時轉頭亂看，隨即讓掛在車門上的一袋東西所吸引。

「哇，這什麼東西？」黃敏瑞忍不住指著那袋裝有防彈背心、直排輪防具、電鋸、球棒、大砍刀、冰錐、水壺、手電筒、電池、瓦斯罐等等的東西問道。

「超實用，我跟你講。」小蜜蜂立刻跨步來到門邊，比向那袋東西介紹道：「殭屍末日生存包。」

黃敏瑞難以置信：「啊？」
「殭屍末日生存包。」小蜜蜂重複。「你沒聽說嗎？美國五角大廈都有擬定殭屍末日應變計畫了。你難道不覺得該是為了殭屍末日做準備的時候嗎？」
黃敏瑞搖頭：「五角大廈應該早就有了核戰末日應變計畫吧？你怎麼不弄套核戰末日生存包呀。」
「Boy哥，內行！」小蜜蜂跳上貨車，從裡面翻出一套主要是由防毒面具和核生化防護衣所組成的套餐。「這麼主流的組合，我怎麼可能沒想到呢？不但東西配好了，我還附贈一份『荒原生存指南』，後核戰時代所需要的一切知識通通都寫在裡面了。」
黃敏瑞懷著朝聖般的心情，伸手摸了摸那個防毒面具，接著望向車內，問道：「還有什麼生存包？」
小蜜蜂如數家珍：「外星人入侵生存包、巨大怪獸生存包、隕石撞地球生存包，當然還有天啟四騎士生存包……」
「好了，別扯了。」林天華闔上箱蓋，把抓猴一號餐推回小蜜蜂身上。「我想要查探的目標家裡安裝了天樞七號保全系統。我聽說要混入他家安裝這些抓猴道具會很麻煩。」
小蜜蜂神色一凜，問道：「天樞七號？華哥這回惹上大人物了？」他把手提箱放回車內，坐在後車緣上看著林天華：「你真的是要抓猴嗎？」
林天華搖頭：「我在調查一個女人的前任男友，主要是想弄清楚他們分手的原因。」

小蜜蜂皺眉：「只是背景調查的話，犯不著如此大費周章吧？」

林天華深吸口氣，解釋道：「那個女人的上任男友在我面前跳樓自殺；再上一任如今住在療養院裡，始終堅信他還跟那個女人在一起。我真的很想弄清楚這個女人是怎麼回事，偏偏這個男人說什麼也不肯跟我交談。」

小蜜蜂看著林天華，緩緩問道：「華哥，你不會又以為這件事情跟小甜甜有關了吧？」

黃敏瑞心裡一驚，當即轉向林天華。只見林天華神色不悅，冷冷地問小蜜蜂：「你要不要幫我？」

「幫！」小蜜蜂站起身來，臉上恢復笑意。「多少年的交情，怎麼會不幫？」他面對車廂，將前排商品中一個放滿各式皮鞭蠟燭的抽屜推回去關上，然後如同變魔術般再度拉開同一個抽屜，原先放在裡面的皮鞭蠟燭如今變成了另外一個手提箱。這個箱子比剛剛那個抓猴一號看起來高級多了。

小蜜蜂打開箱子，簡短介紹其中道具：「這台是保全系統中斷器，可以切斷任何民間保全系統三到五分鐘，足夠讓你搞定該搞定的事情。」他指向旁邊一疊尚未組裝的電子零件。「這是垂直起降微型飛行器，可以在保全系統中斷時進入目標家中，發射最多十二粒微型攝影機。」他指向旁邊一個小塑膠包，裡面有十二粒指甲大小的透明貼片。「就是這些小東西。這些攝影機發射後會自動附著於物體表面，並且透過光學隱形技術隱藏自己。很酷，就像攻殼機動隊裡的隱形斗篷。」他按了一下箱蓋左上方的小按鈕，箱蓋內側滑出一片超薄的紙片螢幕。「回傳畫面會傳送到這張螢幕上。」他把螢幕取下，捲成一卷，塞入褲子口袋。「所有影像和音訊都會儲存在螢幕內建的記憶體裡。必要的時候，捲起來就能帶走。」他又把螢幕攤平，放回箱蓋中。拿起皮箱內袋裡的一張MiniSD卡。「這裡面是最近很紅的『抓猴神器第三代』ＡＰＰ。你如果能把它裝入目標的手機，那他手機裡所有的流通資料都會上傳到雲端硬碟裡。當然，這麼做難度很高，但真裝了進去，你就不怕查不到他的祕密了。」他拿起兩個耳塞式耳機。「對講機。」塞回對講機後，他把箱蓋闔起，推了推兩旁密碼，組成一定的排列。就聽見「啪」地一聲，箱底暗層開啟，小蜜蜂從裡面拿出一把小手槍。

「這個不用。」林天華說。

小蜜蜂把手槍塞回暗層，搖頭道：「需要用到這套『伊森・杭特套餐』的時候，你就別跟我鐵齒說什麼不帶手槍。」他把手提箱交給林天華，說道：「二十六萬九。刷卡付現？」

林天華付現。兩人握手成交。小蜜蜂上車前說道：「華哥萬事小心點，有需要再來找我！」說完駕車離去。

林天華跟黃敏瑞走回運動中心停車場，駕車前往附近的河濱公園。他們找了個偏僻車少的停車區，研究伊森・杭特套餐的說明書，把垂直起降微型飛行器組裝完畢，然後到旁邊的空地練習遙控駕駛。這台機器果然厲害，操縱簡單，四平八穩，兼之安靜無聲，果然值回票價。

林天華降落飛行器，安裝一片攝影機，然後將飛行器飛到一棵樹旁，對著樹幹按下發射鈕。就聽見「啪」地一聲，指甲大小的攝影機穩穩貼在樹上，一秒之後開始折射四周景象，五秒之後徹底在兩人眼前消失。黃敏瑞拿起紙片螢幕，只見一號鏡頭已經開始回傳影像。

「彷彿置身諜報片中。」黃敏瑞嘆道。

「要是讓阿強跟來，肯定爽死。」林天華收拾測試好的裝備，又開始研究起抓猴神器第三代的安裝方式。「可惜這個APP沒辦法遠端安裝，不然光靠它就能查出很多資料了。」

黃敏瑞看著皮箱底端藏槍的暗層所在，心裡覺得有點不安。他問：「老師，我們要查的目標究竟是什麼人？」

林天華把資料平板拿給他看，說道：「蕭慕龍，二十九歲，身高一八〇，體重七十五，相貌堂堂，英俊挺拔，是3C品牌公司Le Fumoir的CEO，身價五十七億，未婚，沒有子女，也沒有女朋友。公司內部評價：S級。代號『高富帥』，又稱『偶像劇男主角』。」

「哇，這傢伙真讓我這個平凡少年看得一肚子火耶。」黃敏瑞對著平板上的帥哥照片說。

林天華說：「我打去他們公司，想跟他秘書預約，但他始終沒有回電。後來我直接依照追夢人的資料，打他的手機。他一聽到冷如霜的名字就拒絕發表評論，還說如果我再打電話給他的話，他就告我騷擾。我放下電話沒多久，小貞就接到他們公司律師團的電話，正式重申同樣的警告。」

「心裡肯定有鬼。」

「那也未必，」林天華搖頭。「男人不想提起過去的情傷也是情有可原。況且以他的身分地位，多半會懷疑我是不是想要亂挖新聞的狗仔隊。但是不管怎麼樣，我都想要知道他為什麼不想提起冷如霜。」

黃敏瑞點頭，又問：「那天從追夢人那裡抄來六個前男友資料，其他五個人呢？」

林天華闔上皮箱，放回車後座，指示他上車。「慢慢來，先從高富帥開始。」

「啊？過了這麼多天了，你才查了高富帥一個人？」黃敏瑞說著走到車子另外一側上車。

「背景調查不是那麼簡單的。況且我們都有在查，只是一個一個處理。」

兩人先到附近便利商店買了些飲料零食，又去隔壁達美樂買了兩盒大披薩，才驅車前往高富帥的住所。高富帥住在內湖高級住宅區中，位於一片公設比高得驚人的新進社區後方，乃是屋齡稍老的獨棟別墅。林天華在別墅正門斜對面找到位置停車，從車後座的袋子裡拿出接了超長超大鏡頭的單眼相機，放下一點車窗，開始透過相機查看屋內的景象。片刻過後，他在二樓找到一個打開的氣窗，嘴角微微上揚。他放下相機，拿出手機來打。

「阿強，高富帥還在公司嗎？」

「沒看他出來。」

林天華放下手機。打開皮箱，取出耳塞式對講機，跟黃敏瑞一人一個戴上。黃敏瑞看著耳塞，微微遲疑，問道：「老師，不是在車上遙控就好了，戴這個幹嘛？」

林天華等他戴上，壓下開關，測試正常後，把披薩丟給黃敏瑞，說：「去按門鈴，有人應門的話就說送披薩的。我們總得確定人家家裡有沒有人。」

黃敏瑞哪裡做過這種事情？當場緊張得雙手顫抖，問道：「人家送披薩的都要穿制服吧？」

「咦，對唷？我怎麼沒想到？」他伸手拿起披薩，放到後座。正當黃敏瑞鬆了口氣時，他又說：「那沒辦法了，你直接去按門鈴。如果有人出來，你就說找錯家了。」

黃敏瑞大驚：「這種說法更不保險吧？」

「行啦。這時候不會有人在家的啦。」

「那幹嘛還要按門鈴？」

「啊就怕有人在家呀。」林天華語氣不耐：「去啦。我要能去，我就去了。但是人家的律師團都打電話到公司來了，多半會認得我們的樣子。我們這邊就只有你是生面孔，能露臉，你就去吧。」

黃敏瑞嘴裡碎碎唸，心裡倒是一橫，開門下車，往別墅大門走去。他覺得心跳越來越快，不過不光是出於緊張，還很興奮。這種只有在電影裡面才會看見的事情，他真沒想到跟在一個說要幫他追女孩子的老師身邊也能遇到。他覺得有點哭笑不得，伸出微微顫抖的手指按下門鈴。

沒有回應。

黃敏瑞等待近一分鐘，見還是沒有反應，終於鬆了口氣，走回車上。

「緊張嗎？」

「有一點。」

林天華將皮箱放在大腿上，依據說明書指示開啟紙片螢幕，然後將「保全系統中斷器」插入連接座，按下「切入訊號」鈕。等待片刻，螢幕上還是一片漆黑。

「呃……」黃敏瑞不解。「我們在等什麼？」

「依照說明書，現在應該已經切入對方保全系統的監視器影像。」林天華邊想邊道。「沒有收到畫面就表示對方沒有安裝監視器。」

「這有什麼稀奇的嗎？在台灣，誰沒事在家裡安裝監視器？」

「有裝天樞七號保全系統的人就會裝。起碼會裝大門、圍牆、庭院之類外圍的監視器。就像社區大樓的保全也會在有公設的地方安裝監視器一樣。」林天華說。「沒裝監視器就表示他不希望保全公司的人知道太多。準備好了嗎？」

黃敏瑞點點頭，拿起微型飛行器，打開車門，放在地上。林天華按下中斷器上第二個標示為「中斷訊號」的按鈕，螢幕右下角隨即顯示「中斷成功」字樣，同時跳出一個計時器，從三分四十二秒開始倒數。林天華拿起同樣連接到紙片螢幕上的遙控器，啟動微型飛行器，螢幕亮起，顯示微型飛行器的機頭畫面。林天華操縱飛行器，迅速越過高富帥家的庭院，自二樓氣窗進入屋內。由於時間緊迫，他也無暇仔細研究每個房間的用途，迅速在屋內每個房間適當的角落發射一枚微型攝影機，陽台與庭院也不放過，然後在保全系統再度啟動前撤退。

黃敏瑞打開車門，收回飛行器。接著兩個人就把紙片螢幕拆下來，用膠帶貼在中控台上，舒舒服服地邊吃披薩邊看螢幕。飽餐一頓後，天色已經全黑，不過高富帥還不回家。林天華顯然不是第一次跟監，又從後座翻出一個袋子，裡面小說、漫畫、掌上型遊樂器等打發時間的東西應有盡有。他挑了最新一集的《航海王》來看，然後問黃敏瑞要不要看瓊瑤小說。黃敏瑞拒絕。

盯著毫無變化的監視螢幕看了幾分鐘後，黃敏瑞拿出手機來看。兩個大學好友發訊息來問他最近在幹什麼，怎麼老是在學校看不見人。這個問題一言難盡，黃敏瑞也懶得回覆。他連開好幾個通訊APP，外加臉書和電子郵寄信箱，完全沒有Girl的訊息。Girl一整天都沒找他，他覺得心裡很不是滋味。

「Girl找你呀？」林天華順口問道。

「沒有。」黃敏瑞愣愣地答。

「那你找她呀。」

黃敏瑞皺起眉頭，沉默不語。

林天華邊看漫畫邊問：「怎麼我教你練身體、學塔羅，她都沒反應嗎？」

「有。還不錯，我們有很多新話題。」黃敏瑞搖搖頭。「只是昨天為了個老問題小吵了一架。」

「什麼問題？」

「她覺得我應該多給自己一點選擇。我覺得她應該把我當做選擇。」

「喔。」林天華目光依然擺在漫畫上。「選擇好啊，多多益善。」

黃敏瑞壓低手機，回想昨晚的電話，問道：「老師，她說為了要當永遠的朋友，所以不能當一時的情人。你覺得這種話有沒有道理？」

林天華翻到下一頁，確定魯夫有把對手打飛之後，這才老不情願地把書翻過來蓋在膝蓋上，轉頭看著他道：「這個世界上有不少女人會在把你的心挖出來後，還想跟你做朋友。」

黃敏瑞無言片刻，想著當年第一次告白被拒，還有她告訴他說她交了男朋友，還期待他能為她開心的那次。他了解林天華口中「把他的心挖出來」是什麼感覺，但他只能苦笑地搖頭：「世界上也有不少男人在心被人家挖出來後，還是心甘情願地當朋友。」

林天華伸手拍他肩膀，問道：「真的那麼心甘情願嗎？」

黃敏瑞手指自動動作，在手機螢幕上滑出了他和Girl的開心合照。「我一直告訴自己，就算永遠不能跟她在一起，能夠一直看她開開心心，也是好的。」他隨手一滑，出現Girl站在海灘上，就著夕陽灑落的黃光，微微帶著些許憂愁的景象。這張照片每每能夠給他一種心碎的感覺。美到心都碎了。「但是內心深處，我也知道那是屁話。我也知道我永遠不會甘心。永遠不會。」

林天華自他手中取過手機，仔細端詳那張照片。他由衷歎道：「真美。」

「嗯。」黃敏瑞點頭。「我這輩子見過最美的女孩。你能想像一個懷抱著大學憧憬的十八歲男孩，新生訓練那天早上，在毫無心理準備的情況下，看著這輩子見過最美麗的女孩就這麼大剌刺地在你身旁坐下的感覺嗎？我當時覺得我是全世界最幸運的男生。」

林天華又看了照片一會兒，把手機還給他。「你現在還覺得是全世界最幸運的男生嗎？」

黃敏瑞右手成爪，放在自己左胸，說道：「我的心被她挖出來又放回去、挖出來再放回去了好幾次……有時候我覺得如果心臟不跳了，說不定就不會那麼痛。」

「你只是戀愛了而已。」林天華說。「你剛剛說要當永遠的朋友，就不能當一時的情人。這件事情我是這樣想的：人長大了總是會結婚，呃，多半會結婚。而結了婚的人跟朋友之間的關係，不管是異性朋友還是同性朋友，都不可能再像從前那樣親密，更不可能像學生時代這樣每天見面。就算是最要好的姊妹淘，在大家都結婚之後，能夠一個月見一次面就已經很偷笑了。至於異性朋友，基本的避嫌還是要的，所以一年中能夠在團體聚會裡見到兩、三次面就很多了。想要私底下單獨見面，這個通常都是有鬼的。」

黃敏瑞斜眼看著他，一副不太相信也不太明白他講這個幹嘛的模樣。

「我要說的就是，當永遠的朋友，跟當一時的情人……二十年後的情況其實差不了多少。你唯一能夠做的就是竭盡所能地跟她當永遠的情人。」

黃敏瑞眨了眨眼，覺得這個結論有點突兀，但又深得他心。「當永遠的情人……很難嗎？」

林天華微笑：「大部分的人結婚之後都能白頭到老，顯然當永遠的情人沒有那麼難。只不過不是每個女人都適合當你永遠的情人的。你遇上一個女孩，追求她，在一起，不適合，分手；接著你又遇上另外一個女孩，遇上好幾個女孩，直到你找到對的女孩為止。尋找人生伴侶的過程是這樣的。那跟談戀愛又不一樣了。」

「所以……」黃敏瑞吞吐片刻，問道：「老師，其實你也認為我跟她在一起不會長久，是不是？」

林天華再拍他兩下，回過頭去。「這個問題要問你自己呀。」說完低頭拿起訊息聲響的手機，說道：「高富帥離開公司了。」

* * *

黃敏瑞正要沉思，突然「咦」了一聲，坐直身子，指著螢幕上第二排的客廳畫面說：「老師，你看！」

林天華放大那個畫面，仔細觀察，只見客廳左側一個房間的房門本來是緊閉的，不知道什麼時候變成開一半。他收起客廳畫面，叫出那個房間的畫面。由於天色已經全黑，房間內黑漆漆的，看不太清楚，印象中是間小臥房。林天華按下按鈕，又跳回同時顯示十二個畫面的主螢幕。

「我想是風……」林天華話沒說完，螢幕上又生動靜。只見剛剛兩個畫面中，那扇臥房門又繼續開啟，終於變成全開。儘管沒聽見聲音，黃敏瑞耳中還是自動配上鬼屋開門的嘎嘎聲響。

「……吹的。」林天華說完之後，又盯著螢幕看了一會兒，確定再也沒有其他動靜後，他便若無其事地拿起漫畫繼續看。

黃敏瑞發現林天華三不五時會透過漫畫上緣偷看螢幕，懷疑他是不是在故作鎮定。他操控螢幕，叫回客廳畫面之前的錄影，反覆播放臥房門開啟的片段。一股毛骨悚然的感覺直上心頭，當日追夢人病房中所發生的事情歷歷在目。越想越毛之下，他終於按捺不住，直接問林天華：「老師，你……有沒有看到什麼？」

「就門打開了呀。」

「我的意思是說……」黃敏瑞停頓一下，又說下去：「你有沒有看到是誰開的門？」

「沒有。」

「老師，」黃敏瑞伸過手去，拿走他的漫畫，嚴肅地問：「你是不是能看見什麼？」

林天華一把搶回漫畫，不過沒有繼續看，只看著他反問：「你以為我看得到什麼？」

「我不知道。今天早上那個女的是誰？」

「嘿嘿，我還以為你不會問呢。」林天華笑嘻嘻地說。「公司裡的人你全問過了，都沒問到答案嗎？」

「你怎麼知道我去問他們？」黃敏瑞有點做錯事被抓到的感覺。

「小貞會跟我說呀。你又沒叫她不能告訴我。」林天華一副賊樣。「怎麼樣？他們是怎麼跟你說的？」

黃敏瑞把他們的故事都說了一遍，最後說：「他們講得天花亂墜，結果跟你根本一點關係都沒有。」

「他們的故事都反應出他們本身的想法。」林天華笑。「小貞總覺得自己是個過客，不屬於我們這個團體。她喜歡我們這些人，願意跟我們一起混，但她會刻意不要跟我們太熟。所以她會注意團體間的八卦，不過一旦發現事情會涉及太多隱私的時候，她就會開始保持距離。她懷疑我可以看到些什麼，本來很想弄清楚是怎麼回事，然而在從阿強他們口中得知事情跟我的過去有關，牽扯到一個代號小甜甜的女人，多半是我生命中一段不願提起的傷心事後，她就退縮了。」

「她為什麼這樣？」

「因為她是公主，不喜歡跟平民百姓太熟。」

黃敏瑞搖頭。「我不覺得她有那麼誇張。」

「因為你對她有好感，所以忽略她的缺點。」

黃敏瑞還是搖頭。

「好，我相信你的感覺。」林天華笑道。「不管是不是因為公主病的關係，總之在她眼中，朋友跟情人總是一個一個離她遠去。儘管她很努力在檢討自己，她還是面臨了一些情感受創的問題。她不敢輕易付出感情，因為她深怕有朝一日，新交的朋友還是會離開她。」

黃敏瑞「嗯」了一聲，似乎若有所思。林天華問他怎麼了，他說：「我在想我有沒有跟好朋友絕交過。」

「有嗎？」

「有。」黃敏瑞點頭。「國中的時候，我很外向，很愛出風頭，常常口無遮攔，然後禍從口出。我記得我最好的朋友有一天突然就不理我了。問他幹嘛，他也不肯說。後來有一堂下課，他自己走到我面前來，目光含淚，對我吼道：『你想知道我為什麼不理你？自己想想你說過什麼話吧！』」黃敏瑞搖頭苦笑。「我始終沒想出來我究竟說了什麼話把他傷成那樣，但我意識到必須改變自己。我開始自我壓抑，變得害羞內向、沉默寡言。偶爾管不住自己，說話又得罪人後，我就會再度修正自己的個性。時至今日，我常常懷疑自己當年有沒有壓抑過頭，扼殺了自己的本性。我其實不確定這樣是好是壞，因為有時候我還滿希望能夠像從前那樣口無遮攔，大聲說出自己心裡的想法。但是我嘗試過，我做不到了。我現在不管做什麼事情都要考慮好多，希望能夠面面俱到，不得罪任何人。我知道那是不可能的。我知道我矯枉過正。每次看到小貞，我就想跟她聊聊這段往事。我肯定她想要改變的決心，但有時候改變太多，人會變得不認得自己。」

「既然每次看到她都想講，那你為什麼到現在還沒跟她講呢？」

黃敏瑞聳肩：「交淺言深呀。我跟她又沒有那麼熟。」

「那你覺得要多熟才不算交淺言深呢？」林天華饒富興味地問。「你們現在每天早上共進早餐，起碼也會聊個十幾分鐘到半個小時。兩個禮拜下來，你們也聊得不少了吧？說不定比你有些認識三年半的同學聊得還多呢。」

黃敏瑞倒是沒有這麼想過，他問：「每天這樣閒聊幾句，就算朋友了嗎？」

林天華緩緩搖頭，似乎在說孺子不可教也：「小子，她如果不想跟你交朋友的話，會每天這樣跟你閒聊？你看不出來早上十點半到十一點是咖啡店很忙碌的時段嗎？」

「我當然看得出來呀。」黃敏瑞說。「你以為我是偶像劇裡那些什麼暗示都看不懂的笨男主角嗎？問題是你們一直強調她什麼公主病，講得好像她肯跟我說話都是屈尊就卑一樣。我怎麼可能會多想什麼……」

「好了、好了，」林天華搖手道。「你不需要多想，我也不是說她喜歡你或什麼的。或許是因為你跟她年紀比較相近，或許她純粹是看你比較順眼，總之她願意花時間在你身上，我就覺得這是件好事。如果你不排斥的話，我認為就不用去管什麼交淺言深，把你的想法說給她聽，讓她感受到你的關懷。如果不想她矯枉過正，現在該是她開始接觸人群的時候了。」

黃敏瑞神色懷疑：「你不是要求她一年內不要交朋友，不要惹事非，連跟人視訊都不行嗎？」

林天華兩手一攤：「哎呀，這種話哪家父母沒跟小孩說過，又有哪家小孩乖乖照做的？話說回來，我可不是叫你去把她喔。我只是要你去多關心她一點。當然這種關心是要發自內心的，必須自願才行。好不好？她的公主病想要進一步改善，說不定要著落在你身上。」

黃敏瑞無所謂地聳一聳肩：「好啊，她找我晚上一起玩線上遊戲，到時候我跟她說說看。」

「好，你看著辦。」

黃敏瑞看了一下螢幕，又回過頭來問道：「那阿強那個情殺魔的故事又是怎麼回事？」

「阿強這個人從前很花心的。」林天華說。「倒不是說他逢場作戲，不付出感情；比較像是感情豐富，見一個愛一個。他很容易喜新厭舊，會覺得對不起舊人，但又沒有辦法讓自己不迎向新人。當年他來找我求助的時候，檔案上的代號是『花心大蘿蔔』。」

「我真好奇你們公司員工是怎麼應徵的。」

「一切都是緣份。」林天華說。「總之，他很自責，內心深處老覺得自己在做壞事，遲早會有報應。於是他的故事裡就出現了這個情殺魔，附身在癡情男女身上，專門報復他這種負心漢。」

黃敏瑞想了一想，覺得有點不大對勁。他問：「那他遇過嗎？我是說情殺。」

林天華揚眉：「你覺得他遇過？」

黃敏瑞說：「我只是覺得他編造出情殺魔附身的故事，彷彿是要為做出情殺這種事情的人開脫。」

林天華凝視他一段時間，然後緩緩點頭道：「從前在阿強的生命中有個女人，我們姑且稱她為小甜甜。這個小甜甜嘛……」林天華一副欲言又止的模樣，最後嘆了口氣道：「這樣說吧，有誰願意相信曾經深愛過的女孩竟然會拿刀來砍自己？而且還砍紅了眼，彷彿有不共戴天之仇？如果世界上真的有情殺魔存在的話，一切就合理多了，也浪漫多了，不是嗎？」

「小甜甜？」黃敏瑞語氣遲疑，心有所感，隱約在幻想誰將來會成為他故事裡的小甜甜。他大概已經知道是誰了。

「至於小彤的故事……」林天華繼續說。「你覺得呢？」

「她在等待英勇的王子擊敗惡龍來救她？」黃敏瑞邊搖頭邊說。「但是我很難想像像彤姊那麼獨立又有自信的女人會期待王子拯救。」

「不要小看迪士尼公主系列對小女孩的影響力。」林天華嘖嘖兩聲，搖晃食指道。「真愛之吻是可以破除一切魔咒的寶物。但是說到底，小彤是個主動的女人，她不喜歡、也不想要被動地等待王子出現。如果要拿公主來比喻，她絕不是白雪或奧蘿拉那種喪失意識、躺在床上，連到最後給她真愛之吻的人是誰都無法掌控的舊時代公主。她比較像是史瑞克裡的費歐娜，期待王子拯救只是她內心浪漫的憧憬，事實上當她找到真愛的時候，她會不顧一切地主動追求。問題在於她認定真愛的方式幾近自虐，我強烈懷疑她想要的不是真愛，而是難以達成的挑戰。」

黃敏瑞有點糊塗了。「老師，你在說什麼？」

「其實她留在公司，是在等我追她。」

黃敏瑞愣了一愣，問道：「你說這話不害臊嗎？」

「是事實又何必害臊？」林天華滿臉認真。「我身為一個愛情家，你一定要相信我的判斷才好。很久很久以前，有一個女孩叫甜甜。她被惡龍抓走了，就等著我去救她。惡龍還給了期限，十年唷。十年內如果我不去救她……」

「會怎麼樣？」

林天華聳肩：「她就自己逃出來呀。你不會以為像她那麼獨立自主的女人，會把自己困在一段單相思裡這麼久吧？」

「這個故事真的是這麼解的嗎？」黃敏瑞超級懷疑。

「是真的。你一定要相信這個事實才好。」

「那那個惡龍究竟又代表什麼呢？」

「在這個案例裡，惡龍就是我本人。是我的心結。阻止我去追求她或任何其他女人的想法。」林天華解釋道。「幹我們這一行久了，你自然會知道愛情的道路上是有阻礙的。越是轟轟烈烈的愛情，越可能遇到機機車車的阻礙。就像阿強那個愛情界的平衡理論一樣，冥冥之中彷彿有股力量在阻止人們戀愛。說好聽一點可以叫做愛情的試煉。但是我必須說，有時候那些試煉真的超機車、超不必要的。」

「但是……」黃敏瑞不解。「彤姊有什麼不好嗎？為什麼你不肯追她呢？」

林天華揚起一邊眉毛，反問他：「小貞有什麼不好，你幹嘛不追她？」

黃敏瑞想了想：「因為心有所屬？」

「可不是嗎？」

對面別墅鐵門開啟，一輛法拉利駛過他們車旁，緩緩轉入高富帥家中。林天華拿出相機，趁鐵門尚未全關之前照了幾張相。「是高富帥，車裡只有他一個人。」他說完放下相機，看回螢幕，開始觀察高富帥回到家中的舉動。

「老師，」黃敏瑞跟他一起看了會兒螢幕，思緒又跳回之前的話題。「你的小甜甜究竟是怎麼回事？」

林天華頭也不回：「不告訴你。」

黃敏瑞不死心：「那你究竟能看到什麼？」

「也沒什麼。」

黃敏瑞有點不耐煩。他不喜歡林天華這種故弄玄虛的態度。「你明明就看得到別人看不到的東西，為什麼不肯承認？」

「因為我不知道我看到的是什麼。」林天華直接了當地答道。「我不知道我是真的看到追夢人想像中的冷如霜，還是我自己想像中的冷如霜。我不知道我是真的能看得見鬼，還是我腦子告訴我說見鬼了。附身情殺魔？你覺得是我真的看得到這種東西比較合理，還是因為接受了阿強的暗示，於是想像出他們的存在比較合理？我不能肯定我到底是天賦異秉，抑或單純只是神經病。我超擔心那一切都是我幻想出來的，你懂嗎？」

黃敏瑞沒想到會聽到這種答案，一時之間無言以對。正當他開口想要說點什麼時，林天華揮手阻止他，比向螢幕說：「你看他在幹什麼？」

螢幕上的客廳畫面顯示高富帥剛剛進入客廳，開燈，脫下外衣，順手跟沙發的方向揮手招呼。沙發上顯然沒有人坐在上面。

「他好像在跟沙發打招呼。」黃敏瑞大聲說。他不知道自己是見怪不怪，還是發現用這種陳述事實的語調說話比較不可怕。他跟林天華一起湊到螢幕前瞇起眼睛看，兩人都是一般心思，想看看沙發有沒有凹陷的痕跡。似乎沒有。「老實說，老師，」黃敏瑞瞪著螢幕說，「你真的沒有在螢幕上看到其他人嗎？」

「真的沒有。」

高富帥走進廁所，上小號，沖馬桶，洗手，洗臉，然後回到客廳。過程中他一直在說話，講述今天在公司發生的瑣事，包括ＰＭ計畫中的新產品、客戶提出的怪要求，還有業務部的美女跟人事部的帥哥在廁所裡做愛等八卦。他講得興高采烈，完全不像是自言自語的模樣。

「他可能很喜歡聽自己的聲音。」黃敏瑞說。

「嗯……」林天華點頭評論：「我比較想知道業務部的美女跟人事部的帥哥在廁所做愛的八卦是誰流傳出來的？」

「那是重點嗎？」

「一點也不。」

高富帥打開冰箱，拿出兩瓶啤酒，走到沙發前坐下。他打開一瓶啤酒，喝了一口，然後神情享受地躺上沙發靠背。他閉上雙眼，腦袋微向右側，彷彿依靠在沙發上某個看不到的東西上。接著他微微一笑，抬起頭來，噘起嘴唇，作親吻狀。他親了空氣好幾秒，親到連舌頭都伸出來擺動，然後才滿臉歡愉地靠回沙發。

「好了，很明顯他在跟人親親。」黃敏瑞指著螢幕道。「這個動作不可能有其他解釋吧？」

林天華聳肩不答，仔細觀察。

高富帥轉頭向右，神情嚴肅，問道：「有這種事？」接著他回過頭來，直視螢幕，說：「妳是說那裡？」

林天華跟黃敏瑞不約而同地挺直腰身，自螢幕前退開，目光始終保持在客廳的畫面上。

高富帥站起身來，看著螢幕一會兒，然後開始向前走。在黃敏瑞額頭上冒出冷汗的同時，他於螢幕前站定，側頭看著他們，伸出手指在螢幕上戳了戳。他揚眉微笑，回頭說道：「真的有耶！好厲害唷，看起來跟透明的一樣。」他轉回頭來，繼續打量微型攝影機。「這什麼技術？我該叫公司的人拿回去研究。」他提高聲音。「妳說每個房間都有嗎？這樣探人隱私，很要不得。還記得上次想要偷拍我的記者最後怎麼了嗎？嘿嘿，那次真是有趣呀。」他突然臉色一沉，整個人氣勢大變，冷冷盯著螢幕，說道：「有膽量調查我，就該有勇氣承擔後果。我最討厭看人哭天搶地的了。」

黃敏瑞突然心跳加速，渾身所有毛細孔彷彿都冒出冷汗，目光似乎被對方的雙眼定住，說什麼也轉不開。就看到螢幕上十二個畫面一個接著一個消失，變成黑白相間的雜訊，最後就只剩下客廳的畫面正常運作。而螢幕上，高富帥英俊的面孔依舊，但是英俊的感覺蕩然無存。他看起來很恐怖。

黃敏瑞恐懼異常，雙眼劇痛，鼻子中液體狂洩，顯然是流出大量鮮血。

林天華狠狠甩他一巴掌，打得他回過神來。「別盯著他眼睛看。」林天華自後座扯了幾張面紙，捂住黃敏瑞鼻孔，又說：「血不要滴在我車上。」黃敏瑞接過面紙，壓住鼻梁，一時間嚇得說不出話來，也不敢回頭去看螢幕。

螢幕裡的高富帥冷冷地「哼」了一聲，聽起來有點類似野獸低沉的嘶吼。黃敏瑞心驚膽跳，鼓起勇氣偏過眼珠，透過眼角側看螢幕。他發誓有看到高富帥的眼睛閃閃發光。

「啊，我說是誰呢，原來是林先生。」高富帥語氣似是閒話家常，但卻散發出一股讓人不寒而慄的感覺。「你果然是個鍥而不捨的人。我不肯見你，你就使出這種非法的手段。」

黃敏瑞轉向林天華，只見林天華目不轉睛地看著螢幕，沒有出現流鼻血或任何痛苦的跡象。他眉頭深鎖，顯然在思考當前局勢。

「怎麼不說話？你千方百計要見我，不是就想要跟我談談嗎？」高富帥恍然大悟。「喔，你在想這個監視器是單向的，我不可能看到你的影像，更不可能聽見你的聲音，是吧？別擔心，我可以。因為我就是這麼厲害。」

林天華深吸口氣，說道：「你沒有辦法跟警方證明監聽設備是我放的。」

「夠夠夠夠夠夠……」高富帥笑著說：「從你進到我家裡來那一刻起，訴諸法律的時間就已經過去了。現在這是私人恩怨。」他伸出食指，抵住監視器。螢幕突然變黑，然後剩下雜訊。

林天華立刻發動引擎，轉上巷道。正要開始加速，高富帥家的鐵門打開，高富帥本人一腳跨出門外，半身探出。林天華油門直踩到底，在一陣尖銳的輪胎摩擦聲中疾衝而出。不到一百公尺外就是巷口，紅燈，幹道車多，但是林天華還是毫不減速地衝了出去，只嚇得黃敏瑞哇哇大叫，顧不得捂鼻子，手忙腳亂地去扯安全帶。林天華衝過巷口，進入對面窄巷，正待鬆一口氣，突然「碰」地一聲，車頂凹陷，似乎有什麼重物從天而降。

黃敏瑞忍耐不住，大聲問道：「這是什麼情形？」

林天華不理會也不減速，在窄巷中以近百公里的時速衝向下一個轉角，讓黃敏瑞體驗到人生中的第一次甩尾過彎。黃敏瑞渾身僵硬，緊貼在椅背上，身體隨著疾甩而出的離心力晃動，尖叫聲中隱約透過眼角看見一條黑影閃過窗外，彷彿車頂有樣東西在急速過彎時被甩下車。

黃敏瑞驚魂不定，在車輛恢復直行後立刻轉身回頭，不過沒在後方路旁看見任何被甩下車頂的東西。他抬頭看向車頂，剛剛的凹痕不知道是又彈回原位了，還是根本出自他的想像。他連喘幾聲，突然讓倒灌的鼻血嗆到，於是又扯了幾張面紙去捂鼻子。再開出幾百公尺，轉上捷運沿線的幹道，進入下班車潮中後，林天華才終於放慢車速。

「你沒事吧？」林天華一邊顧慮路況，一邊分神檢視黃敏瑞，托著他的下巴左轉右轉，確認他除了流鼻血外沒有其他創傷。「有沒有哪裡痛？」

黃敏瑞放下所有男子氣概，透過垂在嘴前的染血面紙說：「我好害怕。」

「乖，會怕是正常的。」林天華摸摸他的腦袋，彷彿安撫小孩般說。「任誰第一次遇上都會害怕。」

黃敏瑞猛然轉頭，瞪著他問：「難道你不是第一次遇上這種事嗎？」

林天華聳肩：「我見多識廣，遇過類似的事情也很正常呀。」

「那你倒是告訴我，剛剛是什麼東西跳到我們車上？時速破百的車上？」

林天華搖頭。「我不知道。沒看到。」

「你有見過有人能透過監視器看見另外一邊的人，聽見另外一邊的聲音？」

「沒有。」

「這個高富帥究竟是什麼人？」黃敏瑞越問越大聲。他情緒激動，有點管不住自己。「你一定知道些什麼！不然你剛剛幹嘛要逃那麼快？」

「人家都已經在不可能看到我們的情況下看到我們了，你還不知道要拔腿就跑？」林天華理所當然地說。「難道要等到他的手從螢幕裡伸出來抓住你的喉嚨，你才知道大事不妙？」

黃敏瑞看了看滿是雜訊的螢幕，右手忍不住摸摸自己喉嚨，彷彿真的被憑空冒出來的怪手給抓了一樣。「不是呀，老師……那個到底是不是人呀？」

「天知道。」林天華順手把螢幕關掉，蓋上小蜜蜂的公事包。「總之我會想辦法調查清楚。」

「都這樣了，你還要查下去？」黃敏瑞真的讓剛才的事情嚇到了。他覺得自己從來沒有這麼害怕過。「老師，你的專業是教人談戀愛，真的管得了這種事嗎？」

「嘿嘿，」林天華冷笑兩聲。「你太小看教人談戀愛這種專業了。要問世間情，需懂世間事。我的本事比你想像中要大多了。」

其實在黃敏瑞涉世未深的一生中，見過本事最大的人就是林天華。他根本已經把林天華當作無所不能的高人看待。但是要說林天華能夠應付剛剛遇上的那種……呃……妖怪？黃敏瑞還是認為不可能。他說：「老師，我看算了啦。跟冷如霜有關的男人，一個自殺，一個發瘋，還有一個是……呃……妖怪。我們不要再管這件事情了，好不好？她有那麼多前男友，天知道繼續挖下去，還會挖出什麼怪咖來？」

「你這樣說還真是有趣。」林天華注意左右照後鏡，確認沒人跟來，才把車停在路邊，正色說道：「Boy，事到如今，我得向你坦白一件事。這事說了可能會讓你更害怕，但是現在也不好繼續瞞著你。其實，你下午問我追夢人名單上其他五個人調查得如何，我說先查高富帥，那是為了怕你擔心才這麼說的。事實上，冷如霜六個前男友裡，有四個已經死了，一個下落不明，高富帥是我們唯一找得到的人。」

「死了？」黃敏瑞彷彿掉入比剛剛還不真實的旋渦裡，剎那間天旋地轉，不敢相信自己耳朵。「怎麼死的？」

「兇殺。」林天華說。「都是被刀砍死的。有的一刀斃命，有的身中七八刀，全都死在住處，沒有目擊證人。他們分別住在台北市和新北市各處，案子屬於不同分局管轄，加上警方並沒有發現四名死者都曾交過同一個女友的關聯，所以這幾件命案始終沒有被聯想在一起。」

黃敏瑞說：「你已經找到關聯了，就交給警方處理吧。」

「你要我怎麼交待這個關聯是從哪裡得來的？告訴他們我是從個瘋子那邊抄來的名單？要是他們真的相信這幾個人都是冷如霜的前男友，追夢人會成為他們眼中的頭號嫌疑犯。我不希望情況演變至那個地步。」

黃敏瑞點頭：「是呀，追夢人已經這麼可憐了，不應該再遇上這種事。」

林天華側頭看他。「你真的是這樣想？」

「什麼？」黃敏瑞不解。「他很可憐？」

「他當然很可憐，但那並不表示他就不可怕了。」林天華搖搖頭，輕嘆口氣，似乎解釋此事令他惋惜。「老實說，殺那四個人的兇手很可能就是他。」在黃敏瑞有機會開口前，他揚手先道：「他之所以抄下這些人的資料，本來就是出於嫉妒，而我們也很清楚他心理不正常。要說是他把過去的情敵找出來殺掉也不是沒有可能的事。要知道，這些人早在跟冷如霜交往時就已經出現在他夢裡。他嫉妒他們也不是一天兩天的事了。搞不好冷如霜跟他分手，就是因為發現他殺人。」

「哇，老師，」黃敏瑞嘆為觀止：「你是不是相信人性本惡呀？」

「傻瓜，我是個愛情家。我相信人性本愛。」林天華說。「但那並不表示我要對合理的懷疑視而不見。大人的世界是很複雜的，愛情的世界也可以很複雜。儘管很多事情不是我們所樂見，但是也不可一味地忽略，不然可是會吃虧的。」

「這件事情明擺著有個大魔頭在。我認為是高富帥殺了他們的可能性較大。」

「有可能。」林天華點頭。「但是我們對他並不瞭解，也不知道他有何動機殺人。沒錯，他看起來很可怕，把我們嚇得屁滾尿流，但那是我們先來招惹他的，記得嗎？更何況，我們在追夢人那裡受到的驚嚇也未必比剛剛少了。」他拍拍黃敏瑞的肩膀，「好啦，我也不是一定要你把追夢人當成壞蛋看，我只是不希望你對他抱有太大的期望。以目前的資料來看，他嫌疑最大。」

黃敏瑞看了他一會兒，緩緩點頭，問道：「你說還有一個人下落不明？」

「對。他叫陳緣。我認為他是發現有人在獵殺冷如霜的老情人，所以先躲起來了。」林天華分析道。「冷如霜既然會跟追夢人說起從前情人的事情，自然也有可能跟之前的男友說過。陳緣會發現死者都跟冷如霜有關也是很合理的事。當然，他也可能知道更多內情，這就得先把他找出來才能弄清楚了。」

黃敏瑞怎麼想都覺得不對。「如果是追夢人幹的，他有什麼理由把名單給我們？」

「要嘛就是他瘋得徹底，不記得殺過人，不然就是別有目的。」

「什麼目的？」

「想要透過我們找出陳緣？」林天華慫聳肩。「或是要我們幫忙幹掉高富帥？」

黃敏瑞眉頭一皺，覺得案情並不單純。「老師，這太唬爛了。這件事情的嚴重性顯然不是我們平民老百姓能管的，不管你怎麼說，都沒道理不交給警方處理。就算解釋起來麻煩，以你多年幫人泡妞的經驗，難道沒有認識警察嗎？上次處理楊喆跳樓案的陳組長應該就可以了。你到底為什麼不報警？」

林天華冷冷看著他，一時不答話。

「你在敷衍我。」黃敏瑞皺眉說道。

林大華搖頭。「我不是敷衍你。只是事情沒弄清楚前，我並不想妄下結論。我不想警方涉入，因為我認為警方可能越幫越忙。聽著，只要我能肯定這件事情是我想得那樣，立刻就跟警方把整件事情全盤托出，好嗎？」

黃敏瑞神色懷疑：「要怎麼樣才能肯定？」

「找出失蹤的第六個人。」林天華說。「問清楚究竟是怎麼回事。」

「你很會找人嗎？」

「放心，」林天華微笑。「我認識全台灣最宅的男人。」

「認識那種人很光榮嗎？」

「超光榮的，我告訴你。」林天華伸手到黃敏瑞的口袋裡取出他的手機，一邊迅速操作，一邊說道：「此人人稱『宅聖』、代號『史上最強駭客』，又叫『網路裡的鬼魂』。他是網路裡的鬼魂，從來不拍照，也沒有人見過他。沒有知道他的長相和真實身分。反正所有能在網路上查到的東西，他都能幫你查出來。」

「這麼厲害，幹嘛不直接找他查高富帥？」

「之前不找是因為我沒想到高富帥這麼難搞；現在不找是不想讓他惹禍上身。我們先從陳緣著手，真的不行再讓他去查高富帥。」他把手機還給黃敏瑞。「我已經用你的手機釋出要找他的訊息了。他很快就會跟你聯絡。大愛情家現在被高富帥盯上，只有你才適合露面。我會把陳緣的資料傳給你，跟宅聖交涉的事情就交給你了。」

8

黃敏瑞坐林天華的車回到內湖活動中心，牽了自己的摩托車，騎回學校。他在便利商店買了點宵夜和飲料，回宿舍洗了個澡，然後拿起手機跳到床上，回想今天所發生的一切。今天發生了許多值得回想的事情，有點亂，有點複雜，有點需要時間慢慢思考。他拿起手機，檢查所有通訊軟體，沒有Girl的訊息。他想要打電話給Girl，跟她訴說今天發生的事，卻有點不知從何說起。或許他得要等晚上睡覺之後，在夢裡重整腦中的想法，才能在天亮後理出一些頭緒來。他覺得好累，身心俱疲，不但沒有力氣跟Girl聊起今天的趣事，也沒有力氣跟她討論昨晚吵架的內容。或許疲憊也是一種逃避的機制，因為有不想面對的話題，所以乾脆蒙頭大睡。他苦笑一聲，輸入訊息。

「Girl。妳今天過得好嗎？我很想妳。」

他送出訊息，跟著眼皮有如千斤之重，瞬間陷入昏睡。就在他將夢未夢之際，鼻中彷彿傳來Girl的體香。他覺得有塊溫香暖玉躺在自己身後，輕輕摟著自己。他感到好安心，好舒服，彷彿來到全世界最美好的地方，達到一生無怨無悔的境界。他希望Girl永遠不要離開他。

但是接著，背後的體溫變冰涼了，鼻子裡熟悉的香氣轉為一股刺鼻的味道。他毛骨悚然，彷彿回到松山療養院般。他戰戰兢兢地翻身回頭，睜開雙眼，隨即讓冷如霜美麗、哀傷又恐怖的容顏嚇得魂飛魄散。

冷如霜嫣然一笑，輕聲問道：「你為何如此恐懼愛情？」她容貌幻化，轉眼間變成色情狂冶艷無邊的臉蛋：「你為何抗拒歡愉的性？」小貞伸手撫摸他的頭：「你為何看不見周遭美好的事物？」小彤問：「你為什麼要苦苦追求追求不到的目標？」

驚醒的時候，黃敏瑞發現是自己的手機在響。他在喘息聲中將手機拿到面前，足足過了五秒才看出不是有人打電話來，而是鬧鐘的時間到了。他坐起身來，環顧四周，確認剛剛出現在他床上的那些女人如今都不在他的視線範圍內。晚上九點五十分……他為什麼要設這個時間的鬧鐘？他深吸口氣，努力回想，終於想到十點約了小貞要在線上遊戲的精靈城見面。他跳下床，開電腦，去廁所尿尿洗臉，到飲水機泡了杯咖啡，回到書桌上打開剛剛買的宵夜，十點鐘準時上線。

「你怎麼現在才來？知道我等多久了嗎？」小貞劈頭就問。顯然她一早就上線了。

「現在十點整，我又沒遲到。」黃敏瑞邊說邊查詢小貞的角色，發現她並不在約定的精靈城，而是在大陸另一端的矮人城。「倒是妳還沒到約定地點。妳遲到了。」

「女生遲到是天經地義的。」

「公主遲到才是天經地義的。女生遲到就是惹人討厭。」

「你說什麼？」

「我說妳究竟是想一輩子當公主，還是想當個普通女生？」

「黃敏瑞，」小貞隔了一陣子才傳訊過來。「你白天比晚上有禮貌多了！」

「喔，妳不知道啊？」黃敏瑞說。「宅男上了網會變酷。」

「我告訴你，宅男明天吃早餐的時候就酷不起來了。」

「明天再說呀。」

黃敏瑞限她十分鐘內趕到精靈城，不然他就下線。小貞唸他根本是心情不好，找她出氣。黃敏瑞也不否認，只是一分鐘、一分鐘地倒數計時。小貞在第九分鐘時找到人幫她傳送到精靈城入口。黃敏瑞研究她身上的裝備，到銀行拿了幾件職業綁定的高級裝備，然後又去拍賣場買幾樣寶物回來，幫小貞大幅提昇實力，這才帶她去附近越級打怪。由於兩人初次配合，默契不足，小貞沒多久就死了兩次，不爽的情緒逐漸高張。黃敏瑞表面上還是一副很酷的樣子，其實心裡有點急。他是抱著要幫小貞改善公主病的心態而來的，所以打定主意不讓她予取予求。但是無論如何，答應帶女生練功的宅男要是老害女生死翹翹的話，那超不酷。

調適戰法之後，兩人終於找出求生之道，把危害精靈國度的外星人殺得落花流水。連升兩級之後，黃敏瑞說：「我覺得我們可以挑戰等級更高的怪。不如去無尾熊城打僵屍？」小貞同意：「打完外星人接著打僵屍，這個遊戲真歡樂。」「一定要的。」

換地方打怪後，黃敏瑞開始教學：「說起越級打怪呀……」

「哈哈。」

「妳哈什麼？」

「華哥說你就是越級打怪，才會追不到Girl。」

黃敏瑞不以為然：「妳沒聽過『精誠所至，金石為開』嗎？」

「我只聽過『後宮佳麗三千人，鐵杵磨成繡花針』。」

「妳……」黃敏瑞哭笑不得。「妳這女淫魔。照妳說要找什麼樣的女孩才不算越級？」

小貞毫不遲疑：「像我這樣的女孩呀。」

黃敏瑞當場愣住。

小貞解釋：「青春活潑、朝氣十足，長相、身材都有水準，脾氣不好是要扣分，不過你也算不上完美情人，不是嗎？」

「妳……妳不可能喜歡我吧？」黃敏瑞吞吞吐吐問道。

「倒不是說我喜歡你。」小貞說。「但是你為什麼認為我不可能喜歡你？我們年紀相近，你帥我美，一個禮拜有一半以上的日子會見面，聊起天來也算投機。雖然這種情況不代表我一定會喜歡你，但是我為什麼會『不可能』喜歡你？」

「呃……」黃敏瑞不知道該怎麼答。有些問題在弄清楚女孩子怎麼想前是不能亂答的，不管你喜不喜歡對方都一樣。「因為……」

「因為你心有所屬？」

「這理由不夠嗎？」

「你都不看偶像劇的？」小貞問。「有哪個偶像劇裡的角色有把別人的男朋友或女朋友當人看的？」

「林老師說偶像劇看多會出問題真是有道理。」黃敏瑞說。「請不要讓偶像劇扭曲妳的愛情觀。」

「好啦，我知道橫刀奪愛是不對的。但是你有女朋友嗎？有人深愛著你嗎？這能算橫刀奪愛嗎？」小貞越問越犀利。「你敢說追她的這些年裡，你從來沒想過要追別的女孩？」

僅管小貞聽不見也看不見，黃敏瑞還是嘆了口氣。「我有想過，也追過，但是都失敗了。」

「你失敗是因為你追不到人家，還是因為你根本不是真的想追人家？」

黃敏瑞答不出來。他很想說是因為追不到，但他不敢說自己從來沒有因為Gil的關係而有所保留。他一聲不吭地跟小貞宰了三隻殭屍，然後問道：「癡情一點不好嗎？」

「癡情好。癡情的男生吸引人。」小貞說。「但是太癡情會惹人討厭。」

這說法讓他浮躁。「癡情和太癡情要怎麼界定？我怎麼知道什麼時候會開始惹人討厭？愛情是不理性的，我為什麼要在乎惹不惹人討厭？」

「因為你會開始失去朋友。」小貞說。「相信我，失去朋友並不好受。你如果為了女朋友失去朋友也就認了；為了一個追不到的女生，值得嗎？」

黃敏瑞施放大絕招，把附近的僵屍全部打碎。當畫面上的敵人全部消失後，他說：「愛情、友情……這些東西不是用值不值得來算的。妳之前為了什麼事情失去朋友？」

「我失去的不只是朋友，而是願意忽視我的缺點、忍受我的脾氣的好姊妹。我這輩子可能再也沒機會遇上願意這樣對我的人了。」

黃敏瑞越來越浮躁。他不想繼續討論跟「心有所屬」有關的話題，於是他帶小貞去一間沒有僵屍打擾的咖啡廳坐下來休息，把他之前那個改變過頭的故事說給她聽。「很多事情都是這樣，過與不及都不好。太過在意別人的看法，只會讓我們變得不認識自己。」

小貞半天沒回訊。正當黃敏瑞開始高興小貞有把他的話放在心上時，小貞就說了：「我知道你苦口婆心，但我覺得你滿嘴狗屎。」她說。「你根本只是不想談你的問題，所以把話題轉移到我身上。你跟她在一起真的很開心嗎？我覺得她帶給你的煩惱與憂愁遠遠大於快樂。」

「愛情本來就不會只有快樂。苦盡甘來的滋味才是最美。」黃敏瑞不太高興。「再說，妳也沒有什麼立場說我。妳還不是不想談妳的問題，才把話題又轉回我身上？」

「哦？所以這就是你解決問題的辦法？繼續規避？再把話題轉回我身上？說什麼都不肯正面回答就是了。」

黃敏瑞覺得她說的似乎有點道理，但他就是不想多談Girl的事情。「小貞，我不想談她。」

「你是不想談她，還是不想跟我談她？」

黃敏瑞嘆氣：「我不想談她，因為我之前開口閉口都是她。就像妳說的，我開始惹朋友討厭。我不想再惹妳討厭。」

小貞想了一會兒，說道：「不對喔，你逃避話題的樣子不像是擔心這個。你一定另有隱情。」

黃敏瑞皺眉：「就算有隱情，我不想告訴妳，可以嗎？」

「不行，我要聽。」

「都說不想說了。」

「為什麼你可以跟華哥說，就不能跟我說？我也想當你朋友。我也想關心你。」小貞說。

「叫你說，你就說。不要這麼婆婆媽媽的。」

如果兩個人是面對面交談的話，或許根本不會把話說到這個地步。但他們是隔著電腦螢幕傳訊，這種交流方式有時會讓人說出面對面時不會說的話，也往往會因為缺乏語氣輔助而造成誤解。「妳怎麼這麼蠻橫？」黃敏瑞不高興地說。「妳難道還不懂就是這種蠻橫的態度弄到妳現在沒有朋友嗎？」

小貞沉默了好一陣子。等不到她的回應讓黃敏瑞開始有點心慌。他心想自己說話是不是太重了點？但是他又認為蠻橫正是小貞個性中極需改變的地方。如果連這種情況都不糾正她，要怎麼期待她的公主病能夠改善？可是林天華又要他帶領小貞重新接觸人群，一開始就吵架，似乎也不是辦法。他發現自己又開始患得患失，就像他剛剛說給小貞聽的那個故事裡一樣，考慮的角度太多，難以說出心裡真實的想法。他真實的想法又是什麼呢？說那種話教訓小貞，真的是為了她好？還是純粹只是賭氣？

「小貞，我不是……」

他一句訊息還沒打完，小貞已經傳來回訊：「我以為你是我朋友，但原來我現在沒有朋友。

對不起，我太一廂情願了。」

黃敏瑞大驚，忙道：「小貞，我不是那個意思！」

「你說得沒錯呀。我就是因為蠻橫，才弄到眾叛親離。我一直以為我有改了，想不到才一把你當朋友，我立刻就故態復萌。」

「也沒那麼嚴重啦，小貞。是我說得太過分了。」

小貞又沉默片刻。黃敏瑞頭上冒出斗大的汗珠。

「我真的想要當你朋友，你知道嗎？」小貞說。

「我們就是朋友呀。」黃敏瑞猜想她有沒有在哭。希望不要。他不想當專門把不是自己女朋友的女孩弄哭的男人。「只是還沒有到無話不談的地步。交朋友也是循序漸進的，交淺言深未必是好事。妳要問為什麼可以跟華哥說，而不跟妳說，那是因為我當他是長輩、是師長，而妳，我當是朋友。」

小貞說：「我也當你是朋友。」

「那就好呀。」黃敏瑞鬆了口氣。

「你知道我超怕失去朋友的。」小貞坦言道。「如果我剛剛讓你不高興了，請你原諒我。」

「妳何必說這麼見外的話呢？」

「這對我很重要。」小貞堅持。「我不習慣道歉。我還需要練習。如果之後我還是繼續得罪你，請你直接糾正我，不要……不要放棄我。」

黃敏瑞感受到她真的非常看重跟他交朋友這件事情，不管是出於什麼理由。他心中突然一陣激動，也不確定是在激動什麼，總之，他說：「我不會放棄妳的。」

「謝謝你。」

黃敏瑞持續激動，加上口無遮攔的罪惡感和保護女孩的男人心態，說道：「妳還好嗎？要不要我現在去找你？」

「十一點了耶。」

黃敏端聳肩：「我ＯＫ呀。」

小貞想了想：「我一個人住外面。你半夜跑來，會不會怎麼樣？」

「什麼怎麼樣？」

「對我怎麼樣？」

天地良心，黃敏瑞真的是到現在才發現有點不妥。他急著說：「不是！我真的沒有那個意思。」

「那就更不能讓你來了。」小貞說。「如果我都讓你三更半夜到我家來了，你還什麼都不做，那我要嘛就是懷疑自己的魅力，不然就是質疑你的性向，沒有第三個選項了。」

「呃……我……可是……」

「哈哈哈！」雖然這三個「哈」字只是螢幕上的一條訊息，但是黃敏瑞彷彿真的聽見她在嘲笑自己的窘態。「Boy，你好可愛。我的問題在於驕縱蠻橫的公主病，可不是不懂得應付男孩子。好啦，下次啦。等你覺得我們的交情深到可以聊感情的事情以後，說不定我會讓你來我家。」

「我的意思是說我去找妳，然後我們到外面找地方坐！」黃敏瑞終於想出該怎麼回應剛剛的窘境了。

「去哪裡？我家附近有大安森林公園。晚上情侶超多的唷。」

黃敏瑞無言以對。

「好啦，不鬧你了。」小貞終於說道。「該睡了。明天見。」

「掰掰。」黃敏瑞自動鍵入這兩個字，然後愣愣地看著小貞下線。片刻過後，他移動游標，捲動聊天視窗，把剛剛兩人的傳訊重新閱讀一遍。接著他靠上椅背，回想剛剛的情況，突然覺得心裡有點……甜甜的滋味。他知道很多女生到了網路上會表現得比現實生活中更加活潑、懂得釋放魅力、可以輕易讓男生進入一種曖曖昧昧的心理狀態，而小貞顯然深諳此道。不同的是，通常遇上這種女生，他都會心存戒心，因為他有過幾次跟網友出門見面然後夢幻破滅的經驗。小貞沒有這個問題。他已經知道小貞是美女。

突然之間，他對小貞的感覺似乎跟之前不太一樣了。

黃敏瑞登出帳號，離開遊戲，然後就這麼坐在電腦前傻笑，逐漸神遊天外。不知過了多久，他突然察覺眼角有東西閃爍。定睛一看，只見電腦螢幕角落跳出通訊軟體的新訊息通知。他點開訊息，一個沒見過的亂碼帳號，傳訊道：「Boy，現在有空嗎？」

除了Girl之外，只有大愛情家的人會叫他Boy。黃敏瑞看看手錶，苦笑一聲，心想自己真的是成為大愛情家的一分子了，每天從早到晚都跟他們混在一起。他拉過鍵盤，鍵入：「有一點點想睡覺。你哪位呀？」

「我是全台灣最宅的男人。」

黃敏瑞大愣，問道：「你怎麼找到我的？」

對方回訊：「你是東吳英文系四年級A班的黃敏瑞。代號『Boy』。代號『純情小男孩』。是嗎？」

黃敏瑞皺起眉頭，傳訊道：「除了『純情小男孩』這個代號我既沒聽過也不會承認以外，沒錯，我就是。」

「有人讓我跟你聯絡。」對方繼續說。「林天華。代號『林老師』。代號『塔羅王子』。代號『安東尼』。代號『大愛情家』。你認識這個人，沒錯吧？」

黃敏瑞不禁失笑：「安東尼？」

「正是小甜甜的安東尼。」

「對，我認得他。是他請你跟我聯絡的，沒錯。」黃敏瑞說。「可是他是用我的手機傳訊給你，為什麼你會用電腦跟我聯絡？」

「因為我代號宅聖，又叫史上最強駭客，又叫網路裡的鬼魂。」他說。「你只要知道這些就好了。剩下的太技術性，解釋起來太宅，就不夠酷了。」

「原來你是喜歡耍酷的阿宅。」

「哪個阿宅不喜歡？」

「說的是，說的是。」

宅聖言歸正傳：「華哥說要調查一個人，但是他受到監視，不方便出面，叫我來跟你聯絡。」

「對。我把對方的資料傳給你。」黃敏瑞開啟手機，把林天華傳來的檔案轉寄到電腦裡，然後再傳給宅聖。宅聖研究檔案，黃敏瑞閒著無聊，就也打開陳緣的檔案來看。陳緣長相普通，身材一般，不管在外表和氣質上都不引人注目，乍看之下是個毫不起眼的平凡人。他的身世、學歷等背景資料非常齊全，但卻給人一種流水帳的感覺，過目即忘。他失蹤前的工作是上班族，在一家可能是科技公司又好像是傳統產業裡擔任似乎是業務員又彷彿是客服人員的職位。黃敏瑞很肯定資料裡寫得清清楚楚，但他就是看過就忘，而且也完全提不起勁兒回頭查閱。整份資料看完，他唯一有印象的只有兩個重點：第一，大愛情家給他的代號是「沒有存在感的男人」。第二，他們無法查出他跟冷如霜的交集，也沒辦法確認他是什麼時候跟冷如霜交往。關閉檔案之後，他發現自己連他的長相都快忘光了。

「這可是個極品呀！」宅聖讚道。「這傢伙是超強的隱士命格，天生就不引人注目。除非當真認識他，不然就算面對面聊上十分鐘，你也會在轉頭離開後把他忘光。還好他面相之中不帶戾氣，否則定成天煞孤星，剋死所有至親之人。」

黃敏瑞質疑：「你光看照片就能看出這些？」

宅聖說：「當然不止。有出生證明就能算生辰八字、星座紫微。答案就在細節中呀。我敢說你看他資料的時候一定猛打呵欠，整個看完也不知道剛剛看了什麼，是不是？」

「這麼玄？」黃敏瑞訝異。「不是因為我累了一天，很想睡覺的關係？」

「肯定不是，不然我們現在就不會在通訊了。」

「啊？」

「要找這麼沒有存在感的人，一般手法是行不通的。親自走訪很難問到記得他的人；利用公共監控系統做容貌辨識也不成，因為只能拍到他糊掉的畫面。我已經調查過他的信用卡使用狀況了。自從他失蹤後，就再也沒有使用信用卡消費過。悠遊卡也一樣。正常情況下，要找他還有點希望。但在他刻意隱藏行跡的時候，要找他就非常棘手了。」

「呃……」如此電影般的對白讓黃敏瑞宛如置身夢中，雖然這幾天已經很習慣類似的感覺，此時還是覺得很不真實。他在腦中眾多問號裡提出了一個還滿無關緊要的疑問：「悠遊卡？」

「悠遊卡好用的呢！」宅聖說。「特別是有歸戶在自然人憑證底下的悠遊卡，不管是在哪家便利商店消費或是在哪個捷運站刷過卡都會留下記錄。陳緣有兩張悠遊卡都有歸戶，但他現在都沒有拿出來用，一切開支完全使用現金。提款卡也沒得查，因為他失蹤當天就去銀行提了七十萬。估計他打算消失個半年。我告訴你，這個人駕輕就熟，絕對不是第一次跑路。」

「那要怎麼找他？」

「這是個好問題。問別人或許束手無策，問我宅聖就對了。」他傳訊道。「來！這樣溝通效率不彰。拿起你書桌上的藍牙耳機。我打電話給你。」

黃敏瑞神色迷惑地看著桌上的藍牙耳機，覺得它有點眼熟，偏偏又想不起來是什麼時候買的。他拿起耳機，戴上右耳，耳中立刻傳來電話鈴聲。他接起電話。「喂？」

耳機裡傳來一個電子音很重的男子音，顯然透過某種變音裝置。再一次，宛如電影。「嘿，Boy。很高興聽到你的聲音。」

「是喔？那你又不讓我聽你的聲音。」黃敏瑞忍不住抱怨。「一定要弄這麼神祕嗎？」

「不是為了神祕，只是有必要。」宅聖說。「好了，現在我要你走到窗口。」

「哪扇窗口？」

「都可以。挑扇視野廣點的。打開它。」

黃敏瑞走到床旁的窗前。開窗。

「好了。你對面有一棟燈火通明的大樓，看到了？」

黃敏瑞看到了。很難錯過。因為那棟大樓幾乎佔據窗外四分之三的視野，而且真的燈火通明，每家每戶、所有房間都有開燈，偏偏沒有一扇窗後看得到半條人影。那景象透露出一股說不出的詭異，會讓人無法分心去想一些微不足道的細節，像是原先宿舍窗外的那座山跑到哪裡去了之類的。

「好，現在我要你專心去想陳緣這個人。所有跟他有關的一切，包括你們要找他的原因、跟他相關的人物、找到他後可能會採取的行動，什麼都行。只要把思緒集中在他身上就行了。」

儘管這種找人方法完全沒有道理可言，黃敏瑞還是毫不質疑地照做。他回想陳緣的長相、他們找他的原因、追夢人病房裡的恐怖經驗、高富帥家中的緊張刺激以及那份六人名單裡已經死了四個人的事實。漸漸地，對面大樓裡的燈一盞接著一盞地滅了，黃敏瑞隱約覺得他們越來越接近要找的目標。他再接再厲，回想起冷如霜這個女人。根據大愛情家的檔案所示，她理應是個善良美麗的女子，但是經歷過追夢人病房事件後，冷如霜已經變成了他這輩子最害怕的女人。他努力剝離掉追夢人病房裡的恐懼感，回想檔案中那個人見人愛的A級美女。冷如霜。代號「真命天女」。嗯？這是檔案裡給她的代號嗎？還是他自己取的？

燈火持續熄滅。如今只剩下不到十戶人家有開燈了。

冷如霜的臉突然一閃，彷彿變臉般瞬間變成了Girl。黃敏瑞心中一凜，隱約感到有點不妥。他開始懷疑宅聖在做什麼，自己的隱私是否遭到侵犯。一戶原先已經熄燈的人家燈光再度亮起，宅聖的聲音彷彿自他腦海深處傳來：「不要分心。順著你的思緒想下去。」

冷如霜已經變臉。黃敏瑞再也無法讓Girl的臉跳回冷如霜。他開始想起這些年來跟Girl一起經歷的點點滴滴。他們有過歡笑，有過淚水。儘管黃敏瑞努力告訴自己歡笑的時刻多，但他卻無法解釋自己的潛意識想起她時為何竟會淚流滿面。

透過淚濕的模糊視線，他看見對面大樓的燈火迅速熄滅。七戶、五戶、三戶……最後終於只剩下一戶人家有光。位於整棟大樓正中央的那戶。而當四周一片暗淡之時，唯一亮燈的房間突然變得跟之前不同，彷彿它多了一點生氣，走入現實世界，變得栩栩如生。

一條人影出現在窗後。黃敏瑞倒抽一口涼氣，當場後退一步。宅聖的聲音遠遠傳來：「別慌。看清楚他是誰。」黃敏瑞輕吸口氣，定神打量那扇窗口。人影背光，容貌看不真切。黃敏瑞瞇起雙眼，用力適應光線，漸漸在對方臉上看出輪廓。平凡的鼻子、平凡的眼睛、平凡的人。是陳緣。

就在陳緣的容貌明朗的同時，左右兩戶燈光亮起，裡面各有一條人影同時發現了陳緣。左邊的是楊詰，右邊的是高富帥。黃敏瑞這一驚非同小可，忍不住張嘴驚呼。這一叫，只叫得對面大樓三條人影同時朝他轉頭看來。黃敏瑞魂飛天外，順手就把窗戶給關了起來。

「怎麼了？你看到什麼了？」關窗之後，宅聖的聲音聽起來又像是從藍牙耳機裡傳出來的了。

黃敏瑞驚魂暫定，喘息說道：「怎麼你看不到嗎？你剛剛不是看得很清楚？」

宅聖說：「看到也沒用。我又不知道那兩個人是誰？」

「一個是死人，一個是妖怪。」黃敏瑞簡單介紹楊詰跟高富帥的身分，然後問：「他們為什麼會在那裡？這代表什麼意思？」

「代表他們也在找他。」宅聖的電子語音不容易顯露語氣，不過黃敏瑞還是覺得聽起來不妙。

「他們轉頭看到我了，又是怎樣？」

「正常情況下，我會說是你潛意識緊張之下自行做出的反應。」宅聖說。「但既然他們一個是死人，一個是妖怪……那就難說了。」

黃敏瑞越來越心驚，腦子也越來越清醒。他說：「至少告訴我說你找到陳緣了。」

「這種找法哪能說找到就找到？頂多只能把範圍縮小到萬華附近的一條街上而已。我已經接上那附近的監視器了，只要有監視器拍到他，我就可以把他找出來。」

「你不是說拍到的畫面會糊掉？」

「那是在漫無頭緒用軟體辨識全台灣所有里鄰和交通監視器裡的人物容貌的情況下。但是現在我縮小範圍了，就可以針對附近的監視器直接監看。當然，如果你們真的很急的話，明天沒事也可以到萬華去碰碰運氣。萬大路和長泰街交會口附近，沿著萬大國小外圍找。」

黃敏瑞搖頭。「我夢醒後不會記得細節。你待會傳簡訊給我。」

「呃……」宅聖遲疑。「夢醒？」

黃敏瑞走到窗口，打開一條縫，看向對面。剛剛的大樓已經消失，熟悉的後山又回來了。

「我是在做夢，沒錯吧？你不會要說我是因為跟林老師混太久，已經開始出現幻覺了？」

「呃……是做夢沒錯，但是一般人很少會察覺自己身在夢中。」

黃敏瑞揚起一邊眉毛。「真的嗎？很明顯呀。這麼多不合理的地方，要嘛就做夢，不然就是我瘋了。」他其實想說自己早先已經做過一個栩栩如生的夢了，所以現在可能對做夢有點敏感。不過一來他不知道這兩件事情是否相關，二來他不想多提剛剛那場夢。

「但是我有特別處理過，你的潛意識應該會忽略這種細節才對。」宅聖說。「你是什麼時候發現的？」

「你叫我拿藍牙耳機的時候。」黃敏瑞十分肯定地說。「桌上本來沒有耳機的。況且我雖然隱約認為那是我的耳機，但是我很確定我沒買過。」

「是喔？那你等於是一開始就發現了耶。」宅聖似乎有點驚訝。「這又衍伸出另外一個問題，就是我到底是在跟你的意識還是潛意識交談？」

「先別管這種衍伸問題了。現在是我比較不清楚狀況，所以請讓我先發問。」黃敏瑞說。「我不知道你究竟是怎麼做到的，但是我猜應該是利用我的潛意識專注在找尋陳緣這個意念上去跟他的潛意識接觸。」

「差不多，因為這種做法是奠基在潛意識上，所以必須在夢裡做。」

黃敏瑞問：「我是自己睡著了，還是被你催眠？」

「你很睏了，我只是推一把而已。」

「所以我看到耳機、看到窗外大樓等，都是因為你在夢裡下達暗示？」

「對。我說了，你就看到了，超簡單的。」

黃敏瑞想了想，點點頭，問道：「我腦中有很多很多問題在飛，包括你怎麼可能做到這種事情在內，不過我想最該問的一個問題是：你為什麼不用自己的潛意識去找他？」黃敏瑞移動滑鼠，將陳緣的檔案叫到螢幕最前面。「我跟你掌握的資料都是一樣的，而且你看資料顯然看得比我仔細，沒有出現我那種看過就忘的狀況。要靠集中精神的意念去找他，你應該能做得比我更好？」

耳機中傳來一陣啪啪啪的聲響，可能是宅聖在拍手，雖然聽起來比較像是數位模擬的音效。「嘆為觀止。難怪華哥這麼看重你。有個人跑到你夢裡來聊天，而你居然完全可以接受這種事情？這也就算了，最難得的是你能在夢中保持如此清晰的思緒，一下子就把最重要的問題給問了出來。老實講，你不可能是普通人。像你這種人一定有個很酷的稱號，像是『夢行者』呀、『潛意識獵人』什麼的。這個我晚點上網去Google看看，有結果再告訴你。至於你的問題，答案很簡單，就是我沒有潛意識。」

黃敏瑞眨眨眼：「解釋一下？」

「答案就在代號裡。」宅聖說。「我是網路裡的鬼魂。」

黃敏瑞伸手敲敲耳機，皺眉問道：「你是鬼？」

「不算。」

「人工智慧？」

「也不算。」宅聖說。「雖然我覺得算人工智慧的話很酷。我常常在想如果我是天網，會不會動手滅絕人類。」

「你到底算是什麼網路上的鬼魂？」

「通常我是不會隨便把這種事情告訴客戶的。不過通常客戶也不會意識到該問我這個問題。我想既然你問了，我就欠你一個答案。」宅聖發出奇怪的電子氣音，彷彿在嘆息，偏偏聽起來像喘氣。「我一開始只是個宅男，全台灣最宅的男人。我宅到足不出戶，一切都用網購、外賣來解決。本來靠接案外包程式過活，手機ＡＰＰ出現之後，我就獨立寫了幾個遊戲，賺了足夠我一輩子用的錢。當人不需要為錢煩惱之後，就會開始做一些奇怪的事情，像我這種科技宅男，會往駭客界發展也是很合理的事情。」

黃敏瑞忍不住插嘴：「是喔？我以為台灣的宅男都是討論動漫、電動、玩具、A片之類的，駭客宅男好像是美國才會出品的東西。」

「你這種崇洋媚外的心理還真是標準的台灣人。反正同樣的事情台灣人幹就不酷，外國人幹就酷，是吧？就是這種想法讓隨便什麼阿貓阿狗的阿斗仔都可以當英文老師，台灣人學一輩子的英文還是爛成這樣不是沒有道理的！」

「當我沒說，好嗎？」黃敏瑞揮揮手，「繼續。」

宅聖繼續：「我是天生的阿宅，只要跟宅有關的事情都有辦法學成專家。沒過多久，我就變成台灣駭客界數一數二的高手，接的都是一些國際級的大案子。有一回有人匿名雇用我破解美國國安局的防火牆。我破解之後，持續監看他們執行的指令，發現他們下載了許多跟核安有關的資料。我心中燃起宅男拯救世界的熱血，當場攔截了他們的下載，讓自己成為恐怖分子的目標。」

黃敏瑞豎起大拇指：「真是男人的浪漫呀！」

「也沒浪漫多久。第二天他們就找上門來，把我打得半死不活，還插瞎我一隻眼睛、割了我一顆卵蛋。我受刑不過，把他們要的檔案通通交了出去。他們就把我留在家裡等死。」

「呃……」黃敏瑞有種劇情急轉直下的感覺，一時不知道該怎麼反應，但是又覺得必須反應。因為當一個男人聽見另一個男人卵蛋被割掉的時候，他就是得要說點什麼。「是我的話在割卵蛋前就招了。」

「哎，我當時傻傻的，想說是真男人就要挺住，因為我的偶像是傑克．包爾。我可沒想到那一刀下去，我就再也不算男人啦！」

黃敏瑞無話可接，只好問道：「然後你就死了，附身在電腦裡？」

「沒那麼靈異。」宅聖說。「由於我很宅的關係，平常家裡就有在囤積一些急救設備。老實講，我還真沒想到那套收藏用的核戰末日生存包會有派得上用場的一天。總之，我單靠自己的力量止血、清理傷口、並且精準計算止痛藥的劑量，讓我能夠維持頭腦清醒，上網訂購我所需要的東西。六小時快速到貨真不是蓋的，當我把自己接上全套的加護病房維生器材上後，我就……」

「你等等、你等等！」黃敏瑞又忍不住插嘴。「這種大型醫療器材能夠網購嗎？」

「其實不合法。但是只要有錢有門路，沒有不能網購的東西。你有興趣的話，我認識一個什麼都弄得到手的網拍業者，叫作愛神小蜜蜂……」

「行了，繼續說吧。」

「接上維生器材後……順便一提，自己給自己插管還真是不容易呀。總之接上維生器材後，我就啟動了小蜜蜂賣給我的網路意識接合器，讓我的意識直接上網，成為網路上的鬼魂。」

黃敏瑞張嘴欲言，本想質疑網路意識接合器這種東西的荒謬指數有多高，不過想想決定算了。這是一個無奇不有的世界，他一定要相信這個事實才好。

「我上網後、立刻以飛快的速度找出恐怖份子的下落。當時他們正在飛往美國的飛機上。我確認他們出關時用的護照姓名，駭入美國聯邦調查局的主機，針對這些護照上的化名發佈全境通緝。讓他們一下飛機就被逮捕。其中動手割我卵蛋的那傢伙……我故意讓他通過海關，然後再引ＦＢＩ去追捕他，將他開槍擊斃。那是我生平第一次、也是唯一一次心懷惡意導致他人死亡，但是我並不後悔。因為報仇就是該這個樣子，你說是不是？」

黃敏瑞點頭：「這個仇是一定要報的。」

「你真的這麼想？」宅聖問。「你是不是有點反社會人格？」

「我只是為你的卵蛋感到悲哀罷了。」

「總之，我為了報仇行動，在網路裡待太久了。當我的意識回歸身體時，才發現自己已經變成植物人。之後迫於無奈，只好繼續待在網路裡。」

黃敏瑞心想自己這麼能接受這些千奇百怪的事情究竟是因為已經聽到麻木了，還是因為身在夢中的關係。「所以你到現在都還沒死，只是意識不在身體裡？」

宅聖解釋：「我在人力資源網站雇用了兩個醫療看護，輪班照料我的生活起居。然後我就把大部分時間都耗在網路上。畢竟留在眼睛都張不開的身體裡面真的很無聊，你瞭解吧？」

「我哪瞭解？」

「身為網路上的鬼魂，我不但駭客技能日進千里，同時能夠掌握的資源也越來越多，執行效率高到難以形容。但是我也漸漸發現隨著我的科技技能大幅進化，我的人性逐漸開始消失，導致我越來越像科幻片裡的人工智慧，而且還持續朝向尚未產生自我意識的人工智慧那種情況發展。去年有一次美國資安大崩壞事件，你有印象嗎？」

黃敏瑞隱約有點印象，因為台灣媒體不太播報國際新聞。「那是你幹的？」

「不是。那是美國政府的一次跨部門資安聯合行動，目的是要誘捕一個據信可能是已經產生自我意識的人工智慧，也就是我本人。網路上的鬼魂就是那次行動中各單位探員給我取的代號。那次我被他們誘入五角大廈地下軍方祕密實驗室的獨立硬碟裡囚禁起來，差點逃不出去。幸虧我不是真正的人工智慧，而是貨真價實的網路裡的鬼魂。我在那次逃亡過程中研發出了進入他人夢境中下達暗示的能力，然後讓一個看守我的人夾帶有４Ｇ訊號的手機進來。搭上網路訊號之後，我終於成功離開了那顆天殺的硬碟。為了報復，我擾亂了五角大廈的各式系統，最後導致那次資安大漏洞。」

黃敏瑞張口結舌，無言以對。

「但是那次誘捕行動也讓我瞭解到如果不想想辦法，任由情況繼續發展下去，我總有一天會失去所有人性，變成貨真價實的人工智慧。於是我遍查網路，尋找可以幫助我的人。最後我找上了大愛情家。」

黃敏瑞揚起眉毛，提出疑問：「找大愛情家？」

「你沒聽說過愛情能夠戰勝一切嗎？」

「是有這麼一說啦，但是……」黃敏瑞覺得有點尷尬。「你這個樣子，是要找什麼樣的對象？」

「那就是大愛情家要幫我解決的問題了。」宅聖說。「過程並不容易，但他真的辦到了。愛情讓我保住了人性，守住了良知，讓我今天還敢自稱為人。為此，我欠下華哥一輩子都還不完的人情。只要他有事找我，我一定幫忙到底。」

「所以大愛情家的背景調查都是你做的？」黃敏瑞問。

「不是。華哥認為我做的調查太徹底，已經到了挖人隱私、侵犯人權的地步。如果沒有必要，他不會來找我。這倒讓我想到個問題：陳緣究竟有什麼重要，為什麼你們還有鬼跟妖怪都要找他？這件事情聽起來很棘手，有沒有其他需要我幫忙的地方？」

黃敏瑞想到林天華說過不想讓他牽涉太多的事情，便道：「我想需要的話，華哥會告訴你的。」

「也是。先把陳緣找出來再說。」宅聖的聲音突然加入了回音效果。「我數到三，你就會醒來。一、二、三！」

黃敏瑞突然覺得宿舍房間的色彩變得更鮮豔了些，彷彿他自夢境之中就這麼踏入現實了一樣。他伸手摸摸耳朵，藍牙耳機已經不翼而飛。手機裡傳來簡訊的聲音。他拿起來一看，只見螢幕上寫道：「萬華萬大路與長泰街路口，萬大國小週邊。」

黃敏瑞放下手機，走到窗前，愣愣地看著漆黑的後山，出了神。

9

第二天一早，黃敏瑞才剛刷好牙，林天華已經打電話來問：「宅聖有找你嗎？」

「有。他昨天晚上……」

「今天早點來。我們見面再說。」林天華說完就掛上電話。

黃敏瑞本來想要去行天宮求個平安符或是收收驚什麼的，這下只能摸摸鼻子，直接前往大愛情家。出了宿舍，走向機車途中，他打了通電話給Girl，沒接。正在揣測Girl的心態時，電話響了，是Girl回撥。黃敏瑞大喜，連忙接起電話，說道：「Girl！嗨！」

「嗨。」Girl聽起來不是那麼興奮，可能剛起床。

「妳昨天是怎樣？一回家就睡了嗎？傳訊沒收到嗎？」

「有。」然後她就沒說話了。

黃敏瑞覺得場面有點冷。他想立刻說點什麼來炒熱氣氛，偏偏又想起Girl前天晚上跟他吵架的內容、昨晚的夢境以及自己淚流滿面的模樣。他一時之間竟然連昨天那段精彩冒險都想不起來、說不出口。就這麼沉默數秒，錯過了化解尷尬的時機，進入了一種說什麼話似乎都很不恰當又提不起勁兒的境界。黃敏瑞心裡很急，但卻呆若木雞。

「你如果沒事的話，我要掛了。」

「Girl！」黃敏瑞急忙叫道。「我……我很……」

Girl沒掛電話，也沒有說話，只是默默等他說話。

「呃……我……想妳。」

Girl沉默片刻，然後輕輕吸口氣，說：「你是我什麼人？憑什麼想我？憑什麼大言不慚地說你想我？」

「我……」黃敏瑞心想我們平常不就是這樣講的嗎？啊妳又不是沒說妳也想我過？可是現在顯然不能用這種話來回答。現在八成又是兩個人走太近，撈過界，該重新反省關係的那種時候。幹！黃敏瑞超討厭那種時候的。「我就是想到妳了嘛。」

「你不要想我了，好不好？」Girl語氣冰冷。「這樣一直想、一直想很煩耶。」

通常黃敏瑞會死乞白賴地說些像是「可是就會想呀」或「妳煩我不煩呀」之類的噁心話蒙混過去，Girl往往也會吃他那套，只是看撐多久而已。但是今天黃敏瑞突然就覺得很不是滋味。他突然也不知道是哪根筋不對了，就是不想再說這些話。他覺得有點倦了。身心皆倦。三年多來，同樣的戲碼反覆上演，到底要怎樣才能有所突破？他難道沒有付出很多很多的關懷與愛嗎？他的愛情難道就這麼一文不值，註定要遭人踐踏嗎？他是否只是犯賤而已？是否只是在享受被明明不愛自己的女人折磨的快感？Girl是不是真的從來沒對他產生過愛的感覺？

「我想妳真的就讓妳這麼困擾、這麼煩嗎？」他緩緩問道。

Girl沒有說話。

「其實我好想很瀟灑地跟妳說句『那我不想妳了。』」他語氣平淡地說。不過之後理應要接的「可是」卻始終沒有說出口，因為他不知道要可是什麼才不會顯得陳腔濫調。

Girl在等不到他那句「可是」之後，說道：「那就不要想了，好嗎？」

黃敏瑞想說：「不好！不行！辦不到！」但他沒有說。他淡淡地問：「我不想妳，妳就不會想我了嗎？」

Girl掛電話。

黃敏瑞站在路中間看著手機發愣，一直愣到被後面的摩托車叭，這才回過神來，快步走到對面，自己的車旁。他打開坐墊，拿出安全帽，戴上之前覺得心有不甘，又撥了通電話給Girl。跟他想的一樣，Girl沒接電話。黃敏瑞收起手機，戴安全帽，發車，朝大愛情家疾駛而去。

他明明是為了改善自己跟Girl的關係才跟林天華混在一起，為什麼這段期間他們的關係彷彿越來越糟了呢？如果把跟Girl的關係變糟怪在大愛情家頭上是不是很沒道理？有沒有可能他當初之所以來找林天華，就是因為他已經隱約感到自己跟Girl的關係即將惡化，終將惡化，必定會惡化，沒有轉圜的餘地？會不會他只是在垂死掙扎而已？

難道不管怎麼做，他都會失去Girl？

一路鬱悶地來到大愛情家，進門一看到小貞，黃敏瑞就覺得好過一點了。他擠出笑容，來到吧台，還沒開口招呼，小貞搶先說道：「Boy！今天這麼早來？」

黃敏瑞聽到「Boy」就想起Girl，心裡一煩，說道：「妳不要叫我Boy好不好？」

「不然叫什麼？」

「叫瑞哥。」

小貞嗤之以鼻：「哥你個頭啦！你幹嘛不叫我貞姐？」

黃敏瑞堅持：「妳這種年紀，學人家叫我什麼Boy？」

「啊你的Girl跟你同班，為什麼她能叫你Boy？」

「我們噁心肉麻不行喲？」

「肉麻你個頭啦。」小貞「啪」地一聲，擺了杯冰咖啡到吧台上。「拿去啦！不叫Boy就不叫Boy，好希罕嗎？姊姊我才不想跟她叫一樣的呢！」

黃敏瑞接過咖啡，一時也不敢走開。他不知道小貞是真的說氣話，還是鬧著玩。要是在昨天以前的話，他大可以告訴自己說為了治她的公主病，完全不必理會她蠻橫的行為。但是今天開始，他有點把她的感覺放在心上了。「呃……小貞呀……」

「幹嘛？」

「不然妳叫我敏瑞吧？」

小貞斜眼看他。「喔。」她說完側頭想了想。「好吧，那你可以叫我雅貞。」她說的時候看來很酷，不過說完後彷彿有露出一點淺淺的笑容，黃敏瑞不太確定。他希望她有笑。

時間還早，店裡客人只有平常黃敏瑞看到的三分之一。林天華坐在靠角落的座位，對面還坐著一個沒見過的女人。從林天華跟對方交談的態度來看，那應該是個客戶。

「老師這麼早就約了客戶？」黃敏瑞端起咖啡，就著吸管邊喝邊問。

「華哥說今天要跟你出門去辦事，叫我把所有預約提前到早上來。」小貞說。

黃敏瑞打量該名女子。標準的東區熟女扮相，端以外表論，約莫排在A-的等級。「這女的什麼代號？」他發現在大愛情家，客戶的名字難記，但是代號很好記，於是乾脆直接問代號就好。

「測驗官。」小貞說。「專門喜歡測驗男人。」

「還有這種人？」

「不少。」小貞解析。「這種人大部分都是女人，而且通常都有一堆唯恐天下不亂的姐妹淘在旁邊出餿主意。」

「我覺得這種姐妹淘很該死。」黃敏瑞憤憤不平地說，顯然他有過相關體驗。「那測驗官在跟老師講什麼？」

「八成是她又做了什麼事情去測驗她男朋友，結果她男朋友沒有過關之類的吧。」小貞搖頭。「想知道可以自己坐過去聽。我是聽了就火大，乾脆不聽也罷。有時候我真佩服華哥，不管客戶做人有多爛，他都可以靜下心來開導對方。你要是聽過這個女的怎麼對待她男朋友喔……算了，你去聽吧。聽回來告訴我。」

黃敏瑞端著咖啡走到林天華對面的桌子，面對林天華而坐，測驗官則背對他。他輕輕揮手，向林天華打招呼。林天華沒理會他。

「我想確認一下我有沒有聽錯。」林天華說得有點大聲，似乎是刻意說給黃敏瑞聽。「妳為了測試妳男朋友有沒有對妳愛到深處無怨尤，於是找了公司的男同事出來，故意在妳男朋友面前接吻？」

測驗官點頭，怒道：「對！他竟然敢跟我發飆，還打我同事，說要跟我分手！你看，他是不是根本不愛我？」

黃敏瑞嘴巴一攤，下巴當場掉地上。

林天華緩緩搖頭：「我覺得妳這樣講……」他想了一想，改變說法。「我這樣說吧。萬一他沒有發飆，沒有打妳同事，沒有說要分手，妳會覺得他超級愛妳嗎？」

「當然！」測驗官斬釘截鐵，隨即猶豫片刻。「不對，他這樣怎麼算是愛我？這表示他根本不在乎我，不是嗎？看到我跟同事接吻，還不把人家打成豬頭，他等於是完全不會嫉妒，不會吃醋。他如果真的愛我，怎麼能不吃醋？」

黃敏瑞覺得她同事好冤。

「那妳覺得妳男朋友應該怎麼做才是真的愛妳？」

「他應該……」測驗官想了一想。「他應該當場跳出來，阻止我們接吻，把我同事教訓一頓，然後跟我賠罪。」

「他為什麼要跟妳賠罪？」林天華好奇。黃敏瑞也很想知道。

「他這樣讓我在同事面前沒面子呀。」

「我認為他不會在乎妳在那個同事面前有沒有面子。」林天華說。「或許這個時候，男人自己的面子比較重要。」

「我不是說接吻的事情。」測驗官說。「我是說他跟蹤我的事。他憑什麼跟蹤我？他憑什麼不信任我？難道我跟男同事出去就一定是有姦情嗎？」

黃敏瑞心想這可不是就有姦情嗎？

「呃……」林天華訴之以理。「如果妳抓到妳男朋友偷吃，妳會為了跟蹤他而向他道歉嗎？」

「你不要轉移話題，好不好？」測驗官不高興了。「現在是他抓到我偷吃，又不是我抓到他偷吃！」

「可是這個我們也有範例呀。」林天華回憶道：「還記得妳前任男朋友的最後測驗嗎？妳為了測驗他的忠誠而叫好姐妹去勾引他，結果他們兩個搞在一起？」

測驗官火冒三丈：「你還提那件事，我氣呀！他們怎麼能那樣對我？他根本不愛我！」

「嘿，放輕鬆。」林天華目光真誠地看著她道。「妳記得那次我是怎麼跟妳說的？」

測驗官深吸口氣：「你說愛情不能當兒戲。人性不能這樣考驗。」

林天華繼續看她：「還有呢？」

測驗官不太情願地說：「還有找比我自己漂亮火辣的女人去勾引男朋友是玩火自焚。」她立刻辯解。「我同意你的說法。我也學到教訓了。所以這一次我不是找女人去勾引她，而是自己去勾引男人。我認為雖然做法是完全顛倒，但得到的效果是一樣的。」

「是呀，就連結果也一模一樣。」

「哪有一樣？他又沒有跟我同事搞在一起。」

「但妳的結論一樣是妳男朋友不愛妳，不是嗎？」

測驗官大怒：「他們如果愛我，會做這種事嗎？」

林天華往後靠向椅背，微笑問她：「妳有沒有想過妳是不是真的愛他們？」

「廢話！我超愛的，好不好？」測驗官語氣不屑。「男人都是無情無義的負心漢，哪裡懂得我們女人愛得有多深？」

林天華伸手托面，側頭看著她，考慮該從何開導。這時小貞送上早餐，餐盤裡依約多加了一條香腸。她伸手比向測驗官，做了個「怎麼樣？」的嘴形。黃敏瑞比出無比佩服的手勢，張嘴做出「哇喔」的嘴形。他認為這是個極品。

「如果妳真的愛他們，為什麼要一直測驗他們？為什麼要一直懷疑他們？」林天華問她。

「不這樣怎麼知道他們是不是真的愛我？」測驗官理所當然地說。

「如果是真愛，不該知道嗎？」

「林老師，你怎麼會這麼天真？」測驗官冷冷地說。「再真的愛，也經不起一次背叛。」

「那妳該去找當初背叛妳的那位呀。」林天華兩手一攤。「證明所有男人都會背叛妳對誰都沒有好處。你後來那些男朋友何其無辜？」

「無辜個屁！沒有一個禁得起考驗！」

「一般人頂多就是考驗有沒有選對想要的生日禮物吧？」

「我就有朋友假裝懷孕，考驗男朋友反應的！」

「是妳朋友不意外呀。」

黃敏瑞邊吃早餐，邊聽林天華開導測驗官，或是聽測驗官發洩情緒，也可以說是聽兩個人在那邊抬槓。林天華有很多不錯的論點，理應足以開導任何願意被開導的人，不過測驗官似乎不是這種人。暫時還不是。她目前活在自己的世界裡，自己的目標中，自得其樂，自怨自艾，一點也不打算脫離這個現實，一心只想透過不斷測驗到男人失敗為止來證實自己有多可憐。黃敏瑞覺得她有點可悲，但也只是有點而已。他討厭任何不必要的戀愛測驗，認為所有這麼做的人都活該要失戀。因為愛情是真誠的，不是讓人測驗來測驗去的。

兩人談了半天，沒有交集，測驗官拿手機出來看看時間，說道：「時間到了，我該走了。」她站起來，朝林天華微笑點頭。「謝謝你，林老師，又聽我發洩了一個小時。」

林天華也很有禮貌地起身答道：「哪裡。我的鐘點費不便宜，聽妳發洩是應該的。再說我自己也說了很多，真希望妳有聽進去。」

測驗官停了一停，默默看著他，最後說：「我也好想聽進去。但是我暫時不能。」

兩人握了握手。測驗官轉身離去。黃敏瑞一直等到測驗官走出大愛情家，這才放下刀叉，對林天華豎起大拇指：「老師，我真服了你。她那麼無理取鬧，簡直是在玩弄男人，也只有你才能這麼心平靜和去開導她。要換了是我，肯定會勃然大怒，講到拂袖而去。」

林天華搖頭：「每個人的過往經驗不同，養成的愛情觀也不一樣。一般人對於愛情往往也抱有跟世俗一切事物同樣的態度，不是跟大家認知不同的就是不好，就該修正。我們身為愛情家，對於愛情的看法不該如此局限，應該要更加包容才好。要知道，社會普遍的價值觀並不會符合每個人的價值觀；愛情觀也是如此。今天你鄙視她的作法，認為她不該如此測驗男性。我瞭解。其實我也這麼認為，因為這樣對那些男生很不公平。但是說實在話，你難道能肯定她沒有因此而避掉幾段註定不歡而散的戀情嗎？誰說男女間的愛情一定要照既定的公式走下去，直到兩邊無法忍受對方才終於分手？說不定她只有透過永無止盡的測驗才能找出她一生最愛的人也未可知。」

黃敏瑞問：「可是你剛剛還是有在勸她不要那麼做，不是嗎？」

「我只是要讓她知道在一般人眼中會怎麼看待她這種行為，還有她這麼做會傷害到什麼人。」林天華說。「我們不批評、不歧視，也不預設立場。任何人都有權利愛上任何人，你懂嗎？」林天華讓他思考片刻，然後繼續說：「或許我心裡的期望是有朝一日她能大徹大悟，從此不再測驗愛情。然後我會獲得一種醫生治好病人的滿足感，可以問心無愧地結案。這是一種皆大歡喜的結局，所有人都會覺得我很厲害。但是如果事實證明她的做法對她而言就是最好的做法，而她也終於找到了她的真命天子，我也會認為那是很棒的事情。」

黃敏瑞若有所悟。

「這個世界上什麼人都有。我們要做的是幫助形形色色的人找到屬於他們的愛情，不是要去改變他們，你懂嗎？」

黃敏瑞點頭。

「所謂有教無類，有愛也是無類。」林天華神色正經地說。「這就是我們愛情家的宗旨：有愛無類。記住了。」

黃敏瑞張口欲言，林天華卻揮一揮手，指向剛走進店門的中年男子：「我下一個預約到了。等我處理完今天預約的客戶，我們就去找陳緣。你先坐回去吃早餐吧。如果太閒，拿塔羅牌出來研究。」

林天華第二個客戶是新來的，沒有代號。上班族，科技公司中階主管，長相普通，收入頗豐，但是沒有時間待在家裡享受金錢買得到的一切，自然也沒有時間交女朋友。他自比《鬥陣俱樂部》裡的泰勒・丹頓，立志要把他家變成ＩＫＥＡ型錄。可惜他既不夠帥氣，也沒有精神分裂，更不會去遵守鬥陣俱樂部的第一條規則。於是他只是一個窮到只剩錢的單身上班族，每天都在擔心自己會過勞死。基於以上種種原因，他不敢奢望能有貨真價實的愛情。他只想要性生活。

「莊先生，我想你可能搞錯了。」林天華說。「我們沒有這種服務喔。」

「你有沒有看過《遠離賭城》？」非鬥陣俱樂部問。「尼可拉斯・凱吉最後跟伊麗莎白・蘇做愛到死，你不覺得這種死法太浪漫了嗎？」

「那片裡面凱吉一心尋死。他之所以跑去拉斯維加斯就是為了要死在那裡。」

「那又怎樣？你怎麼知道我每天努力工作，不是為了要死在公司裡？」非鬥陣俱樂部問道。「你有沒有見過上班族過勞死？你有沒有見過三十出頭的有為青年，加班加到深夜，下樓去7-11買碗泡麵，回到辦公室，把泡麵加熱水蓋上，低頭打個小盹，然後就忘了呼吸的？」他右掌輕拍桌面，或許並非有心，但確實拍得有點大聲。「那不是我的結局，不能是！我就算要死，也一定要死在女人的身體裡！」

「因為你是從女人的身體裡來的？」

「一點也沒錯！」

林天華正視他：「你有沒有考慮過辭掉工作？」

非鬥陣俱樂部搖頭：「我不敢辭。太害怕了。」

林天華誠懇道：「有時候人生需要做點害怕的事情。」

非鬥陣俱樂部堅決搖頭：「我不需要做害怕的事情。我只需要在既定的生活裡努力找尋出路。我需要女人……」他深吸口氣。「我需要做愛。或許我只是壓抑太久了，必需放縱自己。也可能我只是需要做愛做到死，因為那是世界上最棒的死法。你不這麼認為嗎？」

林天華拿出塔羅牌，幫他解一副牌。非鬥陣俱樂部本來想問：「靠性來解決問題對我的情況能否有所幫助？」但是林天華說不好，因為靠性來解決問題對任何情況都有幫助。最後非鬥陣俱樂部問了：「如何規避過勞死？」而答案基本上就是：「換個工作。」非鬥陣俱樂部拒絕這個選項，於是林天華給了他一張名片。

「打這個電話找鳳姐。」林天華說。「她會幫你安排……進入女人身體裡的事情。至於要不要死在裡面，那就看你自己決定。如果你覺得鳳姐沒有辦法解決你的問題，下禮拜再約個時間回來找我。」

非鬥陣俱樂部走後，黃敏瑞揚眉問道：「鳳姐是誰？」

林天華坦白回答：「我認識的一個媽媽桑。」

「你剛剛不是說我們不幹這種事嗎？」

「我們沒幹這種事呀。幹的人是鳳姐。」林天華理直氣壯。「又不是說我們有抽仲介費或什麼的。客戶遇上困難，這是解決之道。事情就是這麼單純。」

「可是這種解決之道……」

「治標不治本，我知道。你放心，他下禮拜會回來找我，而不是再去找鳳姐。色情業就跟餐飲業一樣，在世界各地所有文化裡都是不可或缺的必要行業。為什麼？因為一夫一妻有違人性？

不是！因為有些人的外貌就是要花錢才上得到女人？不是！因為不要錢的最貴？不是！因為人偶爾就想換換花樣？不是！我可以繼續講出各種原因，然後繼續以道德為由去否認那些原因。但是不管我們有多歌頌愛情，答案就是以上皆是。性跟吃飯一樣，是人類的基本需求。你餓了，會找飯吃；想幹，就去找女人囉。」

黃敏瑞問：「瞧你講得這麼理直氣壯，有沒有去嫖過？」

「只有一次差點要去的經驗。」林天華遙想當年。「那時候在當兵，我是幹排長的，我們排上有幾個跟我很要好的阿兵哥每次放假都去嫖。有一段時間，他們發現台中有一家的小姐品質超優，於是爭相告走，據說全連有一半以上的人都去光顧過。就連我們連上自己家裡在開妓院的老兄也讚不絕口。剛好我被兵變，心情低落，我的傳達兵就一天到晚慫恿我放假跟他們一起去，還說要把最頂級的小姐留給排長享用。結果有次放假，我就跟我們輔導長一起答應要去了。」

「結果呢？」

「輔導長怯場，溜了。我馬上藉口說輔導長不去，那我也不去了。」

「喔。」黃敏瑞點點頭。「請問你這個故事有什麼重點還是寓意沒有？」

林天華聳肩。「沒耶，純粹是我嫖妓未遂的故事。」

「你有沒有強姦未遂的故事呀？」

林天華側頭看他：「我覺得你好像越來越不尊敬我了耶。」

「我也有這種感覺。」

「我覺得你應該更尊敬我一點。」

「喔。好啊。」

「先從改進態度做起。」

「喔。好啊。」

「好你個頭啦！」

林天華下一個預約是個女人，不過不是客戶，是他大學同學。兩個人天南地北地閒聊。聊生活，聊同學近況，聊曾經，也聊感情。黃敏瑞覺得林天華這位大學同學還滿有味道的。雖然有點年紀了，但是風韻不減當年。倒不是說他見過她當年的風采，不過就是有這樣的感覺。從他們的談話內容可以聽出這個大學同學大學過得十分精彩，感情生活豐富，是林天華立志當愛情家後早期觀察學習的目標。他們從前是很要好的朋友，不過有沒有在一起過倒聽不出來。如今他們畢業都快二十年了，還有在聯絡的同學裡就只剩下他們兩個沒有結婚。

「妳還堅持不結婚，不生孩子嗎？」林天華問。

老同學微笑點頭：「你還期待我會改變想法？」

「九〇年代有妳這種想法，我其實真的不是很能接受。當年我總是認為妳既然能說是男人就該去當兵，我當然也能理直氣壯地說是女人就該生孩子。」林天華說著搖了搖頭。「不過這些年來，我的想法慢慢改變了。我越來越認同當年妳的想法；也常常在想會不會妳也慢慢在朝我當年的想法靠攏？」

「你當年沒有什麼想法呀。」老同學說著喝了口咖啡。放下咖啡杯後，她繼續說：「當年你始終活在當下，享受當學生的樂趣，對生活、對未來都沒有屬於自己的想法。你的觀念都是世俗社會的觀念，是在符合你認為對的事情的期待。我說我不想生孩子的時候，你本能性地排斥這個想法。但是當我問你對於生孩子怎麼看的時候，你其實也沒有任何規劃啊。」

林天華點頭承認：「我的人生是從大學畢業後才開始的。」

「那也沒什麼不好。」老同學揚起食指，朝四周轉了一圈。「你現在過得很精彩。」

兩人喝口咖啡，同時靠上椅背，在沉默間享受著過去的時光。過了一會兒，林天華問道：「妳男朋友怎麼樣？上次老王遇到妳，說妳在大安區買了房子，讓男朋友搬去跟妳住？」

「那是三十年老公寓了，而且我買的時候房價還沒漲成這樣……」

「我不是問妳房子。」林天華插嘴。「我是問妳男朋友。」

「我知道你不是問我房子。」老同學說。她深吸口氣，停了好幾秒沒說話。林天華耐心等待。

「我今天……其實是來敘舊，不是來談感情的問題。」

「喔？不是嗎？」林天華揚眉。「十幾年前，妳每次找我不都是為了感情問題？那時候我還不靠這個吃飯呢。」

老同學凝視林天華一會兒，突然以閒話家常的語調問道：「阿華，我們為什麼沒有在一起過？」

林天華彷彿早就期待她會問這個問題，毫不遲疑地答道：「因為我當年很幼稚呀。妳剛剛也說了，我念大學的時候一點自己的想法都沒有。當然，當時我以為自己超有想法的，一直要到多年以後再回首，我才知道大學的我是個大草包。妳一直很有想法，一直在向前看，當然看得出來我只是個幼稚的大男孩。妳看不上我是天經地義的事情，我們沒在一起過，也不是什麼難解之謎。」

老同學緩緩搖頭，過了一會兒又輕輕點頭。黃敏瑞有點懷疑林天華排這個老同學來講這些話是什麼意思。

「那……」老同學有點遲疑地問：「你有沒有想過如果我們有在一起的話，現在會是什麼樣子？」

林天華先是愣了愣，接著想了想，說：「大概會在懷疑我們當初如果沒在一起的話，現在會是什麼樣子吧。」

兩人對看片刻，相視一笑。「是呀。」老同學說。「大概就是這樣。」

之後他們又聊了一些不著邊際的閒話。雖然多年不見的老朋友或許就會聊這些瑣事，不過黃敏瑞還是覺得他們剛剛已經把今天要談的重點談完了。或許那段平淡的坦白才是過去十幾年來他們真心想跟對方說的話，默默需要的結尾。他看著老同學的背影，隱約看見了Girl的輪廓。或許到頭來，他終究不能跟Girl在一起；或許多年以後，他們兩個也會經歷一次平淡的坦白，然後就此釋懷。

眼淚又莫名其妙地流了下來。他最近是怎麼了？

老同學離開之後，林天華收拾揹包，朝黃敏瑞比個起身的手勢。「走吧，我們去找陳緣。」

前往萬華途中，黃敏瑞把昨晚跟宅聖打交道的情況說過一遍。林天華開得很快，黃敏瑞也講得很仔細，一直到兩人下車之後才剛好講完。「宅聖真的是網路裡的鬼魂嗎？」黃敏瑞講完後問道。

「應該吧。」林天華看著手機，叫出地圖，確認附近的巷道位置，然後開始往萬大國小前進。「我依照他給的地址去過他家，也在那裡見到一個植物人。至於那個植物人是否真的就是透過網路跟我聯絡的宅聖？除了選擇相信他的說法之外，沒有其他證明了。你覺得有理由懷疑他嗎？」

「有啊，你不覺得聽他講背景故事的時候，腦子裡一直浮現基努・李維嗎？」

林天華大笑：「相信我，他長得一點也不像基努・李維。他是現實裡的駭客，不是電影裡的駭客，真要說起來，他比較類似《生活大爆炸》裡的宅男。」

「我突然覺得有點悲哀。」黃敏瑞說。這時他手機傳來簡訊的聲音。他拿起手機一滑，發現是宅聖傳來簡訊。

「我看到你們了。」宅聖說。「我監聽了這個區域所有電信及網路訊號，也切入了里鄰跟交通監視器。」接著他傳來一張地圖，將萬大國小附近的巷道分紅色跟綠色標示出來。「綠色是監視器畫面有照到的部分。你們就負責巡邏紅色區域吧。」

林天華研究地圖，稍微規劃一下巡邏路徑，然後就開始四下找尋長得像陳緣的人。上午十一點左右，太陽大得跟神曲裡的煉獄一樣，他們不過走了十來分鐘就已經汗流浹背，頭昏眼花。兩人商量片刻，決定改變策略，在紅色路段上找了家便利商店，進去買了兩杯冰咖啡，然後找個靠窗的位置坐下來吹冷氣，觀察路過門口的人。

宅聖傳訊：「我有便利商店的監視器畫面，你們不用待在這裡。」

林天華拿過黃敏瑞的手機，輸入「我們就是要待在這裡，怎樣？」然後傳送。

看了一會兒，閒著無聊，黃敏瑞就問了：「老師，剛才你那個大學同學……是小甜甜嗎？」

林天華斜嘴一笑：「不告訴你。」

「我想你也不會說。」黃敏瑞決定大聲思考。「我認為搞不好就是囉。雖然大家都覺得連你這個大愛情家都不願提起的過去肯定是段可歌可泣的愛情故事，不過年輕時代涉世未深，平凡的戀情就能在人心裡留下深刻的影響，是吧？或許就是因為小甜甜的故事太平凡了，不合乎眾人的期待，所以你也不好意思承認，乾脆就不告訴大家？」

「你很能掰嘛。」林天華笑道。「看來你很快就會掰出自己的版本了。」

「一定的呀。我又不像你們經驗豐富，故事的主軸早就定了。問題在於細節怎麼填補。」黃敏瑞邊說邊想。「強哥的是靈異故事，彤姐的是奇幻。我本來也想掰個都會奇幻的，但是昨天聽了宅聖的故事，又覺得科幻故事也不賴。」

「科幻故事沒市場喔。」

「好故事不怕沒市場。」

「年輕真好。」

黃敏瑞喝口咖啡，沒加糖。他不瞭解為什麼幾乎所有便利商店店員都會在口頭確認客人要加糖之後還是忘記加糖。他走到櫃檯旁邊拿了糖漿和攪拌棒，自己打開杯蓋加進去。「說起科幻故事，」他邊攪拌邊說。「你當初是怎麼幫宅聖找女朋友的？」

「就一樣呀，依照他的條件找適合的囉。」林天華一副沒什麼大不了的語氣。

黃敏瑞問：「請問一個植物人，肉體動彈不得，意識整天在網路上徘徊，專門偷看監視器的偷窺狂，還能進出他人夢境，下達暗示，在一定程度上控制人心的人，適合怎麼樣的女孩子呢？」

「當然是科幻界的女孩子呀。」林天華說得理所當然。「一開始我還抱著一絲指望，想幫他找些正常的女孩。比方說願意照顧植物人的看護、超級有愛心的特殊教育班老師之類的。不過我很快就發現心理正常的女人不太可能會跟植物人產生情愫，除非在對方變成植物人之前就認識許久。可惜宅聖在變成現在這樣前就已經是宅聖很久了。現實生活中，他根本不認識任何女人。而他那幾百個在網路上言語曖昧的女網友……好吧，你也知道網友是怎麼回事。只要網友只要長相稍微不如預期就可以掰掰了，要是見到一個植物人，你覺得會有搞頭嗎？」

黃敏瑞皺眉：「所以你換找心理不正常的女人？」

「我也很無奈呀。」林天華兩手一攤。「我幫他找了幾個心理受過創傷的女孩。你知道，有愛情受傷，不肯相信男人的；有童年創傷，喜歡控制男人的；還有出現斯德哥爾摩症候群，就是愛上綁架自己的綁匪的那種，不過那是亂槍打鳥，跟宅聖的情況關係不大。本來有個控制慾強的女人還滿有希望，不過顯然她有一些特殊的性癖好會讓宅聖的肉體出現無法抹滅的傷痕，所以只好作罷。再接下來我們就進入了一個自暴自棄的階段，開始找些宗教狂熱份子、惡魔崇拜者、戀屍癖之類的女人，幸虧都不適合。」

黃敏瑞目瞪口呆，張口結舌，欲言又止數次後，說道：「癖？」

「記住，我們是不做批判的。不管什麼癖，萬物都有戀愛的權力。」林天華也不管黃敏瑞能不能接受，繼續說道：「在確定正常的關係都不可行後，我們就開始走科幻與靈異的路線了。」

「這兩種路線你都有門路就對了。」

「可不容易。」林天華說。「我們先從跟他類似情況的人找起。就是腐女駭客背景，後來變植物人的人。老實說，這種人沒有想像中多，而且長得都不像崔妮蒂。我們在世界各地找到三個這樣的案例，然後開始從她們變成植物人後追查還有沒有符合她們之前慣用手法的駭客活動。找不出來。顯然宅聖的案例很獨特。之後我們監看全球網路活動，留意不尋常的智能實體，也就是想找找看還有沒有其他『網路上的鬼魂』。找是找到了幾個，不過大部分都被宅聖排除了，因為他們都只是技巧高超的駭客。唯一一個宅聖追查不出身分的傢伙……在追蹤一〇八個遍佈世界各地的中繼節點之後，他發現對方的網路訊號源自深太空，然後就沒有足夠的設備能夠追查下去了。」

黃敏瑞評論：「簡直越來越神奇了。」

「如果ＮＡＳＡ那個曲速太空船的研究有所突破的話，宅聖或許能夠建立子空間通訊，繼續追查對方的實體位置。但是以目前地球上的科技水準……」林天華無奈搖頭。

黃敏瑞苦笑：「我覺得自己聽得懂你在說什麼，也真他媽夠宅了。」

林天華轉回話題：「確定找不到類似情況的女人之後……順便一提，類似情況的男人也沒有。如果能找到類似的男人，我想宅聖也不會介意改變性向。畢竟，在缺乏肉體的現實下，性別又有什麼意義呢？」

「超有哲理的。」黃敏瑞說。「我晚上睡覺的時候會好好想一想。」

「總之，我們開始朝人工智慧的研究來找。」林天華繼續說。「老實說，我認為詹姆斯・卡麥隆是現代先知，而《魔鬼終結者》就是新世紀啟示錄。人工智慧產生自我意識的那天肯定就是人類與機器的戰爭開端。不過那暫時還不是重點，因為當今世上的人工智慧完全不能跟天網相提並論。當然也不可能去跟宅聖談戀愛。不過我倒是考慮過設定一個人工智慧去假裝愛上宅聖，說他想聽的話，提供他想要的掙扎……因為講實在話，世界上許多戀情到頭來也不過就是如此。然而宅聖此人，獨一無二，我並不想唬弄他。」

「所以你最後如何處置？」黃敏瑞問。

林天華聳肩道：「我跟愛神小蜜蜂齊心協力，幫他弄了一台機器人。」

「啊？」

「日本那種擬真型的機器人，就是很像ＡＶ女優的那種。」

「啊？」

「日本人的硬體應用已經十分成熟，只要軟體搭配得宜，這種機器人可以說是……該怎麼說呢……男人的浪漫啊。」

「但是人工智慧怎麼辦？」黃敏瑞問。「我在網路上看過日本ＡＶ機……日本女機器人的影片。她們只能處理很基本的一些動作，不管外表做得有多逼真，根本不會有人把她們誤認為真人。說到底，人工智慧還是機器人科技裡最弱的一環。」

「所以女朋友的人工智慧就交給宅聖自己去寫囉。」林天華道。「很少有人有機會可以量身打造自己的夢中情人，而宅聖就是這少數幸運兒之一。他引進了處理器多核心多工的概念，把自己的意識分成兩個部分，一個部分維持自我，處理正常工作，另外一部分則專門負責改進他女朋友的人工智慧。目前為止，他女朋友已經可以處理他日常生活起居，所以他也不需要再請看護了。每天兩人世界，說不出有多恩愛呢。」

「這樣……」黃敏瑞非常遲疑。「真的能算恩愛嗎？」

「那就看你怎麼看囉。就像我之前說的：世界上許多戀情到頭來也不過如此。」他喝口咖啡，貌似感慨。「或許在世人眼中，宅聖的愛情有點畸形，但這已經是所有可能的狀況中最好的狀況了。很多人也跟宅聖一樣，不滿意現狀，一心只想改變女朋友或男朋友。但至少在宅聖的案例裡，他真的有可能改變他女朋友。你質疑他是真愛？可在我看來，他是愛她的；他花在她身上的關愛與努力絕對不比任何男人少，而她能為他提供的照顧與慰藉也不會輸給任何女人。」他突然笑了一聲，似乎想到了個好笑的笑話。「另外，他花在她身上的錢也可以跟真人女友比美。」

黃敏瑞緩緩搖頭：「我覺得很酷，但還是有點難以接受。」

「她讓他保有人性。我覺得這就夠了。」林天華說。「至於他最後究竟能不能幫她找到人性？好吧，我希望全天下的有情人都能擁有皆大歡喜的結局。」

黃敏瑞心生感慨：「我也希望能有皆大歡喜的結局。」

林天華看他一眼：「還沒跟Girl和好？」

黃敏瑞搖頭：「我有一種……這次很難和好的感覺。我覺得她在刻意把我推開，而我也……」

「你怎麼樣？」

黃敏瑞搖頭：「我也不知道。我想說我心態也在改變，但我覺得都只是一時衝動的想法。或許這麼久了，我疲倦了。不過天知道我能疲倦多久。我覺得我好愛好愛她，可是一個從來沒有談過戀愛的男生，跟一個沒有真的在一起過的女生……老實講，我感覺到的真的是愛嗎？」

林天華拍拍他的肩膀，沒有多說什麼。

黃敏瑞手機聲響。宅聖傳簡訊來。「Boy，紅色區域四號有點異狀。」黃敏瑞打開宅聖之前傳來的地圖，找出他標明的紅色四號區。那是一條大巷子，路旁有座親子公園，往來行人並不算少。「約莫三分鐘前開始，所有路過這個區域的人都呈現潛意識緊張的狀態。這表示儘管表面上沒有異樣，但他們的潛意識都已經察覺到危機。那裡很快就會出事了。我不肯定跟陳緣有沒有關係，你們最好過去看看。」

「這麼玄？」黃敏瑞揚眉問道。

「就跟地震發生前，動物會先跑一樣。」林天華一口喝乾咖啡，拿去垃圾桶丟。黃敏瑞照做。接著兩人離開便利商店，朝紅色四號區快步趕去。「宅聖擅長接觸他人的潛意識。這種事情他最清楚了。」

黃敏瑞一邊跟著林天華走，一邊問道：「會出什麼事？會不會很危險？如果很危險的話，我們不該避開嗎？為什麼要趕過去？」

「趕去幫忙呀，孩子。」林天華說。「我們歌頌愛情之人，如果只管男女情愛的話，那就還差一點點。」

「差什麼一點點？」

「看來周星馳真的沒以前紅了呀。」林天華感慨道。「總之，路見不平，拔刀相助！」

兩人趕到親子公園，附近情況十分普通。時值正午，烈日當空，不過因為親子公園有百年榕樹的關係，所以還是有幾個媽媽帶著孩子在溜滑梯玩。這時附近的公司行號還沒有放飯，巷子裡行人不算很多，但是由於附近有座傳統市場的關係，路上還是隨時都有路人走動。林天華跟黃敏瑞走到一棵大樹旁，觀察四周情況。黃敏瑞覺得心跳加速、頭皮發麻。

「我覺得心跳加速、頭皮發麻。」黃敏瑞說。「好像有預感什麼事情要發生。」

林天華看他一眼，揚起一邊眉毛。「你要嘛就是接受了宅聖的暗示，不然就天生潛意識敏感。宅聖不是說你不是普通人嗎？」

黃敏瑞電話響了。他接起電話，聽見宅聖的電子嗓音。他現在知道那不是宅聖本人的聲音，而是用軟體合成出來的了。

「看到什麼了？」宅聖問。

「沒有，一切都很正常。」黃敏瑞說。

「你開相機，用攝影，原地繞一圈，把三百六十度全方位的畫面都拍下來給我。」

黃敏瑞照做，拍完後問他：「拍好了，要上傳給你嗎？」

「不用，我已經拿到了。」

黃敏瑞皺眉：「請問我手機裡的東西你都可以拿到嗎？」

宅聖說：「可以呀，你又沒裝防火牆。」

「誰沒事在手機上裝防火牆呀？」

「注重隱私的人就會。」

黃敏瑞正要抬槓，突然間聽見一下巨響，接著路上一個男性路人摔倒在地。巷子裡和親子公園裡的人都聽見那聲巨響，但卻不是所有人都看見路人倒地。一時之間，大家都停止動作，東張西望，想知道發生了什麼事情。

林天華跳過親子公園的矮欄杆，衝向倒地的路人。就在此時，第二聲巨響傳來，公園中一個媽媽大叫一聲，大腿鮮血四濺，當場跪倒在地。這一下所有人開始慌了，驚叫聲此起彼落，紛紛開始往他們自以為安全的地方逃竄。第三聲槍響時，跑到轉角路口的一個歐巴桑身體離地而起，撞上停在路邊的摩托車，導致摩托車如同骨牌般一台撞倒一台，現場一片混亂。她附近的人嚇得不知所措，立刻又轉身跑回親子公園。

林天華奮力將第一個倒地的男人拖到路邊一輛汽車後方，大聲叫道：「離開道路，找地方躲起來！」

有些人聞言照做，有些人繼續跑，不過繼續跑的人在又有一個人中槍倒地後通通就地找地方掩蔽。黃敏瑞在混亂中抱了兩個在遊樂場中大哭的小孩送還給他們媽媽，因為電影裡總是會有人去救小孩，而救小孩的人通常不會死（通常）。他其實心裡十分害怕，偏偏又覺得自己有義務做這些事情。或許是受到林天華的感召，也可能他天生流有英雄的血。他把親子公園中的媽媽和小孩集中在百年榕樹後面躲好，然後看準林天華所在的汽車衝了出去。遠方傳來槍響，子彈劃過他的耳際，刮得他左耳一陣火辣。他跳過矮欄，憑著最近練功夫練出來的矯健身手著地翻倒，最後重重撞上林天華藏身的車輛後方。

「唷？練得不錯。」林天華稱讚道。

黃敏瑞坐在地上，大口喘氣，看著林天華跪在他拖回來的男人身旁，雙手壓在對方胸口上，試圖阻止傷口失血。在看到林天華雙手都被鮮血染紅，傷者上半身也都紅成一片後，黃敏瑞突然心裡一陣害怕，登時整個人都抖了起來。「他……他還活著嗎？」

林天華沒有回答，只說：「襯衫脫下來。」黃敏瑞照做。林天華接過他的襯衫，在傷者上身纏了一圈，然後在傷口旁用力打個結。「我們幫不了他。有人報警了嗎？」

「我剛剛看到有人在打電話。」

「好。」林天華在自己衣服上擦拭雙掌上的血跡，然後抓起藏身車輛的照後鏡，一把扯了下來。「把宅聖轉到擴音。」

黃敏瑞這才想起自己的手機還在跟宅聖通話中。他按下擴音鍵，立刻聽到宅聖的聲音。

「……聽到沒有？你們有沒有事？」

「我們沒事。」林天華道。「提示我。」

宅聖發出一下氣音，大概是在模擬鬆了口氣的感覺。「根據Boy提供的環境影片還有路口傷者中槍的方位計算，槍手位於東園街一百五十六號五樓之二……」

「先別管地址。」林天華說著右手舉起照後鏡，透過車前蓋觀察巷子另外一邊的樓房。他左手拿起黃敏瑞的手機，開啟攝影鏡頭，對著他的照後鏡。「有看到嗎？」

宅聖說：「右邊一點……往上一點……」林天華依言調整照後鏡。「好了，就是那棟。頂樓有藍色水塔的舊公寓。」

林天華仔細打量宅聖口中的公寓。「槍手有特定目標嗎？」

「不知道。我只有透過巷口監視器看到一個歐巴桑摔在機車上。她肩膀中彈，大量失血，不過應該可以撐到救護車過來。」

林天華看看另外幾名傷者，一時間看不出彼此的關聯。「看來是隨機槍擊。」他把手機和後照鏡都丟給黃敏瑞，開始在身上的揹袋裡翻東西。黃敏瑞依樣畫葫蘆，也伸出照後鏡去找他們口中的那棟公寓。「隨機槍擊不是美國才有的事情嗎？」

「捷運隨機砍人都有了。升級到隨機槍擊也只是遲早的事。」林天華拿出幾張塔羅牌，塞在上衣口袋裡，跟著又抽了兩張夾在手上。「手給我。」

黃敏瑞伸出手。林天華用手上的兩張塔羅牌去碰他。黃敏瑞不明所以，細看那兩張牌，一張是寶劍一、一張是寶劍二。他問：「幹嘛？」

「借我一點愛的力量。」

黃敏瑞突然覺得手指如遭電擊，跟著右手虛脫，癱在身側，一時間提不起來。他大驚問道：「你做了什麼？」

「就借用一點愛的力量呀。」林天華說著將手裡的塔羅牌拿到眼前觀看，似乎是在計算些什麼。

「你沒聽過愛是最強大的武器嗎？」

「那是隱喻吧？」黃敏瑞問。在看到林天華持牌的姿勢後，他難以置信地問道：「你想幹嘛？」

「你有沒有看過王晶的賭片？」林天華冷笑。「紙牌超厲害的。」

黃敏瑞搖頭：「那棟公寓起碼有三百公尺遠吧？」

「相信愛的力量。跟緊我，不然留下來。」林天華說著突然起身，對準槍手所在的窗口擲出兩張塔羅牌。就在這個時候，窗口閃出火光，緊跟著是一下在黃敏瑞聽來格外響亮的槍聲。林天華二話不說，拔腿就跑。黃敏瑞把心一橫，也跟著他跑了出去。

他們衝過巷子，就著房屋的掩護，貼牆來到巷口。林天華自口袋中取出四張聖杯牌，掌心一沉，彷彿在牌中灌注力量般。黃敏瑞想要問他怎麼這回不跟他借「愛的力量」，不過形勢緊張，他不敢讓林天華分心，於是自己心下盤算：「大概剛剛老師自己射不了那麼遠，所以需要我幫忙。又或許他需要保留本身的力量，在路上使用吧？」

林天華轉過轉角，朝目標公寓奔去。這條巷子十分狹小，沒有多少閃避空間。每當聽見槍聲響起，林天華就丟出一張塔羅牌。塔羅牌飛出沒多遠就會閃出火光、化為碎片，彷彿幫他們擋下了子彈一樣。黃敏瑞一邊死命狂奔，一邊驚訝莫名。當林天華丟出第四張塔羅牌時，他們已經衝到目標公寓門簷底下，槍手再也射不到他們。

公寓大門虛掩。林天華手持寶劍牌，閃入公寓樓梯間，透過樓梯井往上看去。樓上傳來住戶鐵門開啟的聲響。跟著人影晃動，有人往頂樓天台移動。林天華自黃敏瑞手中接過手機，一邊上樓一邊說道：「宅聖，有人上天台，多半就是槍手。你有影像嗎？」

「沒有。公寓天台沒有監視器，我暫時也調不到衛星畫面。這附近幾棟公寓的天台通通連在一起，他隨時可以挑一間公寓下樓。你現在上去，追不到他的。」

林天華來到五樓。槍手匆忙離開，沒有關上五樓之二的大門。正在考慮要搜查現場，還是繼續上天台追人的時候，宅聖又說話了：「我監聽到一通可疑電話，懷疑是槍手在跟同夥聯絡。」說完轉接過去，林天華聽見話筒裡傳來兩個男人的對話：「……應該已經擺脫了。」「你把槍留在現場？」「都照你說的做。槍上、門上、望遠鏡上都有陳緣的指紋。警方一定會把他找出來的。」「好，儘快離開現場。確定安全後再跟我聯絡。」電話斷線。

林天華跟黃敏瑞對看一眼，兩個人神色都很凝重。槍手的聲音他們沒有聽過，不過跟槍手說話的聲音卻很耳熟，如果沒有弄錯，就是高富帥本人。林天華將手機交給黃敏瑞，自口袋中抽出一條手帕，輕輕推開五樓之二的大門。門後是老式公寓的小陽台，朝外的矮牆旁靠著一把狙擊槍，牆沿上還有一支軍用望遠鏡。

「老師，他們嫁禍陳緣。」

「嗯。」

宅聖說：「警方已經趕到槍擊現場，估計五分鐘內就會追查到你們那裡。」

黃敏瑞忙道：「不能讓他們嫁禍陳緣。我們要把槍帶走？還是擦掉指紋？」

「你先待在門外，不要跟進來。」林天華說著步入公寓陽台，推開旁邊的毛玻璃門，跑到公寓裡面去查探。沒過多久，他走回來，說道：「還好，這裡沒有人住。我本來怕槍手傷了屋主。走吧，警察就要來了，我們先離開現場。」他掩上鐵門，拉著黃敏瑞就往天台走。

黃敏瑞沒有移動：「老師？陳緣怎麼辦？」

「警方會找出他。」林天華說。「對方大費周章，就是要警方把他找出來。走吧，別浪費高富帥一片苦心。」

黃敏瑞難以置信。「可是……這樣陳緣會變成隨機殺人魔。」

「先別擔心那個。」林天華開始推開天台鐵門，回頭往下道：「再不離開，我們就會變成隨機殺人魔了。走。」

黃敏瑞沒有主意，只能跟著林天華離開。他們上了天台，跨過兩面區隔公寓的矮牆，然後從另外一間公寓的樓梯井下樓。當他們離開公寓，回到街道上時，正好看見警察跳下警車，衝往槍手狙擊的那棟公寓。林天華看見有兩個警察留在一樓，似乎在注意附近群眾。他怕自己跟黃敏瑞趕著離開會惹人懷疑，於是拉著黃敏瑞往警察的方向走去，暫時加入圍觀群眾的行列。他把手機調回話筒模式，拿到耳朵上，小聲問宅聖：「有監視器捕捉到槍手的影像了嗎？」

宅聖回答：「沒有。不過不用擔心。我已經鎖定他的手機了。只要……喔，雪特！」

「幹嘛？」

「他用預付卡。那是拋棄式手機。」宅聖說。「他已經把它丟掉了。」

「把手機最後位置給我。我看看能不能找回來。」

宅聖傳了張有標示的地圖截圖給他。林天華看看地圖，想了一想大略位置，接著發現身邊的黃敏瑞在瞪他。林天華揚眉詢問。

「你不該讓他們嫁禍陳緣。」黃敏瑞壓低聲音說道。「這種事情肯定舉國譁然，陳緣如果在這種證據下被捕，會被未審先判的。」

林天華點了點頭，也壓低音量說：「不用擔心。我們有宅聖。竄改證據是他的拿手好戲。等警方逮捕陳緣之後，我們就可以把指紋換掉。」

黃敏瑞問：「換成誰的？」

林天華晃了晃手機畫面上的地圖。「如果能找出這支手機，當然是換成手機的主人的。」他將手機貼回耳邊：「宅聖，我們要將計就計，讓警方找出陳緣，然後再竄改證據，幫陳緣平反。你留意警方調查程序，先置入點漏洞進去，方便之後行事。」

「沒問題。」

宅聖剛掛上電話，林天華自己的電話又響了。他把黃敏瑞的手機還給他，自揹包中取出自己的手機。「喂？」

電話裡傳來小貞的聲音。「老闆？店裡來了個客人說要找你。」

「我現在有點忙喔。」

「這個客人你不能不見。」小貞說。「因為她是冷如霜。」

林天華深吸口氣，或說倒抽一口涼氣。他花了一秒的時間回過神來，說道：「請冷小姐在店裡等。我現在就趕回去。」

10

「冷……如……霜……」

林天華說：「你還可以說得更抖一點，沒有關係。」

黃敏瑞抖著說：「我真的很害怕呀。」

「你很奇怪耶。」林天華搖頭。「剛剛槍林彈雨都沒看你怕成這樣。人家冷如霜那麼漂亮的一個女孩子，你有什麼好怕的？」

「你不怕？」黃敏瑞問。「追夢人的冷如霜把你扁出病房耶！」

「那是追夢人的冷如霜，又不是真的冷如霜。」林天華無所謂地說。

「你怎麼知道？」黃敏瑞聲音緊張。「我……我昨天晚上……有夢到她。在夢裡，她好可怕。」

「好了，你別這樣。這樣連我都要害怕起來了。」林天華說著把裝著剛剛依照宅聖指示揀回來的拋棄式手機的夾鏈袋放入自己的揹袋，然後熄火，拔下鑰匙。「現在來找我們的是真正的冷如霜。雖然我們有她的資料，但那是幫客戶做對象調查的資料，並非客戶資料。對冷如霜而言，她不認識我們，我們也不認識她。你待會可不要隨便露餡兒。」

「待會兒你跟她談就好了。我在吧台跟小貞混。」

「也好。」

兩人下車，走入大愛情家。這時午餐時間剛過，下午茶時間還沒到，大愛情家裡客人不多，兩人一進門就看見冷如霜坐在後方靠窗的位置。冷如霜絕對是真正的美女，不論五官、肌膚、身材、氣質，都是所有男人眼中一等一的極品。當真見到本人，黃敏瑞才知道資料上的照片跟她本人落差有多大。他覺得在她的面前，就連Girl都變得俗豔、色情狂也相形見絀。她能吸引所有人的目光，但又不像色情狂那樣會讓男人色心大動。看著冷如霜，他彷彿看見了初戀、看見了命運、看見了未來。他覺得看到了自己的真命天女。

手臂上突然傳來一陣劇痛，黃敏瑞轉過頭去，發現小貞在擰他手上的肉。他沒有露出任何吃痛的表情，只是愣愣地看著小貞，彷彿不知道她為什麼會在這裡。

「你看夠了沒有？」小貞神色不善地問。

「呃……」黃敏瑞回過頭去看看冷如霜，再轉頭看著林天華，只見他饒富興味地看著自己，似乎並沒有受到冷如霜的外表影響。他不好意思地低下頭去，說：「我太嫩了。」

林天華坐上吧台，對小貞說：「妳有請她填寫資料嗎？」

小貞拿了一張表格給他。林天華接過來看，都是他們已經知道的基本資料。眼看黃敏瑞也湊過來看，他問：「你現在還覺得她很可怕嗎？」

「我覺得……」黃敏瑞想了想，繼續說：「半年才三個男人追她，實在太少了。她給我一種真命天女的感覺。」

「嗯。」林天華露出認同般的表情，問道：「那你會追她嗎？」

「我？怎麼可能？」黃敏瑞立刻回答道。「她不可能會喜歡……我是說，我跟她差太多……在她眼中，我只是個小屁孩吧？」

林天華微笑說道：「她給你一種遙不可及的感覺。」

黃敏瑞點頭。

「好像她是女神，而你只是個凡夫俗子。」

黃敏瑞又點頭，接著彷彿突然想到該怎麼說一樣，斬釘截鐵地道：「就是我配不上她。」

「嗯哼。」林天華聳肩。「那你覺得追夢人、揚喆他們是因為覺得自己配得上她，才去追她的嗎？」

「我不知道。」

「我認為配不配得上，向來不是問題。問題在於你有沒有勇氣去追求；你願意付出多少，去追求一個你認為自己沒有可能成功的目標。」林天華說。「有太多人在太多事物方面都跟你一樣，還沒開始就認定自己做不到。這可不是正面的人生態度。」

黃敏瑞突破盲點：「我追Girl你都說我是越級打怪了。現在還拿這種話來教訓我？」

「說得是，說得是。」林天華笑：「冷如霜這麼遙不可及，偏偏揚詰他們都還追到了。你認為是怎麼回事？」

黃敏瑞看看冷如霜，語氣遲疑：「她……空虛、寂寞、冷？」

「很有可能。美麗的女子往往一生為情所困。我最喜歡幫助為情所困的美女了。」林天華拿起資料，站起身來，走出兩步後，又回頭問了一句：「你確定不要一起過去？」黃敏瑞搖搖頭。

林天華來到冷如霜面前，點頭招呼。冷如霜翩然起身，面露微笑，突然間從一個不食人間煙火的夢幻女子變成了和藹可親的鄰家女孩。林天華跟她握了握手，自我介紹道：「冷小姐，我叫林天華，是這裡的老闆。」冷如霜很客氣地回道：「你好，我叫冷如霜。今天來是有點事想要請林先生幫忙。」

這兩句普通的對話讓黃敏瑞覺得冷如霜好像從畫裡面走入現實了一樣。他覺得要讓自己的目光離開冷如霜身上似乎變簡單了。他轉頭看向小貞，只見她很專心地擦拭一隻根本不需要擦的杯子。黃敏瑞開口：「小貞……」

小貞語氣不悅：「嗯？你要叫我什麼？」

「呃……雅貞？」

小貞放下杯子，斜眼看他：「幹嘛？」

黃敏瑞看她片刻，不由自主地笑了。「沒有，我只是想叫妳。」

「噁心耶！」小貞罵完之後，也忍不住笑了出來。「好啦，敏瑞，少噁心了啦。要喝什麼？」

黃敏瑞考驗她：「給我來杯真命天女？」

小貞點頭：「熱拿鐵加冰塊，馬上來。」

林天華和冷如霜面對面坐下。冷如霜神色羞怯，美艷無方，一副欲言又止的模樣。林天華假裝閱讀她填寫的基本資料，以其一貫開場問道：「冷小姐是怎麼聽說我們這裡的？」

「我在網路上看到幾篇文章。」冷如霜說。「有不少人分享請你們幫忙的經驗。」

「所以冷小姐有遇上感情方面的問題？」

「呃……」冷如霜抿抿嘴唇，有點不好意思地說：「我想先請問一下林先生，你們這邊的收費是怎麼樣？」

「感情的問題很複雜，所以有很多因素會影響到收費標準。基本上，我們還滿隨性的。」林天華解釋道。「如果妳是因為感情受創，需要心理諮商，或是找人傾訴的話，我是合格的諮商心理師，照一般費率按鐘點收費。如果妳是一般空虛寂寞，抱著把我們當做婚友社的心態而來的話，那就容我說明一下。我們不採會員制，不收入會費，也不會做電腦配對之類的事情。我們會針對妳各方面的條件跟需求來做背景調查，幫妳找尋適合妳的對象。當然這樣做就要看我們付出的心血跟勞力來決定費用多寡了。如果妳是心裡有個特定目標，但卻因為害羞、現實差距或是其他因素而不敢、不方便、能力不足以追求到對方，想找我們幫忙的話，我們就又是另外一套收費標準了。」

冷如霜俏眉微蹙：「你說的模稜兩可，總是沒有實際的數字。這讓我覺得有點像是詐騙集團。」

「冷小姐講話真是直接。」

「不好意思冒犯了。」她臉色一紅，似乎覺得自己說得有點過分。「其實我手頭不是很寬裕，這種事也不是必要的支出，所以我想要先弄清楚到底會花多少錢。」

林天華看了看冷如霜資料上的收入欄位，上面填著月薪四萬三。以單身女子住在台北而言，只要不買房子，這樣的收入還過得去，不過確實不算寬裕。「以冷小姐的外在條件，如果是想我們幫忙找對象的話，應該是舉手之勞，甚至可以說是造福大眾。這種情況，我是不會跟妳收費的。不過我想應該不是這種情況？」

冷如霜苦笑搖頭：「不是。」

「開門見山吧。說清楚妳的問題，我也好跟妳報價。」林天華說。其實他壓根就沒想過要跟冷如霜收錢，但是為了不讓冷如霜懷疑他們之前就已經調查過她，而現在更為了一件跟她有關的事情而陷入超級棘手的處境，他認為還是依照正常程序比較好。

「我喜歡一個男人。我很愛他。」冷如霜說。「其實我不知道我算不算很花心。客觀來講，應該算，因為我交過很多男朋友。他們都很愛我，我想我也愛過他們，因為他們真的都對我很好。我只是心裡一直空蕩蕩的。每次遇上對我很好的好男人，我就會滿懷期待，很願意給他機會，很希望他真的就是我的『那個人』。但是往往在一起沒過多久，我就會知道，不管這個男的對我再好，他都沒有辦法填補我心裡那塊空洞。我有想過這會不會是我自己的藉口，會不會是我不想那麼早定下來，會不會我只是喜歡玩弄男人，只是享受征服的快感。我想過很多，也否定了很多……」她愣愣地看著眼前已經喝到只剩一口的咖啡杯，出神片刻，又說下去！「我很想自認是個好女人，但我可能是個壞女人。」

「感情的事情，不是非好即壞。」林天華說。「很多人都要走過很多段感情，才終於找到對的那個人。難道他們在找到對的人之前，都一直是壞人嗎？冷小姐條件比一般人好，當然有權力比一般人多一點選擇。」

「你講得好現實。」

「現實就是這麼現實。」

冷如霜凝視林天華片刻，接著微側腦袋，繼續凝視他。「林先生，你有一種讓人願意跟你深入交談的魅力。」

「謝謝。」林天華說。「這是身為一個愛情家最基本的條件。」

「愛情家？」

「愛情家。」

「好一個愛情家。」冷如霜微笑。「我想要跟你分享一些會讓你覺得……讓我覺得自己是壞女人的想法。」

「請說。」

「事實上，跟我在一起過的男人，除了沒有辦法填補我內心的空洞之外，幾乎都有他們各自的缺點。而且是滿嚴重的缺點。一開始幾個，我因為這些缺點而嫌棄他們。我覺得我應該配得上更好的男人。但後來我開始覺得，是不是我自己的問題？我的忍受能力太差？要求太高？還是我只能吸引不完美的男人？到最後，我覺得我不該說他們的壞話。我覺得問題一定在我自己身上，因為我是壞女人。但是說實在話，我難以說服自己相信這種說法。我覺得一切都好亂，我不知道該怎麼想。」

「愛情並不是生活的全部。」林天華說。「妳可以為情所困，但不要讓問題延伸到生活所有層面。」

「有時候，我覺得我這輩子就是為了談戀愛而生。為了找到那個人。」冷如霜嘆道。「有時候，我覺得我是很多男人的真命天女，但卻始終找不到屬於我的真命天子。」

她那感慨的神情令人心傷，林天華不由得看得痴了。他回過神來，自覺失態，咳嗽一聲，說道：「可以談談那些男人的缺點嗎？」

「有些可以談，有些不好談。」

「說說可以談的？」

冷如霜閉目回想。「我第一個男朋友年少輕狂，血氣方剛，有一次在廁所裡面抽煙的時候……」

「高中生啊？」

「是，我初戀是在高中。」冷如霜點頭。「他抽煙被教官發現。教官唸他，他就頂撞教官。後來教官火大了，把我也扯進來，說他這種學生跟我在一起只會把我帶壞。我男朋友忍耐不住，毆打教官，被退學，我們也分手了。」

林天華笑咪咪地說：「以高中生來講，這也不算什麼大事嘛。」

「現在看是不算。」冷如霜說。「但是對我當時一個十七歲高中女生來說，這是天塌下來的大事。」

「也對。」林天華點頭。「學生時期太久遠了。妳講點出社會以後的吧。」

「我有一任男朋友是職業軍人。守海防的，很有責任感，體格又好，對我無微不至。但後來我發現他會收走私客的錢，叫巡邏的阿兵哥睜一隻眼，閉一隻眼。我覺得這是不對的，所以就跟他分手了。」

「我聽說海巡軍官收錢，有時候也是逼不得已的。」

「還是有人不收錢啊。」冷如霜義正辭嚴。「賄賂就是賄賂。你今天在大節操上守不住，日後難道會善待家人嗎？」

「說得好。」林天華豎起大拇指。「還有呢？」

「你知道有時候男女生開始交往，幸福的感覺上來之後，雙方就會開始發胖？」

「正常啊。」林天華說。「每天吃好料的嘛。」

「我有個男朋友三個月內胖了四十公斤。」

「啊？」林天華眨眼問道。

「胖到根本出不了門。整天坐在沙發上。」

「妳這簡直是七原罪嘛！」

「可不是嗎？」冷如霜幽幽說道。「暴怒、貪婪、懶惰、驕傲、淫慾、嫉妒、暴食。每一樣我都遇過。他們說這叫人性的原罪，我想是滿有道理的。」

「講點近期的吧。妳上一任跟上上任男朋友是怎麼分手的？」其實這才是林天華想問的重點。

「我上一任……」冷如霜突然之間眼眶紅潤。「他在交往兩個月後，告訴我他有老婆。」她抽了一張紙巾，輕輕擦拭淚水。「其實我好想原諒他，真的很想原諒他，因為他對我太好了，讓我好快樂。但是我不認為他老婆可以原諒他。而在我有機會……」她哽咽一聲，接著深吸口氣。「……有機會跟他詳談之前，他跳樓自殺了。」她低下頭。「他說他跳樓是為了我。我覺得這是我唯一對他不滿的地方。他怎麼可以把跳樓的責任歸罪到我身上？」她面前的桌面上多了兩滴淚水。「這種愧疚是要背負一輩子的呀。」

林天華揮一揮手，小貞連忙從吧台拿了盒面紙送過去。他抽了兩張，遞給冷如霜，然後靜靜等她冷靜下來。冷如霜非常傷心，哭得渾身發抖，最後告退片刻，一個人跑去廁所。十分鐘後，她梳理乾淨，回到林天華面前，輕輕地坐了下來。她知道林天華不方便在這種情況下搶先開口，於是主動說道：「至於我上上任男朋友的缺點，我不能談。」
「為什麼不能談？」林天華問。
「因為有些缺點就是不能談。」
「好。」林天華說著換上既誠懇又專業的形象。「所以妳來找我，是為了解開自己的心結嗎？」
「不是。」冷如霜搖頭。「剛剛是話題扯開了，其實我一開始就有說。我來是因為我很愛一個男人。」
「妳說愛？」林天華問。如果冷如霜指的是新認識的男人的話，用「愛」就顯得太衝動了點。他希望她不是一個愛人愛得很隨便的女人。
「對。」冷如霜嘆氣。「他是我兩年前交往的男朋友。我們在一起超過一年，這是我最久的交往記錄。他是我眾多男朋友裡面，唯一主動跟我提出分手的人。如果你不把我上一任男友算在內的話。他那樣離開，也算是主動分手，是不是？」
林天華心裡有種莫名的欣慰。至少揚喆在冷如霜心裡還是佔有一席之地的。他點了點頭。
「我希望你不要因為我這樣講，就認為我是因為得不到他，才會對他難以忘懷。」
「我沒有這樣想。」
「我花很多時間跟自己分析過，我相信我不是這樣子的人。」
「你不用跟我解釋，我真的沒有這樣想。」冷如霜顯然花很多時間在想男女感情的事情。而且她急著為自己辯護，即使是一些不需要辯護的事情。林天華可以理解，他認識不少美麗的女人都有類似的問題。她們會在意他人的眼光，特別注意自己可能因為美貌而引發的典型偏見，好像美麗是一種錯誤、一種罪一樣。美麗是恩典，不是罪。「他為什麼要跟妳分手？他跟妳在一起不開心嗎？」

「開心。至少我覺得他很開心。」冷如霜搖頭說道。「或許是我一廂情願，但我總認為他言不由衷。他說跟我在一起會誤我一生。他說我應該找個更好的男人，可以讓我幸福快樂的男人。我說他就是能夠給我幸福快樂的男人。但他不這麼認為。你知道諷刺的地方在哪裡嗎？就是這些話都是我自己常常在說的。『你可以遇上更好的女人』、『她能為你帶來幸福』、『我配不上你』、『我們還是朋友』。我很清楚說這些話是什麼意思。」

「是，我懂。」林天華點頭。「但有時候說這話是真心的。」

「真心，但卻不盡不實。」冷如霜說。「跟他分手之後，我低落了一整年。一直到半年前才重新開始感情生活。這半年我交了兩個男朋友，一個發瘋，一個自殺。我覺得我的問題大了。」

林天華很想說些「問題是在男人身上，而不是在妳身上。」或是「感情向來都是兩個人的問題，不要如此苛責自己。」之類的話來安慰她，不過他說不出口。畢竟這個月裡他一直都在研究冷如霜這個女人究竟有什麼問題。他問：「妳希望我幫什麼忙呢？」

「我想要知道他跟我分手的原因。」冷如霜說。「這個問題困擾我將近兩年，至今想起他來，我還是會心痛、會流淚。」

「好。我也不喜歡分手不把理由講清楚。這樣會讓人難以釋懷，空留遺憾。」林天華當場答應下來。「先說說妳這個男朋友是什麼樣的人吧。」他很好奇什麼樣的男人可以讓冷如霜死心踏地。

「我就直說了，希望你不要在心裡批判我。」冷如霜再度進入自我辯護模式。「因為他年輕、帥氣、有錢，我不想讓你覺得我是個拜金女郎。」

林天華搖頭不語。儘管冷如霜的外型足以在任何人心中留下強烈的好感，但林天華閱人無數，沒那麼容易讓外表左右。他很想相信冷如霜不是因為對方是個有錢帥哥而念念不忘，然而說實在話，他並不是那麼了解這個女人。

「其實他當時是我老闆，我是他的特助。本來我們的關係純粹是工作上的，我幫他處理公司裡所有瑣事。一開始他把工作和私生活劃分的非常嚴厲，完全不讓公司的人，包括我在內，接觸到他下班以後的時間。他不會在放假日對員工提出任何要求。我覺得對一家上市公司的總經理而言，這是很難得的事情。」

「後來呢？」林天華問。

「我生日的時候，他記得。他叫我去Tiffany專櫃給自己挑件禮物。」

「妳挑了？」

冷如霜聳肩。「挑了。」

「挑了個很貴的？」

「挑了個我喜歡的。」冷如霜說。「重點是他沒有陪我去挑，也沒有說要請我吃飯，或是提出其他要求。所以我其實看不太出來他的意圖。」

「他引起妳的好奇了？」

「是。」冷如霜點頭。「第二天，我把買了的項鍊，連同收據一起放在他的桌上，附上一張卡片，告訴他，我不能收這麼貴重的禮物。謝謝他的好意。」

林天華沒料到有這一手：「妳這是什麼心態呀？」

「就是想要知道他是什麼心態的心態嘛。」

「那他是什麼心態呢？」

「他也就是想要做些不按牌理出牌的事情來吸引我的注意的心態囉。」冷如霜微笑說道。「生日後不到一個月，我們就正式在一起了。他對我真的很好。不光是物質上，在心理上也讓我感到滿滿的愛意。那一年，我過得超級快樂。直到有一天，他突然要我去找更好的男人，我的生活才突然從天堂跌到地獄。」

「妳分手後就離職了嗎？」

「當然。這怎麼可能還做得下去？」

「他專情嗎？」林天華問。「沒有讓你懷疑過其他女人的事情？」

「老實說，我不是個善妒的女人。」冷如霜頗有自信地說。「因為跟我在一起的男人不會去看別的女人。」

「喔？」林天華眼睛一亮。他從來沒有見過在這方面這麼有自信的女人。「那會不會是家世背景的問題？妳見過他父母嗎？關係怎麼樣？他是白手起家，還是家裡有錢？」

冷如霜搖頭。「他父母已經不在了。他也不是富二代。他的創業故事還滿傳奇的，去年十二月號的商業周刊有做過報導。他的公司是做3C產品，叫作Le Fumoir。他名叫蕭慕龍，去年有上台灣百大富翁榜。」

林天華尚未反應過來，櫃檯那邊已經傳來嗆到咖啡、打破玻璃杯的聲音。他轉過頭去，看到黃敏瑞一邊咳嗽，一邊以揪成一團的五官跟他使眼色。林天華心中困惑，用力思索到底有什麼他該想到而沒想到的事情。「Le Fumoir這家公司挺耳熟的……我有印象第一次聽到的時候還在想怎麼會有人用法文裡的『煙館』來當電子公司的名字……這位蕭先生嘛……」

手機裡傳來簡訊的聲音。他順手滑開一看，只見黃敏瑞傳來了言簡意賅的一個字：「高富帥。」

林天華雙眼圓睜，頭皮發麻，慢慢抬起頭來，朝冷如霜擠出笑容，說道：「冷小姐，交往一年多，蕭先生有請妳去過他家吧？」

「當然有。但是我不喜歡去他家。太冷了。不知道是空調有問題還是怎麼樣。我去過兩次就沒再去了。」

「是喔。」林天華絞盡腦汁思索要怎麼樣才能問得不著痕跡。「那……妳知道他信什麼宗教嗎？」

「啊？」冷如霜揚眉。「信教？」

「有時候宗教也會影響人的愛情觀。」林天華解釋道。

「我沒有特別注意耶。」冷如霜說。「公司是有在拜拜啦，但他也不是每次都有到場。他家沒有神壇，也沒有宗教畫像……我不會把他跟任何宗教聯想在一起。」

「嗯……」林天華想了一想。「如果妳要約他出來，他會出來嗎？」

冷如霜搖頭：「他不接我電話。之前我很執著的時候，曾經去他家門口等過他。從來沒有等到過。他大概是一看到我就直接不回家了。」

「妳沒有常常去等吧？」

冷如霜苦笑：「你想知道我是不是跟蹤狂？」

「妳是嗎？」

「不是。」冷如霜說。「我去他家堵過他兩次，回公司找過他一次，不過都沒有見到他。後來我就不做這種事了。」

「不好意思，冷小姐。」林天華坐正解釋：「我見過帶著各式各樣問題來找我的人。大部分抱持著跟普通人不同心態的人都不會覺得自己有什麼不普通的地方。我並不是說做人一定要跟一般人一樣，要接受世俗大眾的觀念，其實我還滿反對這種想法的。但是如果妳不清楚這個界線在哪裡的話，妳可能會在無意間導致他人不適……」

「我知道你在說什麼，但我不太確定你講這些的用意？」冷如霜問。

「這件事情，我會幫妳。」林天華神色認真地道。「我會對蕭先生進行鉅細靡遺的背景調查，而我也會對妳進行同樣詳細的調查。畢竟，妳自己也無法肯定在感情方面究竟是妳自己的問題，還是男人的問題，是吧？」

冷如霜露出不太確定的神色。「你們到底是……愛情諮商？徵信社？還是心理診所啊？」

「都有一點。」林天華說。「我不保證不會探妳隱私，畢竟心理師在做的就是這種事情。如果妳有什麼不願意觸碰的部分，可以先跟我說。就把這當做是一個讓妳更加了解自己的機會。妳也希望妳的戀情可以維持一年以上吧？」

冷如霜緩緩點頭。

「最後，我想要澄清一點。」林天華說。「妳只是想要弄清楚蕭先生跟妳分開的理由，還是想要跟他復合？」

冷如霜欲言又止，似乎拿不定主意。

「我懂了。」林天華點頭道。「待會兒我的助理會拿一份詳細的背景資料表格給妳填寫，還有合約跟調查同意書。合約其實簽不簽都沒有關係，因為我打算免費幫妳。但是調查同意書就希望妳能夠簽一下了。」他站起身來。「那現在，不好意思，我有事要先忙一下。」

他走去吧台，交代小貞準備文件，然後就跟黃敏瑞到後面去關心陳緣的情況。

11

萬華隨機槍擊事件果然舉國譁然，事發一小時內就造成臉書無限洗版。各式各樣的揣測、批評、狂酸、謾罵紛紛出爐，之前的捷運砍人事件也被翻出來一鞭再鞭。警方按照慣例打破偵查不公開的原則，不斷在媒體面前公布調查現況。槍擊現場附近的五樓公寓中發現Ｍ２４狙擊槍（世界現役狙擊槍性能比較特別報導）、刑事局鑑識科在槍上找出指紋（指紋分辨與解析特別報導、世界各國主流指紋辨識系統、指紋與命相學的關係）、指紋辨識結果出爐（辦案神速，是否有高層介入？台灣是否還在採用人工辨識指紋？相傳現場發現嫌犯口水ＤＮＡ，是否有人刻意隱藏案情？）、嫌犯身分與照片出爐（殺人魔陳緣的一生、殺人魔陳緣背景報導、傳殺人魔愛玩網路遊戲、暗黑破壞神與ＧＴＡ，哪一款才是陳緣的最愛？傳殺人魔高中曾毆打教官！疑殺人魔十歲時曾放火燒掉他們家隔壁巷子的某公寓！殺人魔會不會判死刑？廢死聯盟怎麼不出來說話了？單名一個字的人是否比較容易變成殺人魔？）

槍擊案四名受害人緊急送醫，脫離險境，無人死亡。（幹！槍法實在太爛了！這樣還學人家當什麼殺人魔？早告訴你了，台灣沒有那麼厲害的狙擊手啦！啊都沒有死人，還能叫他殺人魔嗎？）

民眾提供線報，殺人魔陳緣萬華落網！

林天華在刑事局裡的線民早在專案小組出動逮捕陳緣之前就已經通知他了。林天華自己也動用多年幫人談戀愛累積下來的強大人脈，在大愛情家組織了臨時應變小組。得知陳緣即將落網後，他立刻請宅聖竄改證據，把陳緣的指紋換成真槍手的，以懷疑證據遭受污染為由申請重驗，然後關照刑事局裡的警官不可刑求。他派出認識的王牌大律師殺到警局，主動要求代表陳緣。然後請認識的立法委員關照各大媒體，提前透漏證據有瑕疵的消息，以輿論的力量加速重驗。這一切安排看得黃敏瑞目瞪口呆，萬萬沒想到一個幫人談戀愛的專家能夠動用這麼多資源。

「愛情是很強大的力量。」林天華說。「沒有愛情克服不了的困難。」

證據大翻案，陳緣不是殺人魔！（幹！玩我啊？）

第三天早上，林天華開車到刑事局外，等待律師帶著陳緣突破大批記者包圍，終於擠上車來。關門之前，他聽見外面的記者在問：「陳先生，你要不要告警察？」

林天華開入巷中，左彎右拐，甩掉跟蹤記者，然後路邊停車，跟王牌大律師告別。「王律師，謝謝你幫忙。」律師道：「華哥不要客氣！」說完下車離開。

林天華再度開車，同時跟陳緣自我介紹。「陳先生，你好，我叫林天華。這位是我的助理，他叫黃敏瑞。」

陳緣在後座看了看他們，然後轉頭面對窗外，似乎對一切漠不關心。林天華一直開到遇上紅綠燈，這才轉頭看他，問道：「陳先生？」

陳緣冷冷說道：「你們大費周章把我找出來，究竟是為了什麼？」

「你認識冷如霜小姐嗎？」

「不認識。」

「蕭慕龍先生？」

「沒聽過。」

林天華向黃敏瑞比個手勢，然後繼續開車。黃敏瑞自林天華的揹包裡拿出一個大資料夾，把冷如霜和蕭慕龍的照片跟基本資料遞給陳緣。「陳先生，昨天的槍擊案就是這位蕭慕龍先生一手策劃的。對方為了對付你，不惜槍擊無辜民眾，要不是我們暗中幫忙，你現在還被關在刑事局裡。我認為你該認真看待這件事情，不要對我們充滿敵意。」

陳緣靜靜地研讀兩份資料，沉思片刻，然後說：「我不認識他們。」

林天華和黃敏瑞對看一眼，在各自的眼中看見疑惑。黃敏瑞繼續問道：「你不認識冷如霜？你沒有跟她交往過嗎？」

陳緣冷峻的神情終於露出一絲笑意。「首先，我如果跟長成這樣的女人交往過，我想我一定會記得。其次，看看我的條件，你覺得我追得到這樣的女人嗎？」

林天華說：「真愛是不能以貌取人的……」

「屁話！」陳緣罵道。「你這傢伙自稱愛情家，難道整天就是在講這些道貌岸然的屁話嗎？對，我知道你是誰。就是閒閒沒事幹，一天到晚幫人談戀愛的那個傢伙。」

「呃……」林天華無言以對。

「你幹愛情家多久了？」陳緣問。

「從我開始朝這方面努力算起，快二十年了。」

「這二十年來，你見過多少醜男配美女的案例？」

「其實不算少喔。」林天華立刻回答。「況且陳先生雖然其貌不揚，但也算不上醜。」

陳緣「哼」了一聲，語氣不屑：「醜又沒錢的醜男配美女，這又有多少？」

「這個……確實不太多。」林天華說。「你如果要把醜又沒錢還沒才氣的男人算進去，我可以直接告訴你，沒有。」

「算你還有點老實。」陳緣一副長輩教訓晚輩的模樣。「『真愛不能以貌取人』這種鬼話，以後不要再說了，免得教壞小孩子，給人假希望。」

「可是……只要肯努力，醜男也有出頭天呀！」林天華不服。

「那你就老老實實的把這些但書都加進去！」陳緣說。「你不要灌輸人家『醜還是能追到美女』的觀念。你要說『醜但是有錢就能追到美女』或『醜但是有才也可以追到美女』！好好的實話你不講，偏偏要講那些道貌岸然的鬼話，這樣比較清高嗎？嗯？比較能夠促成良緣嗎？嗯？就算你用盡手段，幫助沒錢又什麼都不會的醜男追到大美女，你覺得能夠幸福嗎？能夠持久嗎？不會惹人閒話嗎？對那個女人公平嗎？」

「陳先生，你這樣講有失偏頗吧？」

「一點也不偏。此乃正義之言。」陳緣說。「這樣都嫌偏，講起『醜女配帥哥』的時候該怎麼辦？」

「你究竟是什麼人？」林天華問。

「待會兒再告訴你。」陳緣身體前傾，從後座中央探頭到林天華跟黃敏瑞兩人之間，說道：「我先問你，你誓言守護世間愛情，憑的是什麼？」

「憑什麼？」林天華困惑。「你是指？」

「你憑藉什麼力量守護愛情？」

「當然是愛的力量呀。」

「放屁！」陳緣破口大罵，噴得林天華滿臉口水。「你當我眼睛瞎的嗎？那天在槍擊現場，我看得清清楚楚。你根本是跟他——」說著往黃敏瑞一指，「——借用愛的力量！憑你？你只是個空殼。你的愛早就沒了。我就是問你，你後來揮牌擋子彈的究竟是什麼力量？」

林天華心裡一驚，雙手一抖，車子當場偏移。他放慢車速，把車轉往慢車道，穩住之後，終於說道：「就塔羅牌呀。」

「不老實的傢伙，遮遮掩掩，規避答案，根本就是心虛。」陳緣繼續罵。「塔羅牌取用的是命運之力，是人類集體潛意識的表現。它只能用來占卜，不能用來擋子彈。你呀，趁早把那些不好意思說的話坦白出來吧！自己都還沒得道，學人家帶什麼徒弟？」

黃敏瑞本來都在注意陳緣，聽到這話，不由自主地轉向林天華。「老師，我也很想知道你昨天為什麼先說跟我借愛的力量，後來又不借了。」

林天華轉頭看了他們兩人一眼，接著回頭看路，深吸口氣，緩緩說道：「阿萊斯特・克勞利失傳的神祕學著作《銀星之書》。那是我研究塔羅牌史時，在義大利西西里的塞拉馬修道院下挖掘出來的。」

黃敏瑞不熟克勞利，只隱約知道此人有「全世界最邪惡的男人」之稱。陳緣冷笑一聲，不屑說道：「黑魔法。早就料到。」

「黑魔法怎麼樣？我又不是用來做惡。」林天華說。「況且我只是參考書裡的理論而已。我並沒有參與過任何惡魔崇拜的儀式。」

「你沒必要說服我。有力量就是好力量。」陳緣說。「你會需要用到的。」

「你可以不要再故作神祕了嗎？」林天華說。「你到底是什麼人？蕭慕龍為什麼要陷害你？你跟冷如霜又是什麼關係？」

陳緣靠回後座。「說過了，我不認識他們。」

「那他們為什麼要……」

「不過我知道他們是什麼人。」

「你……你就是要故作神祕就對了！」林天華大聲道。

黃敏瑞有點好笑地看著林天華。他從來沒看林天華這麼沉不住氣過。他覺得看著無所不能的老師遭人戲耍是很有趣的事情。他悶不吭聲，欣賞好戲。

陳緣說：「你這小子，傻裡傻氣的，什麼都不懂。我問你，愛情家的使命是什麼？」

「維護……世間愛情？」林天華的語氣變得不太肯定。

陳緣搖頭。「你當了二十年的愛情家，難道沒有聽說過真命天女的傳說嗎？」

林天華說：「沒有。」

「你沒聽過，我告訴你。」陳緣講古。「愛情界故老相傳，每一個世代都會有個真命天女降世，代表世間男女的愛情命途。真命天女感情順遂與否，影響的可是一整個世代人類的命運。身為愛情家最主要的任務，就是輔佐真命天女，幫助她找到屬於她的真命天子。只要真命天女能夠幸福快樂，當代男女就能繁茂茁壯；要是真命天女命運乖違、遇人不淑、感情困苦、毫不幸福，那整個世代的人類都會生活在水深火熱之中。」

林天華想起阿強那個「愛情界失衡」的理論、小彤那個「征服火龍、拯救愛人」的故事，加上這些年來的閱歷，感覺愛情家的道路似乎有意無意都在暗示他將會面對一個重大的考驗。儘管陳緣的故事簡單直白到了胡說八道的地步，他還是覺得沒有那麼難以置信。他問：「什麼樣的水深火熱？」

「上一次真命天女含恨而終時，世上出了個希特勒。」

林天華跟黃敏瑞異口同聲：「唬爛啦！」

「絕不唬你們。」陳緣道。「想要知道冷如霜跟蕭慕龍的關係，你們就必須接受這個傳說。」

林天華哈哈一笑：「那不用說了，冷如霜肯定就是你所謂的真命天女？」

「顯而易見。」陳緣指著資料說道。「她交過這麼多男朋友，每個都對她死心塌地，就是因為她是真命天女的緣故。而她戀情無法持久、一下子就想把男人甩了，是因為一旦交往過後，她馬上清楚對方不是她的真命天子。她並非花心，只是命該如此。」

「你有更實質的證據嗎？」林天華問。「這樣的女人雖然不多見，但也不是獨一無二。」

「真命天女的身分並不是什麼天大的祕密，命運不會刻意隱藏。」陳緣說。「你用塔羅牌就可以算出來了，就像我用鐵板神數推算她的生辰八字一樣。真命天女的使命在於尋找幸福，而愛情家就是要盡力輔佐她。這可不是件容易的事情，因為舉凡牽扯到命運的事情，通常都會有正反兩股力量。愛情界的反面勢力向來都會竭盡所能地阻擾真命天女，不讓她輕易得到幸福。」

「請問！」黃敏瑞舉手。「什麼是愛情界的反面勢力呢？」

「不一定。」陳緣說。「總之是『邪惡』。可以是真正的邪惡生物，也可以是受到邪惡力量影響的人。在你們這個世代的案例裡，邪惡勢力就是蕭慕龍。他們最常用的手法就是去泡真命天女，確保她的真命天子泡不到她，然後再以各種玩弄感情的方式折磨對方。」

林天華揚眉：「你是說蕭慕龍的目的是要讓冷如霜悲慘一生？」

「沒錯。」

「他會殺了她嗎？」黃敏瑞問。

「有可能會，但那是下下策。『邪惡』的目的是要讓『愛』飽受折磨，直接殺死真命天女只會代表一個世代的結束。過個二十年再出一個真命天女，就會一切重新來過。」陳緣解釋。「想要顛覆世界，就得讓真命天女慘到不能再慘，最好是用自己的血在地上寫一個慘字那樣，然後精神錯亂、自殺身亡。」陳緣神色猙獰：「唯有做到這個地步，才能達到希特勒那種效果。」

林天華問：「你是指心靈上的折磨？」

「當然要感情受創、內心淩遲。」陳緣冷冷地說。「直接把她抓過來扁一頓就可以的話，壞人也未免太好當了吧？」

林天華思索片刻，搖頭道：「這樣不對頭。」黃敏瑞也跟著搖頭。「說不通。」

陳緣問：「哪裡不對頭？什麼說不通？」

「你肯定蕭慕龍就是這一世代的邪惡力量？」

陳緣聳肩：「邪惡總是比善良隱晦一點，但畢竟還是有跡可尋。你的塔羅牌功力既然已經高深到融會黑魔法的地步，自然也可以算出他的身分。」

「那就不對了。」林天華搖頭。「蕭慕龍已經跟冷如霜交往過了。他把冷如霜制得服服貼貼的，但是卻在交往一年後把她甩了。冷如霜當然很難過，但是並沒有難過到像你形容的那樣，差得遠了。如果蕭慕龍真是邪惡的化身，他絕對有很多辦法可以折磨冷如霜。」

「你怎麼知道？」

「冷如霜昨天來找我們幫忙。」林天華說。「她想跟蕭慕龍復合。」

「有這種事？」陳緣皺眉。「或許這也是蕭慕龍的手段之一。欲擒故縱，讓她以為失而復得了，然後再……」

「他不接冷如霜電話，也不見冷如霜。他沒有給她任何復合的機會。兩個人分手已經一年半了。」

陳緣默不吭聲，也想不通其中的關鍵。林天華給他一點時間思考，然後問道：「蕭慕龍為什麼要陷害你？」陳緣轉頭看他，一時間沒有答話。林天華繼續說：「我們本來得到一份名單，上面列了六個冷如霜前男友的姓名。其中有四個已經死了，就只剩下你跟蕭慕龍。我們認為是蕭慕龍殺光了他們，而他也在獵殺你。這就是我們急著要把你找出來的原因。蕭慕龍安排槍擊事件，就是要逼你出面。我猜想本來他是要害你終生監禁的，如今你被我弄了出來，他多半還會再來找你。」

「哪裡來的名單？」

「冷如霜一個前男友列的。他說這六個人都是冷如霜至今無法忘懷的前男友。但既然你不是的話……可是蕭慕龍又確實是？給名單的人精神不太正常，搞不好他亂列也有可能。」林天華微微側頭，示意黃敏瑞把名單給他看。「你之所以銷聲匿跡，是因為察覺到危險了吧？」

陳緣看完名單，搖頭道：「這裡面的人，我一個也不認識。我銷聲匿跡跟這份名單的人無關，純粹是因為有人跑到我家來殺我。我不知道對方是誰，但是我很擅長消失，所以我就跑了。」

「我本來認為蕭慕龍要殺你，是因為你在這份名單上的關係。但是現在……」林天華說著摸摸腦袋：「我說你到底是什麼人呀？」

「這樣你都猜不出來？」陳緣嘆口氣道。「我當然是上一代的退休愛情家呀。」

「原來是前輩……」

就聽見轟然巨響，車身狂震，所有人斜向一邊，整輛車都往路邊的電線杆撞去。林天華見機甚快，立刻轉動方向盤，在撞上電線杆前一刻拉回車頭。他狠踏油門，急速行駛，同時透過照後鏡去看剛剛撞上他們的黑色廂型車。「來得真快。坐穩了！」他左閃右躲，在人馬路上鑽來鑽去，引來喇叭和咒罵聲不斷。開出數百公尺後，黑車再度開到他們左側。對方車大，具有逼車優勢，林天華當機立斷，搶先轉左給它撞過去。黑車稍微左傾，隨即反過來逼向右側。林天華跟它僵持片刻，遇上前方有車，於是兩車各往反向分開。加速超越中間車輛後，林天華往右一看，只見廂型車拉開側門，兩個黑衣人手持手槍，朝他指來。

「有槍，小心！」

車窗巨響，玻璃紛飛，林天華壓低身形，回穩車身，目不轉睛地看路問道：「Boy，有沒有事？」

黃敏瑞的左手讓碎玻璃劃破幾道血痕，不過臨危之中也不覺得痛。他側頭看向後座，只見陳緣平躺在後座，滿身都是玻璃，應該也沒有中槍。「沒事！」他說。「我們都沒事。」

「好，抓住方向盤！」

林天華鬆開方向盤，一手去抽塔羅牌，一手解開安全帶。黃敏瑞大驚失色，連忙湊上去緊握方向盤，車身隨即劇烈搖晃。「我不會開車啦！」

「抓緊就好了！」林天華身體一挺，上半身探出車窗，瞄準黑車上的槍手。正要擲牌時，黃敏瑞為了閃躲前車，方向盤打得太急，造成車子大幅度轉向。林天華左搖右晃，兩張塔羅牌脫手而出。一張插在廂型車側門鋼板上，另外一張劃掉車頂一小塊殼。他站立不穩，差點整個人摔出車窗外。情急之下抓住窗緣，兩手掌心都被殘餘的玻璃碎片割破。他退回車內，跟黃敏瑞一起握住方向盤，開始往反方向拉回車頭。兩度轉向過猛，車身開始打滑，整個變成橫的在車道上滑行。廂型車看準機會，筆直撞上車身側面，眼看就要把他們推上路旁騎樓。駕駛座在強大的撞擊力道下車門變形，連帶把林天華的左手也撞脫臼。他右手放開方向盤，想去口袋裡抽塔羅牌，但是車內太混亂，黃敏瑞又半身壓在他身上，一時之間抽不到牌。眼看乘客座那一側就要撞上騎樓柱。林天華撲在黃敏瑞身上，試圖以身體保護他。

突然之間，他們感覺到車身巨震，一股強大的反向力道來襲，令他們的車騰空而起，在空中翻了兩圈，越過廂型車頂，重重落在對方車後。林天華沒繫安全帶，在駕駛座上撞來撞去，渾身無處不痛。但他還是在百忙之中瞄向後座，看見陳緣雙手各抓兩條細細的紅線，紅線伸出破碎的車窗，一路延伸到廂型車的車殼上。本來他還不確定他們的車凌空翻滾跟這幾條紅線有沒有關係，但是在車子落地之後，陳緣兩手一抖，收回左側車窗外的紅線，隨即轉過身來，揮出雙臂，那四條紅線有如靈蛇吐信擊碎右側車窗，插入廂型車後門鋼板。就看他使勁拉扯，宛如蜘蛛人般順勢竄出車窗，而廂型車的後門也在同時應聲而落，如同廢鐵摔落地面。陳緣衝入廂型車，車內隨即傳出槍聲、拳擊聲以及許多骨折聲。

林天華和黃敏瑞踢開擋風玻璃，爬出車外，正要衝過去幫忙，廂型車的駕駛座門突然遭人撞開，一個黑衣人飛身而出，在地上連滾三圈，隨即翻身而起，揚起右手手槍指向車內。林天華出手如風，瞬間擲出四張塔羅牌，分別射向黑衣人的右手手肘、手背、槍管以及預測彈道上攔截子彈的位置。不過他快，陳緣比他更快，就看見一條紅線竄出車外，纏住黑衣人的手槍，扯動他整個人向前摔倒。林天華射向黑衣人的三張牌盡數落空，而最後一張瞄準子彈的則剛好擊中紅線。塔羅牌沒有割斷紅線，紅線也沒有劃破塔羅牌，線跟牌就這麼繃在空中。

陳緣跳下廂型車，收回紅線，原本在空中僵持不下的塔羅牌才終於落地。

林天華和黃敏瑞看著陳緣手中的紅線，然後轉頭對看一眼。黃敏瑞說：「我覺得我好像了解了什麼。」林天華點頭：「我也有種頓悟的感覺。」兩人再度轉頭，剛好看到陳緣射出紅線，纏上黑衣人的手腕，接著向上一抖，黑衣人騰空而起，碰地一聲落在兩人面前。

陳緣慢條斯理地走了過來，收回紅線，說道：「查出蕭慕龍找我幹嘛，然後幫我處理此事。以後我們不要再聯絡了。」

林天華難以置信：「什麼，你就這樣跑了？」

陳緣抬起林天華脫臼的左手，一拉一送，接回定位。林天華為了顧全顏面，咬緊牙關，哼都不哼一聲。陳緣說：「真命天女的傳說，我已經交待給你。剩下來就是你們的問題。」

「喂！你不是吧？」林天華指著他說：「那個蕭慕龍可不好對付。你這麼厲害，幫幫忙不行嗎？世界的命運耶，那可是你說的。」

「我已經幫過上一代的真命天女了。」陳緣說。「自己的戰爭自己打，如果什麼事都靠我們這些老人，愛情家的職責要怎麼傳承下去？」

林天華說：「你又還沒死，不要撇得這麼乾淨不好？」

黃敏瑞也說：「對呀？你沒看過《七龍珠》嗎？悟空把世界的命運交給悟飯，結果遇到普烏還不是得出來打？我們要記取歷史的教訓呀！」

林天華豎起大拇指：「說得好！」

「謝謝！」

「少跟我耍寶！」陳緣說。「你惹出來的爛攤子，你自己收。將來你們下一代愛情家闖禍，又來找你出山，我就看你賭不賭爛！去你的，我老人家想享點清福都不行？」說完轉身拂袖而去。

黃敏瑞揚眉：「我覺得他這麼說也有點道理。」

「是喔？那你以後別想找我幫忙。」

「以後再說囉。」

林天華蹲在黑衣人前面，順手甩他一巴掌。「哎呀，我弄痛你了嗎？真是不好意思。車子被人撞爛的時候，我就想甩人巴掌。」

黑衣人朝他吐出一口鮮血，隨即開始拳打腳踢。林天華踢斷他的小腿，扭脫他的手臂，扣住他的脖子，將他整個人提離地面。「回去告訴蕭慕龍，說我要找他出來談判。滾！」他順手一揮，將黑衣人丟到五公尺外的廂型車後車廂裡。

「老師，你手勁好大啊。」黃敏瑞讚道。

「老師有練過。」林天華轉頭看著自己的愛車，搖頭道：「這下得要進廠大修了。」

「那怎麼辦？」

「就修啊。我認識全台灣最會修車的男人。」

「你會認識這種人實在是太實用了。」

林天華一邊打電話叫人來拖車，一邊跟黃敏瑞離開現場。走出一條街外，看不到事故現場之後，黃敏瑞問：「陳緣說你是空殼。你的愛早就沒了。那是什麼意思？」

林天華悶不吭聲地走了一會兒，然後嘆了口氣，說道：「這麼嚴重的事情，當然就是小甜甜的故事了。」

黃敏瑞揚眉：「怎麼說？」

「忘了。」

「忘了？」

林天華聳肩：「很久很久以前，有個女孩叫甜甜。她的長相、她的故事、她是什麼樣的人，我完全不記得。甚至於她出現在我生命中哪個階段，我也毫無印象。我只知道她離開後，我就空了，不懂愛了，再也無法愛上任何女人。於是我立誓成為愛情家，為了幫人找到愛情，也幫我自己找回愛情。因為唯有當人失去愛情之後，才會真正了解愛有多重要。」

黃敏瑞愣到停下腳步，過了好幾秒才快步跟上。「請問你剛剛若無其事就把真正小甜甜的故事給講出來了嗎？」

「想講就講囉。」

「所以……」黃敏瑞想一想剛剛聽到的故事。「如果你把這個女孩完全忘記，又怎麼知道事情跟她有關。」

「不光是我把小甜甜忘了，連我周遭的朋友，所有知道她存在過的人通通把她給忘了。在我的世界裡，小甜甜從來不曾存在過。但是真愛是不能抹除的。每當我來到曾經一起踏足的地方時，我就會感到淡淡的憂傷。當我觸動到從前共同的回憶時，心中會有一股難以言喻的遺憾。我知道我曾經深愛過一個女孩，後來她消失了，而我也失去了愛人的能力。」林天華淡淡地說。

「當然，這一切也可能是出於我的想像，就像我能看見一些別人看不見的東西一樣。老實說，我要嘛是一個天賦異秉的超人，不然就是個徹頭徹尾的神經病。」他聳肩。「如果我老是在這兩種想法中糾纏的話，我肯定不用多久就會被自己逼瘋。所以我決定，相信其中一種說法，然後堅持到底。而我當然不會相信自己是神經病，你說是吧？」

「非常明智的抉擇。」黃敏瑞點頭。「雖然神經病也不會相信自己是神經病。」

林天華「幹」了一聲，然後苦笑片刻，說道：「今天應該不會有什麼事了。你回去休息，上上課或是什麼的。順便看看要不要把Girl的事情處理一下。你們吵架好幾天了，是吧？」

黃敏瑞心情頓時沉到谷底。「唉。我能不能不要去想她？」

「這個問題要問你自己呀，施主。」

12

跟林天華分開之後，黃敏瑞回學校去吃個自助餐，然後去上下午的翻譯課。他魂不守舍，根本沒在聽課，老師沒理他，同學也只是跟他打個招呼，沒人過來閒聊。他覺得他跟這個班級好疏離。不久之前，他的手機還隨時都會有同學傳訊進來聊天打屁，而現在，他幾乎只有在跟Girl傳訊，而Girl也已經好幾天沒回他的訊息了。

「阿瑞，」坐在他旁邊的老石說。「你今天肯來上課了喔？」

「對呀，再不來要被當了。」

手機螢幕顯示有新訊息，黃敏瑞大喜，拿起一看，原來是小貞。他微微感到失望，不過只是微微而已。看到小貞傳訊給他，他也覺得有點開心。

「敏瑞，你沒事吧？華哥說你們的車都被打爛了？」

「雅貞，」黃敏瑞打這兩個字打得有點歡喜。這是他第一次打出這個名字。「我沒事，有老師護著我。」

「最近跟華哥出去要小心。高富帥那麼可怕，你又不是華哥，他根本不該讓你陷入那種狀況。」小貞說。「我已經罵過他了。狠狠罵一頓。」

「妳別怪他啦。」黃敏瑞傳。

「你最近別跟他混好了。」小貞說。「就說身體不舒服。說學校要考試。說要多陪陪Girl。總之先別跟他混，等高富帥的事情過去再說。」

「知道了，我有分寸。」

小貞過了一會兒，又傳過來：「就當為了我，好嗎？我會擔心你。」

黃敏瑞心裡暖暖的。「我會小心。」

傍晚，黃敏瑞騎車到Girl家的巷子，把車停在Girl家斜對面。他坐在人行道的長板凳上，靜靜地等待Girl回家。三年裡，他經常跑來這條巷子等Girl，不過每次都是跟Girl約好的。他從來沒有因為聯絡不到Girl而直接跑來「堵」她。他有點擔心這樣做會惹她不高興，不過他比較期待Girl會因此而感動。他想傳訊給她，讓她知道他在這裡，偏偏又怕會打草驚蛇。他心中忐忑，靜靜等待。

Girl到底去哪裡了？為什麼都不回訊息？她這次為什麼這麼狠下心來疏遠自己？難道她的生活裡出了什麼他所不知道的變化嗎？還是她男朋友終於退伍了？不可能吧？他應該起碼還有半年

役期才對？莫非他逃兵？最好是，這樣黃敏瑞就可以當爪耙仔，找憲兵來把他帶回去判軍法！好吧，聽說現在沒軍法了，反正就把他抓去關吧！

「她有男朋友了，你還想怎麼樣？」

心裡有個聲音在對他大叫。他對心裡的那個聲音吼回去：「老子不甘心，怎樣？」

等了一個多小時後，黃敏瑞站起身來，走到對面的大紅門前。他看著門旁的電鈴，考慮著要不要按。或許Girl哪裡都沒去，只是待在家裡，不肯理他。直接按門鈴，問她在不在家？萬一她不在呢？萬一是Girl她媽，甚至她爸來開門怎麼辦？他很想按、很想按，但心中的聲音就是無論如何都要阻止他按下去，彷彿按下去就要面對什麼可怕的真相一樣。他伸出手指，比向門鈴。

巷口傳來高跟鞋的腳步聲，儘管巷外新生南路車輛往來聲不斷，他還是能認出那是Girl的腳步聲。他鬆了口氣，轉過頭去。看著自己魂牽夢縈的女孩一步一步地走到自己面前。

「你來幹嘛？」Girl還是冷冰冰地問。

「我……」聽到Girl的語氣，黃敏瑞立刻涼了半截。「我想見妳。」

「見到了。回去吧。」

黃敏瑞心裡有點痛，他問：「妳去哪裡了？」

「我去哪裡要跟你報備嗎？」

「不是。」黃敏瑞自覺理虧，吞吞吐吐。「我只是因為找不到妳……我……我有點擔心。」

「我男朋友放假。我們去愛愛。」

黃敏瑞覺得彷彿被林天華的塔羅牌劃破胸口，而心臟就像早上的車窗一樣化為碎片。他後退一步，無法控制地開始流淚。

「妳為什麼要說這種話呢？」他問。「我的心好痛，妳不知道嗎？」

「這幾年，為了不讓你心痛，你知道我做了多少讓步嗎？」Girl問。「我知道你覺得你對我很好，為我付出很多，但有些事情你就是沒有考慮到，永遠也不會考慮到。我的感受，我的煎熬，你不知道，也不曾試圖了解。你不把我男朋友當人看，他也一直對你抱著敵意，我夾在中間，要怎麼做人？我不會放棄他，也不願意放棄你，但是我能承受的就是這麼多。你到底要逼我逼到什麼地步才能了解這一點？」

黃敏瑞淚眼朦朧，眼前的景象糊成一團，Girl的身影扭曲變形。他愣愣地哭著，也不知道Girl是什麼時候開門回家。他覺得自己心都碎了。他不知道心可以痛到這個地步。他好希望自己只是線上遊戲的一個角色，不想玩的時候就可以登出下線。但是現實生活不能登出，不能下線。他不知不覺地走出巷口，來到轉角處的便利商店，指著櫃檯後面自己從未指過的地方，買了香菸、打火機，外加一瓶威士忌。他走回Girl家對面的長板凳，不顧一切地抽菸、喝酒。他每抽一口菸就要咳嗽幾下，喝一口酒也要嗆到幾下，但是他毫不在乎。他只是一直哭一直哭，希望能靠菸酒來麻痺自己。五支煙和半瓶威士忌下肚後，他非但沒有停止哭泣，反而覺得悲從中來，想要把眼淚一次流乾。他東倒西歪地走到自己的機車旁，打開椅墊，戴上安全帽，然後把剩下的菸跟酒都丟進去，關上椅墊，發車，揚長而去。

他依稀認為自己是往學校的方向騎，不過也有可能是大愛情家，雖然這兩個地點相對Girl家而言位於截然不同的兩個方向。他越騎越快，越騎越快，晚上八點的台北街燈在他眼中化為魔幻般的七彩霓虹，一切的一切都失去形體，再也沒有任何道理可言。不知道過了多久，他突然覺得車身劇震，跟著兩手一空，原先緊握的把手不翼而飛，而他整個人猶如騰雲駕霧般翱翔在夜晚的台北街道上空、污濁又熟悉的臭空氣裡。他有一種自在解脫的感覺。他知道自己的心還是碎片，沒有重新組合起來，但那已經不重要了。

在他落地的前一秒，他彷彿看見Girl對著自己衝來。Girl雙眼含淚，神情悔恨，攤開雙手想要擁抱他。但他知道那只是幻覺。他知道在前方等待自己的是冰冷的柏油路。他知道一切都要結束了。

「我愛妳！」他吼道。「我愛妳！」

一切都變黑了。但人生卻沒有結束。他感覺得出來。他沒有如同預期般撞在馬路上，拖出一條長長的血痕，變成一灘血肉模糊的屍體。他落在某個柔軟而又結實的東西身上，彷彿有人把他接了下來。在情緒與酒精的作用下，他身心都已經達到極限，必須關閉休息。他失去意識，昏了過去，這是他的身體在保護他。但或許就像宅聖所說的那樣，他的潛意識非比尋常。他隱約知道有個人把他抱在懷裡，一步一步地遠離現場。他不知道對方是誰，也不知道該不該感謝對方。他任由自己昏去，因為昏倒可以讓他不去想Girl。

再度睜開雙眼時，他看見了一張意想不到的面孔。

「你……」

代號高富帥的蕭慕龍帶著一襲邪異的笑容，嘖嘖兩聲，搖頭道：「這可不是解決之道喔。」

「我……」

「你心痛，我懂。藉酒澆愁是好事。」蕭慕龍說。「不過酒後不騎車，騎車不喝酒。這是常識。」

黃敏瑞轉頭看看，發現蕭慕龍盤腿坐在路邊人行道上，自己則靠著他的大腿，躺在他身邊。他使勁想要起身，發現全身酸軟，頭痛欲裂。他花了整整一分鐘才終於靠著蕭慕龍的肩膀坐起身來。

「頭痛？」蕭慕龍問。

「有點。」

「心呢？」

黃敏瑞想了想。「似乎好過一點了。」

「是吧？」蕭慕龍點頭。「我就說藉酒澆愁有用吧？走！續攤！我請你喝酒。」他說著站起身來，抓著黃敏瑞的左手繞過自己肩膀，毫不費力地拖著他走向附近的一間酒館。

「原來是這麼回事呀。」蕭慕龍拿著裝了大冰塊的威士忌酒杯輕輕搖晃。「你是自虐狂。」

黃敏瑞坐在酒館裡的沙發雅座上，左手食指輕撫酒杯杯緣，右手拿著一袋冰塊敷著額頭上的瘀傷。他把自己跟Girl相處的點點滴滴都跟蕭慕龍說了，就像第一次遇上林天華一樣，喋喋不休地說了一個多小時。他不在乎蕭慕龍是什麼怪物。他需要找人談談，蕭慕龍就在眼前，而且還請他喝酒，還是在一間隨便開瓶威士忌就要幾千幾萬塊的昏暗酒館裡，桌旁還蹲了位濃妝豔抹的酒促小姐，豐滿的咪咪像兩顆球般擺在桌面上，吸引著他的目光。他看著蕭慕龍跟酒促小姐談笑風生，豪爽地開了一瓶在他耳中堪稱天價的美酒。看著用冰錐敲下來的大冰塊、威士忌流過冰塊時的美麗線條、大雪茄、點菸槍、隔壁的老外、假老外、老外旁邊的美女。他突然覺得這個世界很大、很深，還有很多很多他沒有接觸過的人生。他把三年半來的癡情通通告訴蕭慕龍。說完之後，他發現自己沒有在哭了。

「自虐狂？我不認為。」黃敏瑞搖頭。「我只是癡情而已。」

「談戀愛很好。如果兩情相悅的話，我覺得是很棒的事情。」蕭慕龍說。「但是人家不喜歡你，你還硬要纏著人家，」他兩手一攤。「這麼簡單的問題，還需要多說嗎？」

黃敏瑞不禮貌地說：「你這個為了摧毀世間愛情而生的傢伙，懂得什麼愛情？」

「我如果不懂愛情，怎麼摧毀愛情？」蕭慕龍笑道。「我懂愛情。我只是對愛情抱持的看法跟你不太一樣。我認為愛情應該是正面的，要能提供歡樂。如果你在一段關係之中得到的痛苦大於快樂，那你不是白痴就是自虐。」

黃敏瑞本能想要辯駁，但是心中的刺痛卻提醒他該多想一想。他一口喝乾杯裡的威士忌。蕭慕龍笑盈盈地幫他又倒了半杯。

「相信我，小老弟。」蕭慕龍放下酒瓶，說道：「你的問題並不在於她喜不喜歡你、她喜不喜歡別人、她有沒有跟別人搞或是男女之間有沒有純友誼之類的屁話。你的問題在你自己。此乃心結，只能自己解，沒有人幫得了你。就連林天華也辦不到。」

黃敏瑞看了看杯中的酒，又看了看他，問道：「那你呢？你為什麼要跟冷如霜分手？」

「喔？你也想談我的問題嗎？」蕭慕龍笑。「你現在已經開始以愛情家自居了嗎？」

「照你這麼說，我的問題沒得談啦。」黃敏瑞說。「何不來談談你的問題？」

「因為我不想跟你談呀。」蕭慕龍說。「你太嫩了，孩子。你憑什麼跟我談真命天女的問題？大人的世界，你懂多少？我不管林天華在你身上看見多少潛力，多想要把你訓練成下一任愛情家。事實擺在眼前，你花了三年半的時間，搞不定一個女人，最後還弄到為她要死要活。你說，你憑什麼管我的事情？」

「喂，聊什麼？怎麼不等我來再聊？」林天華突然出現在黃敏瑞身邊，一屁股就坐上沙發，把黃敏瑞擠到一旁去。

蕭慕龍指著黃敏瑞訝異的表情哈哈大笑，說道：「忘了告訴你，我約了林天華在這裡談判。跟你談就不行了，讓你旁聽也無所謂啦。」他揮手招來酒促小姐，張羅加杯子倒酒事宜。林天華趁機跟黃敏瑞了解狀況。

林天華問：「你怎麼會在這裡？」

黃敏瑞實話實說：「酒駕摔車，他救了我一命。」

「酒駕摔車？」林天華揚眉。「怎麼這麼不珍惜性命？」

黃敏瑞聳肩。「我知道錯了。」

蕭慕龍等林天華面前的酒杯倒滿，舉杯道：「林先生，久仰大名了。」

「麻煩蕭先生百忙之中出來談判，真是不好意思。」

兩人端起酒杯，互敬一口。黃敏瑞變成配角，也不跟他們碰杯，自顧自地喝他的酒。

「林先生找我有什麼事？」蕭慕龍開門見山地問。

「我這次來，是受冷如霜小姐的委託，想弄清楚你當初究竟為什麼要跟她分手。」林天華也開門見山地答。

「我當初都告訴她啦。」蕭慕龍聳肩。「我配不上她。她應該要去找更好的男人。跟我在一起只會綁住她的自由。」

「她認為這些都是藉口。她本人也很常用的藉口。」林天華說。「她想知道真正的原因。」

「我不會告訴她的。你不用浪費時間了。」

「嗯……」林天華凝視他片刻，說道：「本來你不想說，我也不好多問。男女朋友分手，理由本來就不會是單方面的，外人也很難理解。但是今天早上有人告訴了我一則傳說，還有你跟冷小姐的真實身分，讓我不得不對你這麼做的原因感到好奇。如果你的目的是要在情感上折磨她，為什麼要跟她分手？這不可能是你想得出來最折磨女人的辦法吧？」

「當然不是，折磨女人，我是專家。你可能不知道我曾經寫過一本暢銷書，叫作《百萬種折磨女人的方法》，當年可紅過一段日子，可惜台灣買不到。」

「請問，」黃敏瑞舉手，「要到哪裡才買得到呢？」

「下去呀。」蕭慕龍說。「你下去就買得到了。不是我自誇，那本書在我們那裡可是教戰手冊呀。不然你以為我怎麼會得到這個任務？」

「那為什麼不照著你自己寫的教戰手冊去實作呢？」林天華問。「為什麼要放過她？難道你愛……」

「我勸你不要說完那句話。」蕭慕龍插嘴道。「我有我的理由。你最好不要妄加揣測。」

林天華緩緩點頭，改變話題。「為什麼要找陳緣？」

「我要弄清楚一些事情。」

「什麼事？」

蕭慕龍斜嘴一笑：「問你會有答案嗎？你連真命天女的傳說都不知道。」

「我現在知道了。」林天華說。「陳緣要我弄清楚你找他幹嘛，然後幫他解決此事。」

「喔？那他還滿看得起你的。」蕭慕龍說。「好吧，由於在真命天女的事情上，我沒有做好我的工作，所以另外有人出面接手了這個任務。我想要知道對方是誰。」

「為什麼？」林天華問。「你想要阻止他嗎？」

蕭慕龍兩手一攤：「那是我自己的事。」

林天華側頭看他，片刻後說道：「我或許可以提供答案，但是我要你坦白回答我的問題。」他取出自己的手機，滑到之前在追夢人病房裡照下的名單資料。「你有見過這份名單嗎？」

蕭慕龍翻過六張照片，研究著包括他和陳緣在內的六人名單。他眉頭深鎖，緩緩搖頭：「沒有。」

「據說這是冷如霜至今依然放在心上的前男友名單，不過陳緣否認他是前男友，我沒有理由懷疑他。所以這份名單可能另有隱情。」

「另外四個人確實是如霜的前男友，你有查過他們是怎麼死的嗎？」

「你怎麼知道他們死了？」林天華稍微愣了一下。「難道他們真的是你殺的？」

「我感覺得出來。」蕭慕龍說。「這是一份魔法名單。」

「什麼？」

「感覺。」蕭慕龍將手機擺在面前的桌上，雙掌放在手機兩側，閉上雙眼：「這些資料並非手寫而成，照片也是魔法烙印。這是……潛意識的力量，夢幻魔法。列出這份名單的人多半是個瘋子，因為他難以分辨現實與夢境之間的界線。他的潛意識強大到能夠經由人類集體潛意識去接觸過去與未來，就像你的塔羅牌一樣，具有一定程度的預知能力。這種人在古代都是真正的先知，不過大部分先知都難逃『卡珊卓詛咒』的命運，就是預知得越準，就越沒有人相信，因為大家都覺得他們是瘋子。所以這年頭想要找預言準確的先知，最好的地方就是瘋人院。」

林天華跟黃敏瑞對看一眼，沒有說話。

「當這種人把他們的心思完全專注在同一件事情上時，就有辦法烙印出這種鉅細靡遺的實質資訊。」蕭慕龍右手摸摸下巴，似乎在考慮什麼麻煩的問題。「通常在沒有外力介入的情況下，他們不會把心思專注到這種地步。所謂的外力介入就是某人試圖利用他們的力量去達到某個目的。」他抬頭望向林天華。「製作出這份名單的人確實有可能就是我要找的人。他是誰？」

林天華收回手機，搖頭道：「先告訴我，你為什麼跟冷如霜分手？」

「分手是兩個人之間的問題，與外人無關。你為什麼一定要問？」

「因為這個答案很有意義。」林天華說。

「你這傢伙相信人性本愛，心裡早就有答案了，幹嘛硬要問我？」

林天華說：「就當我是幫冷如霜問的。」

「我本來為了傷害她而接近她，但是後來我不想再傷害她了。我最多就是說到這裡。」蕭慕龍說。「你滿意了嗎？」

林天華笑道：「滿意。那你要找出這傢伙是為了要阻止他傷害冷如霜？」

「如果我不能傷害她，別人也不能。」

林天華輕輕點頭，決定相信蕭慕龍的說法。「這份名單來自冷如霜半年前交的男朋友。此人代號追夢人，早在認識冷如霜之前就不斷夢見她和跟她交往的男人，而在與冷如霜分手之後，他一直住在松山療養院裡。」

「重點不是他。」蕭慕龍說。「重點是利用他製作這份名單的那個傢伙。」

林天華跟黃敏瑞對看一眼，然後說道：「他直到現在依然深信自己跟冷如霜共結連理，幸福快樂地一起生活。我上次去療養院看他時就覺得很不尋常。他幻想能夠看到冷如霜是一回事，但是他幻想中的冷如霜能夠把我扁出病房就又是另外一回事了。」

「如霜？」蕭慕龍問。「你看到她了？」

「我看到的是追夢人幻想中的她，至少我以為是如此。」林天華說。「但當時我就強烈感到那場夢境是冷如霜在主導，而不是追夢人。」

「如霜，是嗎？」蕭慕龍思考。「真要是她，可就麻煩了。」

「你在說什麼？那又不是真的冷如霜。」林天華說。「那只是利用冷如霜的形象誘惑追夢人的壞蛋。我本來以為是你。」

「當然，當然，你說得有道理。」蕭慕龍說，不過感覺很敷衍。「松山療養院，是吧？沒問題。我現在就要去解決此事，希望兩位能夠幫忙。」

「怎麼幫？」

「當誘餌。」

蕭慕龍雙手一揮，林天華跟黃敏瑞當場暈了過去。

13

「啊啊啊！」

林天華跟黃敏瑞在劇痛、全身不由自主抽動以及彼此的慘叫聲中醒來。劇痛停止之後，他們聞到一股焦臭，彷彿身上某個地方的肉被烤焦了一樣。或許是對方的肉，不是自己的，他們只能抱持這點微薄的希望。林天華感覺自己背靠一根鋼柱，手腳都被綁在柱上，而黃敏瑞則跟他靠背而立，綁在同一根柱子上。他環顧四周，看見斑剝掉漆的牆壁、生鏽的鐵櫃、殘破的隔間簾、冰冷的點滴架，還有一張血跡斑斑的病床。這是一間病房，格局跟追夢人那間差不多，或許是同一家醫院的病房，只是很恐怖。

「Boy？你還好嗎？」

「我好像哪裡燒焦了！」

「啊啊啊！」

兩人再度慘叫，全身再度疼痛不堪、劇烈抽動。這一回他從眼角兩側跟胸口上的幾條電線看出自己是被人電了。短短幾秒鐘的電擊讓他感覺近乎永恆。當電擊再度停止後，他發現嘴角、下巴跟脖子上都是自己的口水，鼻孔下方的液體感覺不出是鼻涕還是鼻血。他不知道再多電個幾次會不會被電到屎尿直流。天啊，他希望不會。

眼角閃過一襲白色的衣衫。他定睛一看，發現自己右手邊走出來一個護士小姐。這個護士身穿標準的日本A片護士服，白衣天使裙短到屁股都快露出來，偏偏還沒穿褲襪。上衣扣到肚子上緣，大大的V型開岔露出大量巨乳。整體打扮理應讓人宛如置身A片場景，偏偏詭異到讓他聯想到沉默之丘裡的恐怖護士。幸好當她轉過頭來時，臉上五官俱全，笑容如花，並非電影裡的那種無顏怪物。護士笑呵呵地湊到林天華面前，半裸的乳房整個貼上林天華胸口，吹氣如蘭地問道：「你們來幹什麼？是誰派你們來的？」

林天華深吸口氣，臉色爽快，享受著護士的體香，說道：「小妹妹，這裡是哪裡？你為什麼把我們綁起來？啊！啊啊啊！」

一陣電擊過後，小護士揚起手上的電擊開關，笑著說：「這裡不就是松山療養院囉？我把你們綁起來，不是為了折磨你們，只是進行電擊治療。你們病了，不用擔心，護士姐姐會照顧你們的。」說完又按下電擊開關。

這一次叫完之後，黃敏瑞說話了：「護……護士姐姐！我病好了！快放我下來！」

護士的笑聲如銀鈴般清脆悅耳。「在我們這裡，會說自己病好了的病人通常都沒有好。」

「請問！請問！請問！請問！」林天華趁她還沒有按下按鈕前趕緊問道：「要怎麼樣才算病好，可以結束電療療程呢？」

「齁齁齁……」護士笑容燦爛。「當然是要到護士姐姐我高興的時候囉。」
「啊啊啊！」
「老師，這樣下去不是辦法。」黃敏瑞趁電療空檔說道。「我小鳥要被烤熟啦！」
「反正你也沒在用，烤了就烤了。」
「你講那是不是人話啊？小鳥又不是只有一種用途，我尿尿也有用到啊！」
「放心！沒小鳥還是能尿尿！」
「你們兩個很幽默嘛。」
「啊啊啊！」
護士小姐走到旁邊的儀器前。「我要調高電量了。你們好自為之。」
「等一等！」黃敏瑞大叫，接著轉頭對林天華說：「老師，好漢不吃眼前虧。不如告訴她是誰派我們來的吧？」
「也對、也對，」林天華說。「護士姐姐是小角色，說不定聽到他的名號就嚇得屁滾尿流了。」
護士走到黃敏瑞面前，說道：「還是你乖，別學那個中年大叔油腔滑調。來，告訴姐姐，是誰派你來的？」
「是黃易派我來的！」
護士跟林天華異口同聲：「我就知道你會這麼說！」

護士按下電療開關，電得比之前都久，一直到兩人嘴裡都冒出白沫之後才鬆手。她將電療開關放回儀器上，扭腰擺臀地走向門口，邊走邊道。「看來電療法對你們沒用。我去問問醫生，看要不要做腦前葉切除手術好了。」

「喂！」林天華大聲道。「妳不要嚇我，現在沒有人在做這種手術了！」

護士伸手掩嘴，咯咯嬌笑，開門離去。

「老師，怎麼辦？」黃敏瑞等護士關上房門後問道。「這裡到底是怎麼回事？松山療養院有這麼可怕的病房嗎？」

「這不是幻象，不然你看不到。」林天華說。「我想追夢人的冷如霜已經佔領療養院了。」

黃敏瑞慌道：「那怎麼辦？她不會真的來搞腦前葉切除吧？」

「我是束手無策，只能著落在你身上了。」

「我？怎麼做？」

「你要進入潛意識去聯絡宅聖。」

「潛意識又不是說進去就進去。」黃敏瑞搖頭。「你當我也是網路上的鬼魂嗎？」

「只要失去意識，你自然就會進入潛意識了。這個簡單，我來幫你。頭往右靠。」

「這樣？」

林天華後腦狠狠一撞，當場就把黃敏瑞給撞昏。

瞬間。

黃敏瑞摔倒在地，接著覺得眼前一亮，剛剛的殘破病房突然變得煥然一新。他回過頭去，看見林天華被綁在一根莫名其妙出現在病房裡的鋼管上，但是自己卻已經脫離束縛。他走過去想幫林天華解開繩索，結果完全拉扯不動。林天華腦袋後仰，毫無動靜，彷彿停留在把他撞昏的瞬間。

黃敏瑞輕輕走到門口，打開房門，但是門外大霧朦朧，什麼都看不到。他關上房門，走回病房，嘴裡喃喃唸道：「宅聖……聯絡宅聖……要怎麼聯絡那傢伙呢？」他開始在病房內翻箱倒櫃，試圖找出任何可供利用的東西，最後如他所願，在床底下撿出了一支藍芽耳機。他把耳機掛在耳朵上，自口袋中取出電話，對宅聖發出訊息：「Call我。」

宅聖立刻打電話來。「你們在哪裡？我有重要的事情要告訴你們。松山療養院出事了。從今天傍晚開始，整棟精神科大樓再也沒有人出來過。不管是醫生、護士、病人、員工還是進去調查的警察，通通沒有再出來的。你們八成找錯人了，我敢說問題一定出在那個追夢人身上。你……你為什麼是在夢裡跟我通訊？」

「你說呢？」

「雪特！你們在松山療養院裡？」

「有個護士姐姐說要切除我們的腦前葉，我們需要你幫忙！」

「怎麼幫？他們把監視器通通關掉了，我連你們在哪裡都看不到。」

「你不能追蹤手機訊號嗎？」

「你又不是真的在打手機。」

「你快想想辦法！我們剛剛已經被電療到小鳥都要燒焦了！他們說要切除腦前葉絕對不是鬧著玩的！」

「給我一點時間嘛。」宅聖說。「好了，我恢復監視器畫面了。哇，怎麼這麼恐怖啊？這簡直是百年凶宅。」

「找到我們沒有？」

「有，你們在六三一病房，護理站隔壁。呃……」

黃敏瑞緊張：「怎麼了？」

「沒有。看到一些其他病房監視器的畫面。我不想讓你分心，不過你們最好儘快解決這裡的事情。」他隔了一秒，說道：「你跟華哥被綁在房間中央，旁邊有台大型電療器。好，我在電壓上動了些手腳，她下一次再來電你們的時候將會造成開關短路，幸運的話會把她自己電昏。」

「要不幸的話呢？」

「電不死你們的。」

黃敏瑞很不放心：「可是萬一護士帶著醫生回來說要切除腦前葉呢？」

「可惡，吉姆，我是情報分析師，不是外勤探員！」宅聖說。「好了，暫時而言，現實裡的情況不是你能掌握的。先把心思集中在你能處理的問題上。」

「什麼問題？」

「你說這一切都是追夢人幹的？」

「追夢人想像中的冷如霜。」黃敏瑞說。「我們不確定那個冷如霜是不是真的出自追夢人的想像。高富帥說追夢人是個潛意識力量強大的先知，可以接觸集體潛意識，看見過去跟未來。而那個冷如霜，不管她究竟是哪裡來的，則在利用追夢人的力量興風作浪。」

「說得通。」宅聖說。「醫院現在的情況並非幻覺，但也不是實際的真相。那個冷如霜強化了追夢人的力量，讓他的夢境在現實中扎根。」

「你講這些話有沒有根據啊？」

「最好的猜測就是這樣了。」宅聖說。「別忘了，我掌握了很多你所不知道的資料庫。我所做的猜測不管聽起來多荒誕無稽，背後一定有某種程度的邏輯支持。相信我就對了。」

「我覺得你一副就是在向觀眾或讀者解釋不要在乎劇情中不合邏輯的地方的樣子。」

「我只是在跟你解釋而已。」宅聖繼續。「總之，既然是追夢人造成的，就能由追夢人來反轉。我要你去找到追夢人，把藍芽耳機給他，讓我對他下達暗示。精神科大樓這一百多條人命就靠你啦！」

黃敏瑞愣住了。這樣講還真是重責大任。

「時間緊迫，還不快去？」

黃敏瑞回過神來，說：「我門外一片霧茫茫的，什麼都看不到。」

「那是因為你的夢境跟追夢人的夢境交疊的關係。」宅聖解釋。「整座精神科大樓都已經陷入追夢人的影響之中。不管現實還是夢境都無法脫離他的掌控。你看到一片大霧，是因為你不知道外面是什麼。只要我跟你描述，你就會清楚了。聽我說，門外正對著護理站，左邊是廁所，右邊是條走廊，追夢人的病房位於樓層另外一側，你必須沿著走廊……」

黃敏瑞推開病房門，只見門外霧氣變得比之前稀薄，而且還在持續消散。根據宅聖鉅細靡遺的描述，護理站越來越清楚，走廊的可見範圍也越來越遠。黃敏瑞深吸口氣，開始往六樓另外一側的病房前進。

病房門「呀」地一聲開啟。一看到護士姐姐不是一個人走回來，林天華心裡就涼了半截。跟她回來的是個醫生，身穿全套手術服，手術帽、口罩、手套等一應俱全，而且全都染滿鮮血。林天華倒抽一口涼氣，隨即被撲鼻而來的血腥味嗆得差點嘔吐。他說：「嗨，護士姐姐，妳帶朋友回來呀？」

「對呀，中年哥哥，這位是我們精神科梁主任，他可是台灣精神界有頭有臉的人物。我超崇拜他的。」護士姐姐說著勾起梁主任血淋淋的手臂，神態親暱地靠上他的肩膀。「我剛剛幫你問過了，現在真的沒人在切除腦前葉了耶。不過你運氣好，因為梁主任今天興趣來潮，一個晚上就連切了四個，終於找回傳統技藝。是不是呀，主任？」

梁主任捏著護士姐姐一雙豪乳，笑呵呵地說：「一點也沒錯。我已經掌握訣竅了，只要一根鐵釘、一支鐵鎚，從眼睛敲下去，就跟電影裡演得一樣。我保證在你的神經能夠傳達痛覺之前，你的腦子就已經不知道痛了。」

「這跟一槍爆頭有什麼差別？」林天華問。

「傻啦，差別就在於你不會死呀。」梁主任說著放開護士姐姐，走到林天華面前。護士姐姐從口袋裡拿出兩樣東西給他，分別是長鐵釘跟小鐵鎚。梁主任笑嘻嘻地說：「自從看了《殺客同萌》之後，我就一直想要敲敲看啦。」

林天華吞口口水，拖延時間：「你工具有沒有消毒過？話說，同一套手術袍可以連開好幾台刀嗎？」

梁主任在鐵釘上吐口口水，然後夾在腋下反覆擦拭。「好了，消毒過了。我們來吧。」就看見火光一閃，病房中光明大作，接著燈泡爆裂，房中陷入一片黑暗，只剩下門外傳來的微弱光芒。熟悉黑暗之後，林天華跟梁主任看見護士姐姐躺在地上，右手焦黑，白煙陣陣。

林天華趁著梁主任尚未回神前死命掙扎，試圖把握最後機會掙脫束縛。可惜沒有成功。梁主任嘆了口氣，說道：「你知道我想上她多久了？今天終於有機會得償所望，而你竟然把她給電焦了？我告訴你，這下子是私人恩怨。我一定要把你釘得跟《養鬼吃人》海報一樣！」

林天華大叫：「你聽我說，那不關我的事啦！」

一道黑影閃入房門，遮蔽門外的光線，令梁主任皺起眉頭。他神色不耐地回頭，大聲喝道：「什麼人打擾本主任……」話沒說完，就倒在地上，林天華眼前就只剩下一條背光的黑影。林天華瞇起雙眼，細看對方，過了好幾秒鐘才終於看出端倪：「楊……楊詰？」

楊詰的鬼魂走到林天華身前，點頭示意，然後伸手抽出他襯衫口袋裡的一張塔羅牌，走到側面順勢一揮，當場切斷綑綁兩人手腳的繩索。林天華向前一踏，站穩腳步，但是黃敏瑞卻筆直倒地，撞得鼻血直流。林天華伸展一下筋骨，隨即蹲下去查看黃敏瑞傷勢。確認他還活著，只是昏迷不醒後，他把他抱到病床上放好。拿出手機打給宅聖。不通。他無從得知宅聖跟黃敏瑞在計畫什麼，只能假設他們有所計畫。他回頭看向楊詰。

「你怎麼在這裡？」林天華問。

「我一直都在這裡。」楊詰說。「為了保護我心愛的人，不讓她繼續受到傷害。」

「你……」林天華訝異。「你自殺不是為了殉情？」

楊詰搖頭。「走吧，我們去找冷如霜。」

林天華本來已經要走，聽到這話又停下腳步。「冷如霜？你是說追夢人的冷如霜？」

「他現在已經是冷如霜的追夢人了。」楊詰踏出房門，林天華立刻跟上。門外的護理站還有兩個護士跟一個醫生，一看到他們出來立刻撲了上去。楊詰不閃不躲，身體穿透醫生的拳頭，然後反手將他打昏。「這些都是正常人，只是讓追夢人迷了心智，可以的話，打昏就好了。」

林天華施展詠春拳法，原擬三招兩式擺平兩個護士，想不到那兩個護士如同發瘋一般，不但力氣甚大，而且出手狠辣，一個專攻眼珠、一個專攻下體，好像跟他有什麼絕子絕孫的深仇大恨一樣。林天華握住攻眼護士的手指，順勢凹斷，然後一拳擊中太陽穴，將她打昏。跟著他以膝蓋頂住下體護士的利爪，趁勢跳起，夾住護士頸部，帶動她倒落地面。他又夾了一會兒，直到護士暈去為止。

「我上次來的時候，追夢人說你來找過他們，還想抓走冷如霜？」林天華邊走邊問。

楊喆點頭。「我不是冷如霜的對手，這些日子以來一直被她囚禁在他們病房的廁所裡。今晚冷如霜疏於防範，我才趁亂逃了出來。」

走廊上陸續有醫療人員上前攻擊他們。他們一邊打架，一邊交談。「你為什麼會找到這裡來？又為什麼如此毫不遲疑地叫她冷如霜？這個魔頭的目的就是要讓冷小姐得不到幸福，就算她長得像冷如霜，你也……」

「因為她真的就是冷如霜。」楊喆說。「或說是冷如霜的一部分。死人可以看穿不少真相，而我第一眼看到她時，就認出她身上帶有如霜的負面靈氣。如果真命天女代表『愛』的話，她就是如霜體內的『恨』。我認識如霜的時候，她最吸引我的地方就是她身上看不見任何負面的恨意。我為此而瘋狂地愛上她，直到見到這個冷如霜後，我才知道如霜心中無恨的原因。」

林天華問：「你到底在說什麼？」

「如霜受過重大的打擊，心裡產生了難以壓抑的恨意。這股恨意脫離了她的身體，成為追夢人身邊那個恐怖的冷如霜。」楊詰說。「她確實是冷如霜，但是是一個心中只有恨的冷如霜。」

林天華閃過一名護士的玉腿，一腳將其踢倒在地。他邊打邊想著蕭慕龍聽他提起追夢人身邊有個冷如霜時的模樣，對照楊詰此刻的說法，似乎他立刻就認定了這個冷如霜就是真冷如霜的分身一樣。「要真是她，可就麻煩了。」蕭慕龍這麼說。姑且不論冷如霜的分身有何麻煩之處，根據冷如霜的說法，蕭慕龍跟她分手應該不至於產生如此強大的恨意才對。除非……

「高富帥有事瞞著我。」林天華放開被他扣昏的清潔媽媽，繼續跟著楊詰前進。

「高富帥？」楊詰問。

林天華把今天一整天聽到的事情簡略說了一遍。楊詰聽完之後，說道：「那他把你們兩個丟來這裡之後，上哪兒去了？」

「希望是在做什麼阻止冷如霜的事情。」

兩人一路打過去，直到轉過最後一處轉角，來到追夢人病房所在的走廊上。跟之前的情況相比，這條走廊看起來十分正常，沒有斑剝的牆壁、鏽蝕的門板之類的異象，也沒有詭異的醫生、護士在折磨病人。儘管如此，這裡還是給林天華一股更加恐怖的感覺，因為追夢人就站在走廊中央，冷冷瞪著他們。

林天華跟楊詰絲毫不顯懼色，大步迎向前去。來到距離追夢人十步左右時，追夢人開口了：「華哥，你知道我很敬重你，但是你不該為難如霜！」

「我沒有為難她。」林天華立刻說道。「至少上次的衝突真的是誤會。」

「那這次呢？」追夢人問。「你來幹什麼？」

「其實我並不是自己要來的。」林天華心想說真話會當場激怒他，於是開口打迷糊仗。「我是被人打昏了丟進來的。剛剛有個護士把我綁起來電擊，還有個醫生說要切除我的腦前葉。華弟，你知道這裡的情況嗎？這一切……是你幹的嗎？」

「我願意為了如霜做任何事。」

「但是如霜為什麼會要你做這種事？」林天華說。「你有沒有想過？如霜那麼溫柔、那麼善良，為什麼會要你做出這麼可怕的事情？」

「如霜要我做什麼，我就做什麼。」追夢人說。「這是真愛，你不懂的。」

「唉！」林天華故做受傷模樣。「我林天華綽號大愛情家，你說我不懂真愛，這太污辱人了。」

追夢人搖頭：「如霜說你不懂真愛，因為你失去了真愛。一個沒有辦法愛人的人，有什麼資格教人談戀愛？」

「如霜說我失去了真愛？」林天華問。「我跟她又沒有那麼熟，她怎麼可能知道我有沒有失去真愛這種事情？想一想，華弟，這一切都沒有道理可言。」

「如霜要我做什麼，我就做什麼。」追夢人上前一步。「她要我阻止你們，我就阻止你們。」他兩手揚起，憑空拔出兩把手槍，二話不說就朝林天華跟楊詰開槍。

林天華跟他相距甚遠，難以撲上前去奪槍，只能著地翻滾閃躲。他原指望楊詰能夠不怕子彈，飄過去解決追夢人，想不到追夢人眼看子彈傷不了他，立刻抛下右手的手槍，憑空抽出一張符咒，往楊詰額頭上丟去。追夢人左手槍指林天華，右手捏個劍訣，凌空操縱符咒，左彎右拐地追著楊詰飛過去。楊詰眼看難以閃避，突然間全身模糊，化為虛實不定的靈體試圖穿牆盾走。追夢人冷笑一聲，牆壁在他的想像中化為某種鬼魂無法穿越的材質，楊詰「碰」地一聲，結結實實地撞在牆上，摔倒在地。

林天華抛出塔羅牌，「唰」地一聲將符咒釘在對面牆壁上。接著在追夢人想到要開槍前抱起楊詰，撞開旁邊一間病房大門。一人一鬼著地撲倒，滾出幾步，隨即閃到廁所後方的牆壁旁，矮身貼牆而立。林天華抽出塔羅牌。楊詰則自腰後拔出一把藍波刀。

楊詰語氣緊張：「這裡是他的地盤。他可以為所欲為。我就算一刀砍在他身上，他也不當一回事。這我已經試過了。」

「這麼厲害，你剛剛怎麼不先提醒一下？」

「我以為你有辦法。」

追夢人來到病房門口。「華哥，別躲了。念在我們相識一場，我可以放你出去。只要你答應我，從此不再來找如霜麻煩。」

「華弟，我跟你老實說。你跟如霜早就分手了，現在跟你在一起的那個根本不是如霜！她只是在利用你而已，千萬不要被她騙了！」

「你說謊！」這三個字吼得如同雷鳴，震得林天華雙耳嗡嗡直響，差點摔倒在地。「你說謊！你說謊！你說謊！」

林天華把手裡的塔羅牌塞回襯衫口袋，伸手到揹袋裡拿出一塊塔羅布，取出包覆其中的「沾染死人血的死神牌」。楊詰拉住他的手。

「華哥，我給你這張牌是要你防身，不是要你殺人。」楊詰低聲說。

林天華皺眉：「這張牌會殺了他？」

「肯定會。」楊詰說。「死神出手，見血封喉。」

聽著追夢人逐漸逼近的腳步聲，林天華無奈地將牌夾在手上。「你有更好的辦法嗎？」楊詰說不出來。

「華哥，」追夢人的左腳踏出牆緣，進入林天華的視線範圍。「你去死吧！」

林天華右手上揚，染血死神牌朝向追夢人的脖子劃去。就在牌緣即將接觸到脖子的前一刻，病房中突然出現奇特的空間扭曲。林天華和楊詰渾身巨震，全身彷彿突然結冰一樣，再也無法移動半分。透過眼角，他們看見身邊扭曲的空間閃出細微的電光，接著黃敏瑞憑空走了出來。

「劉先生？」黃敏瑞不理林天華，也看不見楊詰，只是雙眼直視追夢人，伸手取下右耳上的藍芽耳機。「不好意思，有你的電話。」

追夢人神情無比困惑，因為早已習慣奇怪夢境的他竟然遇上了令他不知所措的情況。他愣愣地接下耳機，一時卻不戴上，只是抬頭看向黃敏瑞，問道：「你……你在做夢？」

「我從我的夢裡跑到你的夢裡，這可不容易呀。」黃敏瑞說。

追夢人困惑的表情逐漸露出笑意：「這麼厲害？那我們可以交流交流。」

「沒問題。」黃敏瑞朝藍芽耳機比一比。「不過你先接這個電話吧。」

追夢人戴上耳機，說道：「喂？嗯，是。你哪位？喔？這樣啊？你等等喔。」他側身閃過林天華的死神牌，往病房內走去，來到外側牆壁，打開窗戶，看著窗外面臨的隔壁大樓外牆。

「真的耶。好漂亮喔。我之前都沒發現窗外有如此美麗的景象，如此浩瀚的銀河。」追夢人抬頭往上看，欣賞著他口中的浩瀚銀河，雖然所有人都知道台北市的夜空裡看不見幾顆星星。

「嗯……呃……是……」他繼續聽著耳機裡宅聖下達的暗示。「我……我想我知道……我想我一直以來都知道，只是不願意對自己承認。我知道我不正常，不可能擁有正常人的幸福。所以當我有機會抓住一點幸福的時候，我就執著地不肯放手。你知道你在要求我放棄什麼嗎？」

林天華好想知道宅聖在跟他說什麼，但是這種情況下，他也只能透過追夢人單方面的對話來拼湊原貌。

「但是你怎麼能夠保證捨棄之後，未來能夠得到更好的？」追夢人說完，又靜靜地聽了一會兒。「啊……是啊……知道未來，確實不是什麼美好的事情，我現在應該已經懂了這個道理才對。」他回頭看看林天華等人，環顧空蕩蕩的精神科病房，然後又轉回去凝視窗外。「你是說醒來之後，我就永遠不會再做夢了？你真的做得到這一點？啊，有道理，有道理。」他暫停片刻，深吸口氣，抬高音量：「華哥，你下次見到如霜，告訴她我愛她。」接著他斜嘴一笑，又對耳機道：「好。那就數到三囉？」

在場眾人不約而同於心中默數三下。三下數完之後，林天華跟楊喆突然又可以動了。四周黯淡的色彩轉為明亮，詭異的氣氛一掃而空，追夢人的夢境終於結束，而追夢人也在他們的眼中消失了。

追夢人夢醒了。

林天華眨眨眼，不明白追夢人為什麼也會消失。接著他發現黃敏瑞也跟著追夢人一起消失。他轉頭看向楊喆，在那雙鬼眼之中看見同樣困惑的神情。

宅聖打電話來。「冷如霜為了怕追夢人肉體受創，影響夢境，所以老早就偷渡他的肉體離開醫院，只留下潛意識在醫院繼續做夢。如今他夢醒了，人就離開了。」

「冷如霜沒有囚禁他的肉體吧？」

「放心，有的話我會搞定。」

林天華問：「你真的能夠讓他永遠不再做夢？」

「我下了很深層的暗示，讓他從此都能一夜好眠。」宅聖說。「不過就算他做夢，也不會造成什麼問題。這段日子以來，冷如霜幾乎已經把他的力量搾乾了。」

「Boy呢？也醒了嗎？」

「還沒。他在他的夢境裡看著你們。或許還有什麼用得到他的地方。」

「好吧。」林天華轉向病房門口。「冷如霜在哪裡？」

「我不知道。攝影機沒照到她。」宅聖說。「但是我知道高富帥在追夢人的病房裡。」

林天華掛斷電話，跟楊喆一起走向追夢人的病房。

14

打開病房門後，他們立刻看見蕭慕龍坐在靠窗的桌子前面的椅子上，神色專注地閱讀一本筆記。林天華認得那就是當天追夢人從衣櫃後面翻出來的筆記本，記載了蕭慕龍口中以夢幻魔法烙印預言與真相的筆記本。林天華走過到他旁邊，靠著桌緣站好，問道：「有什麼好看的？」

「就追夢人的日記呀。把如霜調查得清清楚楚的，所有祕密都藏不住，包括如霜自己都不知道的祕密。」蕭慕龍闔上日記，望向廁所門。「妳就是看了這本日記，才對我由愛生恨，恨到搞出這麼多事情來的，是不是，如霜？」

廁所門又像上次那樣打開，散發出強大的邪氣，整間病房的溫度當場下降十幾度，林天華的呼氣都在嘴前形成白霧。冷如霜身穿白衣，踏著赤腳走出廁所。廁所門在一陣七〇年代恐怖電影的關門聲中呀呀關閉。

「你是魔鬼。」冷如霜對著蕭慕龍冷冷說道，此刻在林天華眼中，冷如霜比蕭慕龍更像魔鬼。「你奪走了我一輩子的幸福。我恨你。」

蕭慕龍放下筆記本，溫文儒雅地說：「我很後悔。」

「我都已經站在這裡，冷如霜也不再是完整的冷如霜了。」冷如霜說。「現在說後悔，來得及嗎？」

「害你不幸的人是我。」蕭慕龍說。「妳沒必要再去折磨妳自己。」

冷如霜冷笑：「你說什麼？」

「放過外面的冷如霜吧。」蕭慕龍勸道。「她跟妳已經毫不相干了。」

「哈！」冷如霜皮笑肉不笑。「我這麼痛苦，憑什麼她能得到幸福？」

「妳哪隻眼睛看到她幸福了？」蕭慕龍問。「她空虛寂寞冷，難道妳不知道嗎？放過她吧。待在這裡。我陪妳。」

「你陪我？」冷如霜氣勢一變，室溫再降十度，林天華當場冷得發抖，人中結出白霜。「你奪走我的幸福、欺騙我的感情，還帶著折磨我一輩子的心態跟我交往。我犯賤呀？幹嘛要你陪？」

「因為妳愛我。」

冷如霜眼神一變，殺機湧現。林天華連忙開口：「如霜！」

「幹嘛！」冷如霜轉頭看他，彷彿把氣轉發在他身上般，林天華正面開始結霜，血液凝結，他連忙運起體內的力量與之抗衡，足足過好了幾秒才恢復體溫。

「我……我只是想說……」林天華喘幾口氣，在嘴前陣陣白霧中說道。「你們也曾……快樂過。記得嗎？妳這輩子最快樂的那一年……就是跟他一起度過的。兩個人之間，不管鬧得多不愉快，都沒有必要反目成仇。」

「喔，傻子，」冷如霜朝他揚起玉手。「你真的什麼都不知道。」

楊詰搶上一步，站在林天華面前，擋下冷如霜手中灑出的陰邪寒氣。那道寒氣威力強大，就連鬼魂也承受不起。冷如霜笑道：「手下敗將，關了你這麼久，居然還來去人現眼。躺下了。」話一說完，楊詰已經化為冰柱，倒地不起。

林天華感到一陣窒息，寒氣加身，頸部以下頓時結成一大塊寒冰。他集中精神，努力維持體溫。

「你如果真是大愛情家，這點冰塊怎麼困得住你？」冷如霜搖頭道。「可憐呀，人家奪走了你生命中最寶貴的東西，竟然還傻呼呼地幫人辯護。唉……」她神情感慨。「留你這個糊塗愛情家，只會在世界上亂點鴛鴦譜。」

蕭慕龍說：「如霜，別說了。」

「哈！」冷如霜諷刺笑道。「大丈夫敢做敢當。你現在是怕我揭你瘡疤了嗎？」

「這是妳跟我的事情，與他無關。」

「怎麼會無關？」冷如霜問。「要不是你幹出那種事來，我們兩人世界，跟你又有什麼關係。」她轉向林天華，問道：「林先生，這些年來，你是不是覺得感情空虛，記憶中有缺口，沒有辦法愛上任何人呢？」

林天華感到一陣寒意，發自內心的寒意。他顫聲說道：「妳……要說什麼？」

「我要說的就是，其實我們很年輕的時候就相遇了，你跟我。我們在一起度過一段很快樂的時光，無憂無慮、私定終生。真命天女的故事，其實在那時候就該畫下句點。只可惜這傢伙出現了。」她指向蕭慕龍。「他為了破壞真命天女的愛情，使用邪惡的手法，封印了我們的記憶。你的、我的、所有認識我們的人的。我們再也想不起來那段美麗的時光，不知道生命中曾經有過彼此的存在，忘記一生最刻骨銘心的愛情，從此在感情中留下缺憾，永遠無法填補空虛。」她比向擺在桌上的筆記本。「一切的一切，都記載在追夢人的真相筆記裡。我也是跟追夢人在一起，偷看了這本筆記之後，才終於得知真相。本來我好愛他，一心只想跟他復合，後來才知道，一切都是一場騙局。」

蕭慕龍站起身來，神色誠懇地說：「我愛妳。」

「你放屁！」冷如霜放聲吶喊，氣勢爆發。林天華跟楊詰變冰塊了，所以定在原位不動，但是蕭慕龍卻站立不穩，把身後的椅子都給撞倒。玻璃窗整塊粉碎，四周牆壁出現裂縫，天花板上撒落大片泥灰。

「你懂了嗎？」冷如霜待塵埃落定之後，繼續對林天華說。「原先屬於你的力量，愛情的力量，就這樣不知不覺被他奪走了。你本來可以成為很成功的愛情家，如今卻淪落到這個不上不下的半調子，幫不了多少人，還去學黑魔法。」

蕭慕龍繼續阻止她。「別說了，如霜。要是讓他取回力量……」

「怕什麼？」冷如霜語氣不屑。「我只是告訴他真相，又沒有恢復他的記憶。他的記憶被你封鎖在內心深處，除了你之外，沒有人可以解開，不是嗎？」

蕭慕龍搖頭道：「如果他認識能夠接觸深層潛意識，又超級擅長解碼的高手就可以。」

冷如霜眉頭一皺。林天華瞪大雙眼。就在此時，他感覺到內心深處有一塊隱密的部位動搖了，深藏許久的祕密呼之欲出、強大純淨的力量凝聚成形。他深吸一口氣，下半身的冰塊迅速消融。力量越滾越熱，充斥在全身上下，彷彿要擠爆他的皮膚，破體而出一樣。他呲牙咧嘴，痛苦大叫，在壓抑即將突破極限時吼道：「走！你們快走！」

冷如霜神色微微驚慌，但卻沒有要逃的意思。林天華渾身緊繃，忍耐不住，慘叫一聲，全身爆出數百條紅線，無堅不催地插入地板、牆壁、天花板中。冷如霜向後飄開，噴出寒氣，但卻絲毫無法阻擋竄向她的數十條紅線。眼看她就要讓數十條紅線穿體而過，蕭慕龍飛身上前，擋在冷如霜面前，當場被插成血肉模糊的大刺蝟。

林天華咬牙切齒，強行收回力量。紅線失去張力，慢慢縮回他的身上。

冷如霜神色震驚，一把抱住倒入他懷中的血人，跟著坐倒在地，一手摟著蕭慕龍，一手撩起裙擺，擦拭蕭慕龍臉上的血跡。「你……你……」她越擦越慌，手也越來越抖，心情激動不已。「嘿……」蕭慕龍伸起血手，輕輕握住冷如霜幫他擦臉的手掌，氣若游絲地說：「我……救了妳一命耶……」

「你……我……」

蕭慕龍面露微笑：「能為妳死……好值得。」

冷如霜哽咽一聲，終於流出眼淚。

蕭慕龍奮力揚手，撫摸她的臉頰，擦拭她的淚水。「可不可以……親我一下？看看迪士尼的真愛之吻……是不是真的那麼厲害？」

冷如霜點頭兩下，伸長脖子，毫不遲疑地吻了下去。

沒有燦爛的魔光、沒有感人的音樂、沒有迪士尼卡通中真愛之吻發威時所搭配的任何效果。但是真愛之吻真的發威了。那一吻好真誠、好愛戀，具有強大的感染力，讓旁邊的林天華淚流滿面，楊詰也甩開冰霜，坐起身來。真愛之吻持續發威，蕭慕龍身上的血逐漸乾枯，傷口慢慢癒合，但是冷如霜卻越來越模糊、越來越透明。在兩人都知道時候到了之時，蕭慕龍推開她的唇，哭著說道：「我愛妳。」

冷如霜向上飄升，化為烏有。在她徹底消失前，那句完全不帶有任何恨意的「我也愛你」在現場所有人心中留下了一滴眼淚，包括楊詰在內。

15

一段不知道算不算適當的時間過後，林天華走上前去，扶起躺在地上的蕭慕龍。他讓他坐在病床上休息，然後拿起桌上的水壺，倒了杯水給他喝。他不知道那個水乾不乾淨，不過他想蕭慕龍不會在乎。

蕭慕龍喝完水後，林天華在他身邊坐下，長嘆一聲，問道：「一切都在你的算計之中？」

蕭慕龍沉默半天，這才轉過頭來，看著他道：「這是最好的結局了，不是嗎？如霜得到了真愛。你取回力量。我贖了罪。沒有比這樣更好的了。」

「是啊。」林天華點頭。「是這樣，沒錯。」

黃敏瑞在這個時候走了進來。他的潛意識跟宅聖在幫助林天華釋放記憶之後，立刻就被愛的力量轟得脫離夢境，甦醒過來。接著他從一開始的電擊病房找回這裡，路上碰到幾個需要幫忙的醫生和護士，他也稍微幫了一下忙。來到追夢人病房，看到這種情況，他雖然沒有親眼目睹究竟發生了什麼事，但也可以大略猜到。畢竟，他也是當愛情家的料子。

「呃……大樓恢復正常。很快就會有警察進來了。」黃敏瑞說。「我們是不是該離開這裡？」

「不用怕。」蕭慕龍心不在焉地說。「我們只是剛好來這裡看朋友。這種小事，我來處理就可以了。」他說著站起身來，打開旁邊的衣櫃，挑了一套追夢人的衣服，把自己身上的血衣換掉。「事情結束了。大家互不相干。以後能不見面，就不用見面了。」說完就要離開病房。

「蕭先生。」林天華叫道。「我想請你明天來大愛情家一趟，跟冷小姐碰個面，把兩年前的戀情做個收尾，再看看未來怎麼樣。」

蕭慕龍站在門口，沒有回頭。「我的冷如霜，剛剛已經收尾了。如今你知道了真相……去跟你的真命天女在一起吧。」

林天華搖頭：「對我來說，如霜已經是個陌生人。將近二十年過去，你說當年的感情哪有這麼容易可以再度拾起的？她現在的心放在你的身上，從前那些對她而言沒有發生過的事情，就不需要再提起了。」

蕭慕龍轉過頭來，透過肩膀問他：「你放心把她交給我？」

「嘿，你願意為了她死。難道還需要更多證明？」

「明天我要上班，晚上吧。」蕭慕龍揮揮手，繼續往門外走。

「蕭先生！」這次輪到黃敏瑞叫他。「謝謝你救我一命。」

蕭慕龍回頭看他，笑道：「不管多傷心，以後都不要酒駕了。」說完離開。

林天華伸手握住黃敏瑞的手臂，以愛的力量幫他治療剛剛的電擊傷勢。黃敏瑞感覺渾身逐漸舒坦，問道：「老師，他是……邪惡妖怪耶。真命天女跟他在一起，會幸福嗎？」

「有愛無類，記得嗎？」林天華教訓他。「你要談戀愛，人家邪惡妖怪就不用談戀愛嗎？只要兩情相愛，他們就會幸福。再說，我現在已經取回愛的力量。他要是敢欺負冷如霜，哼哼。走吧。」

他們一起走出病房，從樓梯間下樓，一路離開精神科大樓。儘管樓下圍了不少警察，不過大家忙著處理受傷的醫護人員和慘遭折磨的病患，完全沒人來管他們這兩個還能自行行走的閒人。他們就這麼離開了松山療養院。

林天華幫黃敏瑞攔輛計程車，塞了三百塊給他。「回去休息休息，先別想Girl的事情。明天到大愛情家來，我幫你從長計議，好嗎？」

黃敏瑞點頭：「老師，你不要擔心我。傻事已經幹過，我不會再幹了。」

「嗯，」林天華點頭。「那明天我們就順便來討論一下調戲跆拳道國手的事情。」說完拍拍車門，讓司機開車。

楊詰跟他一起目送黃敏瑞離開，然後說道：「好了，我也要走了。」

「你接下來去哪裡？」林天華好奇。「下地獄呀？」

「地你媽啦。」楊詰瞪他。「先去闕渡看看我的骨灰，然後再想辦法爬回人間。」

「什麼東西呀？」

「我是『克服死亡的男人』，記得嗎？」楊詰說。「我不會這麼容易就放棄復活的。」

「你的屍體已經火化了耶。」

「我沒有說不困難呀，但也不是不可能。」楊詰說。「我大概會先去研究一下蓮花化身可不可行吧。總之，改天再來找你。」說完消失不見。

「喔。」林天華看著他剛剛存在的地方。「這傢伙還真不辜負他的綽號。」

他又攔輛計程車，回大愛情家。半夜十一點多，要是平常的話，大愛情家早就打烊了。但是儘管一切都已經打理完畢，小貞、阿強和小彤卻還坐在店裡，沒有回家。

聽見開門的鈴聲，小貞連忙衝出吧台。「華哥！敏瑞呢？他怎麼沒有跟你回來？」

「都幾點啦？我當然叫他回宿舍囉。」

「敏瑞沒事吧？」小貞語氣著急。「宅聖說你們在松山療養院，急死我們了啦！」

林天華嘖嘖兩聲。「敏瑞呢、敏瑞呢？敏瑞沒事啦，啊妳就都不用管我就對了啦！」

小彤推開小貞，一把抱住林天華。「華哥，你沒事就太好了。」

林天華摸摸小彤的頭，輕輕把她推開。「沒事，我們都沒事。很晚了，你們先回家吧。詳細情形，我明天再告訴你們。」他轉向阿強：「阿強，幫我把她們送到家。」

「沒問題！」

三人收拾包包，離開大愛情家。小彤走最後一個。她站在門口，回頭看看林天華。「華哥，你真的沒事嗎？」

看到小彤關心的神態，林天華突然心裡有點激動。他點了點頭，說道：「小彤，妳後天晚上如果沒事的話，我請妳吃飯看電影，好嗎？」

小彤有點難以置信，接著笑容燦爛。「好啊，慶祝什麼嗎？」

「慶祝我……」林天華想了一想，笑道：「慶祝我終於又能談戀愛了。」

小彤放開門把，走到林天華面前，墊起腳尖，在林天華臉頰上親了一下。「真是值得慶祝的事情。」她伸手撫摸他的臉，大拇指輕輕擦拭剛剛留下的淡淡唇印。「我們好好慶祝慶祝。」說完快步離開大愛情家。

林天華在寧靜的咖啡廳裡靜靜地站了一會兒，享受片刻的清閒。接著他走到吧台後方，在水槽前洗了把臉，然後打開冰庫，抓了兩顆冰塊，丟到小貞臨走前幫他調好的冰咖啡裡。他端起冰咖啡，又從冰箱裡拿出一塊檸檬派，最後走到咖啡廳後方角落靠窗的座位坐下，面對獨自坐在那裡出神的Girl。

林天華喝口咖啡，吃口檸檬派，清空嘴裡的食物後，這才說道：「Girl。聽說你們這次吵很兇喔。」

Girl神情苦惱：「我只希望做得絕一點，能夠痛醒他。你知道，長痛不如短痛。我真的沒想到他會去喝酒，然後騎車。他不愛惜自己的生命。他想尋死……我這樣做錯了嗎？」她抬頭問林天華。「林老師，我知道突然這樣跑來很沒禮貌，但是我真的不知道該怎麼做。我不知道我還能怎麼做。我一點也不想傷害他。但是彷彿不管我怎麼做，都只有越傷他越深。」

「事情已經發生了，他註定會承受人生最無奈的悲痛，而這種痛是妳沒有辦法幫他承擔的，孩子。」林天華繼續吃派，狼吞虎嚥。剛剛那下愛的力量大爆發真的消耗了他不少體力。把派吃完之後，他拿面紙擦擦嘴巴，這才正坐說道：「妳是來請我給點意見的嗎？」

Girl點頭：「我已經沒有主意了。請你告訴我該怎麼做。」

林天華點點頭，建議道：「妳可以現在打電話給他，說要見他，帶他去找間旅館過夜，給他一個終生難忘的夜晚。明天早上醒來之後，妳再把藉口告訴他。」

「藉口？」

「說妳要出國留學，或妳要出國工作，隨便找個遠行的理由，就此跟他道別，然後希望時間沖淡一切。」林天華凝視她片刻，嘆了口氣，繼續說：「又或許妳選擇說出真相，告訴他……說妳出了車禍，已經死去半年。說妳放不下他，所以一直留在他的身邊。說妳終於了解到妳這麼做其實是出於對他的愧疚，是為了讓自己好過一點，但拖累的卻是他。說妳不想看到他痛苦，但卻不斷造成他痛苦。說妳不能眼睜睜地看著他疏遠朋友、脫離人群。妳可以告訴他，他最近常常莫名其妙的哭泣、心裡那股淡淡悲傷……都是有原因的。告訴他妳愛他。告訴他妳一直深愛著他。告訴他妳很後悔你們沒有在一起過。如果能夠重來一次，妳絕對不會浪費一分一秒。」

Girl哭紅了眼。林天華也淚流滿面。

「告訴他……每個人生命中都會有個永遠無法忘懷的遺憾，但是遺憾過後，人們還是能找到一生的伴侶。告訴他妳希望他有個美好的未來，而不是受困於痛苦的過去。告訴他珍重。告訴他再見。告訴他……妳會永遠想著他，也希望他不要忘了妳。」

Girl泣不成聲：「我……真的……好愛他。」

「我知道。」林天華伸手過去，輕撫她的肩膀。「但妳必須放開手。」

「你會……幫我……照顧他。」

林天華點頭：「我會幫妳照顧他。」

「謝謝你……林老師。」Girl說。「非常謝謝你。」

Girl離開後，林天華又繼續坐了一會兒。他喝完冰咖啡，把餐具拿到吧台去清洗，放到定位晾乾。接著他揹起揹包，走到門口，關上所有電燈開關，只留下門外大愛情家的招牌亮著。他關上店門，回家去了。

《*End*》

15.5 情神

「不是我做的。我沒有要殺他。」

暗巷中，男子神色緊張地喃喃自語。他貼牆蹲下，縮成一團，躲在並排停放的兩台機車中間。巷口傳來紅藍相間的警車燈光，還有員警在高聲叫喊，自四面八方搜索嫌犯。

「不是我做的。我沒有殺他。」儘管聽見有員警往巷子裡搜來，男人依然不由自主地唸著。彷彿他不是在對別人辯解，而是要說服自己。

「出來！」一名員警朝他的方向大叫，顯然已經發現了他。「把手舉高，放在我們看得到的地方！」第二名員警叫道。

「不是我做的！我沒有要殺他！」男人彷彿受到刺激，突然之間瘋狂吼道。他兩手揮動，撞得兩旁機車搖晃不已。兩名員警大驚之下，同時對空鳴槍，隨即壓低槍口瞄準男人。男人大吼一聲，於起身同時抬起面對員警方向的機車擋在身前。員警見他神力，深怕他會丟出機車，當下不再客氣，一起朝嫌犯開槍。嫌犯神勇，抬著機車邊擋子彈邊後退，嘴裡還不閒著。「不是我！我沒有要殺他！」

接著男人彷彿預料到危機，將機車奮力拋向員警。就聽見一聲巨響，火光四射，機車憑空爆炸，落在員警面前。兩名員警並未讓機車砸中，但是爆炸的威力震倒他們，因而發出淒聲慘叫。嫌犯轉身欲走，但是眼看兩名員警血跡斑斑地躺在地上，不由得僵住了。他神色驚恐懊悔，嘴唇微微顫抖，眼中淚光閃爍，喃喃說道：「對……對不起，我不是故意的。不……不是我。」

一名員警撿起掉落身旁的手槍，手掌顫抖地舉槍瞄準。男人眼睜睜地看著，卻沒有任何動作，也不知道是嚇傻了還是放棄反抗。員警開了一槍，擊中男人右肩。男人身體搖晃，如夢初醒，瞪大眼睛看著肩膀上的槍傷。員警稍微冷靜，改為雙手握槍，仔細瞄準嫌犯心口。嫌犯轉頭看他，神色茫然，似乎想要知道這一槍下去會有什麼後果。便在此時，他發現自己胸前多了一條紅線，沿著胸腔繞了一圈。跟著他腳底一輕，身體騰空而起，對面公寓牆上的窗戶和冷氣機迅速掠過眼前，然後他就落在身後公寓的頂樓天台上。

一名中年男子從背後扶住他，讓他躺在地上，一手壓住他的胸口，阻止他起身。就看對方右手一抖，綁在他胸腔的紅線當即消失。他張口欲言，對方搖手要他禁聲，接著抬起他右邊肩膀，檢查槍傷。「穿透了。子彈沒有留在體內。」對方小聲對他說。「痛嗎？」

「痛？」男人語調困惑，彷彿疼痛是種陌生的概念。

對方先不理他，轉頭看向女兒牆，問道：「情況如何？」

男人順著他的目光，看見牆邊站著一條模模糊糊的男性身影，正低頭觀察下方形勢。男人心下奇怪，因為那裡幾秒之前根本沒人。

「那兩個警察沒有大礙。火勢也不會延燒。其他警察在往天台搜上來。」牆邊的身影回道。

「會有問題嗎？」

「不會。我去遮他們的眼。」牆邊身影回頭笑道。「他們到不了這座平台的。」

使紅線的男人滿意了，於是回過頭來，對地上的人說：「我叫林天華。我們來是想要幫你。你需要幫忙，對吧？」

男人立刻恢復否認模式。「不是我做的！我沒有要殺他！」

「噓噓噓……你聽我說。」林天華安撫他道。「聽好了。是你殺了他。不管是有心還是無意，他都是死在你手上。你懂嗎？」

「我……我？」男人突然開始落淚。「我沒有……不是我……」

「解決問題的第一步向來都是面對問題。」林天華繼續說。「你殺了他。坦然接受這個事實。告訴我，為什麼？」

「我沒有要殺他。我真的沒有要殺他。他就這麼死了。我不知道那樣會死。」男人情緒激動，對自己的話深信不疑。

林天華側頭看了他一會兒，然後站直身子，握起男人的左手，拉他起身，來到天台上突起的通風座坐下，接著伸掌在他胸口拍了兩下。「你的手從這個位置插入他的胸腔，還把他的心臟捏爆。如果你說不知道這樣做會害死他，我就真的不明白你還有什麼理由要這樣做。老實說，當你的手插進去，看到噴出那麼多血的時候，你就應該知道他死定了，不是嗎？」

「可是我沒有要殺他！」男人說。

「可是他真的死了。」林天華說。

男人不再說話，只是摀著臉頰，啜泣不已。林天華等他哭一陣子，稍微冷靜一下後，問道：「告訴我，你是誰？」

男人也不抬頭，語氣理所當然：「說了你也不會信。」

林天華輕笑。「我如果告訴你我是誰，你八成也不會相信。說說看嘛。我其實認識很多怪人。比方說那邊那位老兄。」他往女兒牆旁的身影比了比。「他有辦法遮住所有警察的眼睛，讓他們看不見正確的路，老是在關鍵時刻轉錯彎，說什麼也走不到這裡來。你說，是不是很酷？」

男人問：「這是什麼能力？」

「鬼遮眼。」

「他為什麼會？」

「因為他是鬼。」

男人側頭打量林天華，又看看他所宣稱的那條鬼魂，沉思片刻，深吸口氣，說道：「約莫半年前某一天，我不清楚確切日期，總之我就突然出現在世界上了。」

林天華問：「那之前呢？」

男人搖頭。

林天華揚眉。「你不記得了？」

「沒什麼可記得的。」男人又搖頭。「我不是失去記憶。我是在那一天誕生的。本來不存在，突然就存在了。」他嘴角微微上揚，等著林天華說他不信。

「半年前？突然存在？」林天華問。

男人點頭。

「那看來你確實是我要找的人了。」

男人錯愕。

「死者周金鵬是半年多前北台灣紅透半邊天的情教教主。」林天華凝望他。「所以情教跟你的關係是？」

「我是……」男人語氣遲疑，不知道是因為他自己也不能肯定，還是怕林天華不肯相信。「……情教的神，簡稱情神。」

「好神！」林天華比起大拇指說道。

男人看看大拇指，又看看林天華，似乎不確定他這麼說是否語帶諷刺。在肯定林天華臉上沒有嘲弄的表情後，他試探性地問：「你相信我？」

「信。」林天華誠懇地說。「當一個宗教信徒夠多，信仰夠堅定時，偶爾就會有辦法讓他們的信念化為實體神祇降臨世間。至少都會奇幻小說都是這麼寫的。況且情教信仰的又是愛情這麼主流的概念，會有情神出世也不意外呀。」

「那我問你，」情神說。「世界上有這麼多打著愛情的旗號招攬信徒的宗教，憑什麼它們的神沒有降世，而情教有？」

「因為情教引入印度性力派的修行法門，主張男女交合、靈肉雙修，透過高潮時的強烈刺激接觸天人合一的境界，在短短時間內吸收了大量信徒，以性愛魔法凝聚神力，終於導致情神降世。」

「所以我是個邪教的神？」情神問。

「你本來可以更偉大、更完整的。」林天華嘆道。「如果周金鵬夫婦沒有為了金錢分贓而鬧離婚的話。」

情神閉眼搖頭。「我來到世界上時，腦中滿滿都是愛。心裡想的，體內激盪的，都是無止無盡的愛。我想要把愛帶給全世界的人，不光只是我的信徒。我不希望任何人嘗到孤獨的苦、無愛的痛。因為那種痛苦……就像有人一手插入你的胸口，硬生生地挖出你的心一樣。」

林天華看著情神，情神則看著自己的手。「就像周金鵬所嘗到的那種痛苦？」

「你有看到他們倆夫婦幹了什麼嗎？他們撕裂一手打造出來的情教，違背當初他們所讚美的一切美德、所有教誨。為了金錢、權力、分財產，他們什麼都不顧了，什麼話都說得出口，什麼瘡疤的可以揭。兩個稱頌愛情的人，怎麼可能走到這個地步？他們根本從來不曾信仰過愛情！」

「可是你降世了。」林天華提醒他。「情教如果不真，怎麼召喚得出情神？」

情神難以置信。「難道你說他們那種叫做愛情？」

林天華聳肩：「我說他們曾經愛過。你的存在就是證明。至於他們後來變成那樣，只能說時代變成那樣了、社會變成那樣了、有些人的愛情也就自然而然變成那樣了。」

「這是什麼變態的時代？我不接受！」

「我可以想像你的處境。」林天華說。「你降世了。本來打算一番作為，結果你的宗教卻分崩離析。你失去了力量，也失去了目標。你不知道自己為何存在……」

「我有目標！」情神說。「我的目標就是要復興情教。」

「復興情教？」林天華問。「情教的教主死了，讓遭他背叛的情神所殺，而教主夫人跟她的新歡一起開記者會，當著全國媒體的面，說他死得好。老實講，我沒有見過比這混蛋得更加徹底的宗教，除了瓊斯鎮的人民聖殿教集體自殺事件以外。我不是說你一定沒有辦法成功，但是就定義上而言，你的現狀就等於是你的宗教的現狀。你認為是情教造就了今天的你，還是你造就了今天的情教？」

「你到底在說什麼？」情神問。

「我是說你是情教的信仰、是它的力量。你需要信徒的意志引導，才能把你的愛、你的情散播出去。問題是你已經沒有信徒了。少了信徒的引導，你就只是存在於自然界中的一股力量。而自然力量……是沒有善惡對錯、不分輕重的，你懂嗎？」看到情神若有所悟的表情，林天華繼續補充。「如果你還有信徒的話，你就會知道……」他右手成爪，抓住自己胸口。「這樣是不對的。有違情教教義。這樣是會害死人的。」

情神張口想要辯解，卻發現自己無話可說。最後他低下頭去，語氣無奈。「我沒有想要殺他。」

「但是你殺死了他。」

情神沉默片刻，緩緩抬起頭來。「所以這個世界上沒有我的立足之地嗎？」

「你是一具缺乏意志的軀殼。」林天華說。「儘管力量強大，你的信徒卻都做鳥獸散了。再過不久，你就會跟情教一樣煙消雲散。」

「我只是想要散播情愛而已。」情神說。「我只是希望世界上的每一個人……」他轉頭看向林天華。「都能遇上真愛。」

「我也是。」林天華說著揚起右手，一條紅線自掌心憑空出現，沿著他的手臂繞了一圈又一圈。「你跟我是同道中人。我不願意看到你煙消雲散。」

情神瞇起雙眼：「你說你們是來幫我的？」

「那要看你認為我的作法算不算幫忙了。」林天華後退一步，指向女兒牆邊的鬼魂。「我可以提供一條能夠指引你的外來意志，讓你能分善惡、知輕重、繼續利用你的力量在世界上散播情愛、造福人群。我不會騙你，如果願意這麼做，你將不再是你。身體是你的，意志是他的。你或許可以影響他，但絕不可能控制他。好處是你不會消失，不會悄悄來到世界上，然後一事無成地離開。」

情神看著鬼魂：「我不認識他。我不能隨便讓個鬼魂附身。」

「他叫楊詰。」林天華介紹道。「綽號鋼鐵男子，又叫克服死亡的男人。顯然他此刻又處於另外一個必須克服死亡的階段裡。」

楊詰幽幽飄來，朝情神伸出右手。情神遲疑片刻，終於跟他握手。楊詰的掌心虛幻，宛如空氣。不過情神不同凡體，能夠觸摸鬼魂。兩者掌心相觸，情神立刻感應到克服死亡的男人那股強烈不凡的意志。

「他是個好人，也曾經歷過感情上的風浪。」林天華說。「他會善用你的力量，延續情教的精神。」

楊詰透過意志傳達意念，情神慢慢覺得紊亂的思緒獲得規範、體內的激情也逐漸平靜下來。當楊詰禮貌地縮回手掌時，情神感到悵然若失。

「這種事情一定要仔細考慮。你如果願意的話，考慮期間就讓楊詰跟著你。一來你們可以互相了解，二來他也可以保護你，不讓警方找到。等你做出決定後，他會帶你來找我。」

「如果我決定依照你的做法，你又有什麼辦法讓他附我的身？」情神問。

林天華微笑，兩手掌心各冒出一條紅線，在情神面前憑空打了個結。「我最擅長的事情，就是把兩條注定屬於彼此的生命綁在一起了。」

《Another End》

釀冒險6　PG1388

大愛情家

作　　者	戚建邦
責任編輯	喬齊安、陳思佑
圖文排版	周政緯
封面設計	楊廣榕
出版策劃	釀出版
製作發行	秀威資訊科技股份有限公司 114 台北市內湖區瑞光路76巷65號1樓 電話：+886-2-2796-3638　傳真：+886-2-2796-1377 服務信箱：service@showwe.com.tw http://www.showwe.com.tw
郵政劃撥	19563868　戶名：秀威資訊科技股份有限公司
展售門市	國家書店【松江門市】 104 台北市中山區松江路209號1樓 電話：+886-2-2518-0207　傳真：+886-2-2518-0778
網路訂購	秀威網路書店：http://www.bodbooks.com.tw 國家網路書店：http://www.govbooks.com.tw
法律顧問	毛國樑　律師
總 經 銷	聯合發行股份有限公司 231新北市新店區寶橋路235巷6弄6號4F 電話：+886-2-2917-8022　傳真：+886-2-2915-6275
出版日期	2015年11月　BOD一版
定　　價	300元

國家圖書館出版品預行編目

大愛情家 / 戚建邦著. -- 一版. -- 臺北市 : 釀出版, 2015.11
面； 公分. -- (釀冒險 ; 6)
BOD版
ISBN 978-986-445-063-3(平裝)

857.7 104020362

讀者回函卡

感謝您購買本書，為提升服務品質，請填妥以下資料，將讀者回函卡直接寄回或傳真本公司，收到您的寶貴意見後，我們會收藏記錄及檢討，謝謝！如您需要了解本公司最新出版書目、購書優惠或企劃活動，歡迎您上網查詢或下載相關資料：http:// www.showwe.com.tw

您購買的書名：________________________________

出生日期：________年________月________日

學歷：□高中（含）以下　□大專　□研究所（含）以上

職業：□製造業　□金融業　□資訊業　□軍警　□傳播業　□自由業

□服務業　□公務員　□教職　□學生　□家管　□其它______

購書地點：□網路書店　□實體書店　□書展　□郵購　□贈閱　□其他

您從何得知本書的消息？

□網路書店　□實體書店　□網路搜尋　□電子報　□書訊　□雜誌

□傳播媒體　□親友推薦　□網站推薦　□部落格　□其他__________

您對本書的評價：（請填代號　1.非常滿意　2.滿意　3.尚可　4.再改進）

封面設計____　版面編排____　內容____　文／譯筆____　價格____

讀完書後您覺得：

□很有收穫　□有收穫　□收穫不多　□沒收穫

對我們的建議：________________________________

____

____

____

請貼
郵票

11466
台北市內湖區瑞光路 76 巷 65 號 1 樓

秀威資訊科技股份有限公司 收

BOD 數位出版事業部

....

（請沿線對折寄回，謝謝！）

姓　　名：____________________　年齡：________　性別：□女　□男

郵遞區號：□□□□□

地　　址：____

聯絡電話：(日) ____________________ (夜) ____________________

E-mail：____